講談社文庫

宿敵(下)

リー・チャイルド｜青木 創 訳

JN051457

講談社

目次

宿敵(下)

●主な登場人物〈宿敵　下〉

ジャック・リーチャー　家も車も持たず、放浪の旅を続ける元憲兵隊指揮官。

ザカリー・ベック　オリエンタルラグの輸入業者。

リチャード・ベック　ベックの息子、大学三年生。

エリザベス・ベック　ベックの妻。

スーザン・ダフィー　アメリカ司法省麻薬取締局捜査官。

スティーヴン・エリオット　ダフィーの同僚捜査官。

テリーザ・ダニエル　ダフィーの部下。

デューク　ベック邸の警備責任者。

エンジェル・ドール　ベックの仲間。

ポーリー　ベック邸の門番。

ドミニク・コール　リーチャーの元部下。

フランシス・ゼイヴィアー・クイン　元情報将校。

エミリー・スミス　クインの会社の運営マネージャー。

グロフスキー　軍の砲弾開発担当者

9

ファスナーをもう少しさげると、十年前に目にしたのと同じ切除部位が見えた。手が止まる。降り注ぐ雨に顔を向け、目を閉じた。顔に落ちる雨が涙のように感じられる。

「さっさと済ませちまおう」ハーリーが言った。

目をあけた。波に視線を向ける。それ以上は中を見ずにファスナーを閉めた。ゆっくりと立ちあがり、袋の足側にまわる。ハーリーが待っている。それぞれの隅をつかみ、持ちあげた。岩場の先へと運んでいく。ハーリーが南東の水際へと先導した。そこではふたつの花崗岩の岩棚が接していて、あいだに険しいV字形の溝ができている。流れる水がそこを半ばまで満たしている。

「つぎの大波が来るまで待て」ハーリーは言った。

轟音とともに波が打ち寄せ、ふたりで頭をさげてしぶきをかわした。溝に水が満ち、岩の上まであふれて靴に届きそうになる。そして波は引き、溝から水が抜けた。

小石が転がり、吸い出されていく。海面は鉛色の泡が浮き、雨にえぐられている。

「よし、おろせ」ハーリーは言った。息を切らしている。「放すなよ」

袋をおろし、頭側を花崗岩の岩棚から溝の中に垂らした。ファスナーは上を向いている。死体は仰向けになっている。わたしは足側の左右の隅を握っている。雨で髪が頭に貼りつき、しずくが目に流れこんでくる。そのせいで目が痛い。ハーリーがしゃがんで袋をまたぎ、頭側をさらに送り出した。それに合わせてわたしも滑りやすい岩の上を少しずつ進んだ。つぎの波が寄せ、袋の下で渦を巻く。袋が少し浮かぶ。ハーリーがそのいっときの浮力を利用し、袋をさらに海のほうへ滑らせた。わたしもいっしょに動いた。波が引く。溝からまた水が吸い出される。袋が垂れさがった。雨が硬いゴムに打ちつけている。われわれの背中にも。凍えるほど冷たい。

ハーリーはその後の五度の波を利用して袋を少しずつ送り出し、溝の中に全体が垂れさがるようにした。平たくなったゴムをつかんでいるのはわたしの役目だ。重力で死体は袋の頭側に押しつけられている。海を眺めながら機を見ていたハーリーがしゃがんでファスナーを全開にした。そしてすばやく後ろにさがり、わたしが握っていた隅の片方を引き受けてしっかりと持った。七度目の波が轟音とともに打ち寄せる。大しぶきがわれわれをずぶ濡れにする。溝に水が満ち、袋にも水が満ちたところで、波が引き、死体を袋から吸い出した。死体は一瞬だけその場に浮いていたが、戻り流れにつかまって引きずりこまれた。深みへとまっすぐに沈んでいく。水中で長い金髪がなびき、白い肌が緑色と灰色にちらついていたが、じきにそれも見えなくなった。溝が赤く泡立ちながら水を吐き出している。

「ここの離岸流はすごいよな」ハーリーは言った。

わたしは何も言わなかった。

「戻り流れが一気にさらっちまう」ハーリーは言った。「ひとりも戻ってきたことはないんだぜ。底へ底へと沈みながら、二、三キロ沖まで引きずりこまれる。そしたらサメの出番だ。ここの沿岸を泳ぎまわってるんだよ。おまけに、ほかの生き物もわんさといる。蟹とか、コバンザメとか」

わたしは何も言わなかった。

ハーリーに目をやると、笑みを向けられた。山羊ひげの上の口は洞窟のようだ。歯は虫歯だらけで、黄ばんだ根しか残っていない。わたしはまた目をそらした。つぎの波が寄せてくる。小さい波だったが、引いたあとは溝が洗われてきれいになっていた。何も起こらなかったかのように。何もそこにはなかったかのように。ハーリーは危なっかしく立ちあがり、空になった袋のファスナーを閉めた。ピンク色の水が袋から流れ落ち、岩を伝う。ハーリーは袋を巻きはじめた。わたしは背後の館に視線を向けた。ベックが裏口にひとりで立ち、こちらを見つめていた。

ふたりで雨水と潮水に濡れそぼった体で館に戻った。ベックはキッチンに引っこんだ。そのあとから中にはいった。ハーリーは居心地が悪いのか、部屋の隅をうろついている。

「あの女は連邦捜査官だったのか?」わたしは言った。

「まちがいない」ベックは言った。

例のスポーツバッグがテーブルの中央にこれ見よがしに置かれている。法廷に提出された検察側の証拠品のように。ベックはそのファスナーをあけ、中を探った。

「これを見たまえ」と言う。

包みをテーブルに置く。油染みのあるハンドタオル大の湿ったぼろ切れに何かが包まれている。ベックは包みを広げ、ダフィーのグロック19を取りあげた。

「あの女に使わせていた車に、これがまとめて隠してあった」と言う。

「サーブに?」わたしは言った。何か言う必要があったからだ。

ベックはうなずいた。「トランクの底の、スペアタイヤの収納場所に」グロックをテーブルに置く。さらにぼろ切れの中から予備の弾倉を二本取り出し、銃に並べて置いた。つづいて曲げた錐《きり》と研いだ鑿《のみ》もその隣に置く。エンジェル・ドールの鍵束も。

わたしは息ができなかった。

「この錐はピッキング用だろう」ベックは言った。

「なぜこれであの女が連邦捜査官だと証明できる？」わたしは尋ねた。

ベックはグロックをふたたび手に取ると、向きを変えてスライドの右側を指差した。

「製造番号だ」と言う。「オーストリアのグロック社の記録と照らし合わせた。コンピュータを使って。われわれはそういう記録も調べられるのだよ。この銃は一年ほど前にアメリカ合衆国政府に納入されている。法執行機関から、男の捜査官用に17の、女の捜査官用に19の大口の注文があった際に。それであの女が連邦捜査官だとわかった」

わたしは製造番号を見つめた。「本人は否定したのか？」

ベックはうなずいた。「むろん否定したさ。これは見つけただけだと言って。必死に言いわけしていたよ。実のところ、きみに罪をなすりつけようとしていた。きみのものだと言って。だが、連中はいつだって否定する。そう訓練されているのだろうな」

わたしは目をそらした。窓越しに海を見つめる。なぜあの女はこんなものを拾ってきたのか。なぜそのままにしておかなかったのか。家事の本能か何かなのか。濡らしたくなかったのか。そうでなかったら、なぜなのか。

「動揺しているようだな」ベックは言った。

そもそも、どうやって見つけたのか。なぜあんなところを見にいくのか。

「動揺しているようだな」ベックは繰り返した。

動揺しているどころではない。あの女は苦悶のうちに絶命した。わたしのせいで。おそらく親切のつもりだったのだろう。わたしの持ち物を濡らさないようにした。錆びないようにした。アイルランドから来たただの愚直な娘で、わたしを助けようとした。そんな女をわたしは死なせてしまった。その場にいて自分の手で切り刻んだも同然だ。

「わたしは警備の責任者だ」わたしは言った。「あの女を疑うべきだった」

「きみが責任者になったのはついゆうべのことだ」ベックは言った。「だから自分を責めるな。きみはここに来て日が浅い。あの女を見定めるのはデュークの役目だった」

「しかし、わたしの役目だったとしても、あの女を疑いもしなかっただろう」わたしは言った。「ただのメイドだと思っていた」

「それはわたしも同じだ」ベックは言った。「デュークも」

わたしはまた目をそらした。海を見つめる。灰色に波打っている。よく理解できない。あの女がこれを見つけた。だとしても、なぜこうも念入りに隠したのか。

「これが決め手になった」ベックは言った。

視線を戻すと、ベックがバッグから一足の靴を出そうとしていた。かさのある角張った不恰好な黒い靴で、あの女を見かけたときは決まってこれを履いていた。

「見たまえ」ベックは言った。

右の靴をひっくり返し、指先でヒールからピンを抜く。小さな戸のようにヒールのゴムを開き、靴の上下を戻して振った。プラスチック製の小さな黒い四角形がテーブルに転がり落ちる。表側を下にして。ベックはそれを裏返した。

わたしのものとまったく同じ、ワイヤレスのEメール通信機だ。

ベックが靴を差し出す。わたしはそれを受けとった。茫然《ぼうぜん》と見つめる。二十三・五センチの婦人靴だ。小さな足向け。だが、つま先が幅広でまるく膨らんでいて、見た目のバランスをとるためにヒールは幅広の分厚いものになっている。下手な自己主張をしているファッションのように。ヒールは四角くくりぬかれている。わたしのとふたつだ。ていねいに、根気よく仕上げてある。機械による加工ではない。わたしのと同じかすかな工具痕が残っている。どこかのラボに男がいて、その前の作業台に靴が一列に置かれ、新しい革のにおいが漂い、彫刻刀が小さな弧を描くように並んでいて、男が作業を進めるにつれてゴムの削りくずが床に溜まっていくさまが目に浮かぶ。政府の仕事の大半は驚くほどローテクだ。爆発するボールペンや腕時計に組みこまれたカメラばかりとはかぎらない。ショッピングモールで民間向けのEメール通信機と地味な靴を買うというのが最先端に近かったりするものだ。

「何を考えている?」ベックが尋ねた。

自分のいまの感情について考えている。それは激しく揺れ動いている。あの女が死んだことに変わりはないとはいえ、わたしが死なせたわけではなくなった。やはり政府のコンピュータが死なせたことになる。だから個人的には気が楽になった。しかし、少なからず怒ってもいる。ダフィーはいったい何をしているのか、どういうつもりなのか、と。ほかにも潜入している者がいるのを知らせずに、別の者を同じ場所に潜入させてはならないというのは鉄則だ。基本中の基本にほかならない。ダフィーはテリーザ・ダニエルについてはわたしに教えた。それなら、なぜこのもうひとりの女については教えなかったのか。

「信じられない」わたしは言った。

「バッテリーは切れている」ベックは言った。両手で通信機を持ちながら。ビデオゲームで遊ぶときのように左右の親指をその上に置いている。「動作はしていない」

通信機を差し出す。わたしは靴を置いてそれを受けとった。見慣れた電源ボタンを押す。だが、画面は暗いままだ。

「あの女はいつからここに？」と尋ねた。

「八週間前からだ」ベックは言った。「家事手伝いを雇っても長つづきしないのだよ。ここは人里から離れているからな。加えて、あのポーリーがいる。デュークもあまり人好きのする男ではなかった」

「八週間もバッテリーがもつとは思えない」

「連邦捜査官たちはどんな手に出ると思う？」ベックは尋ねた。

「わからない」わたしは言った。「連邦捜査官になったことはない」

「一般論でいい」ベックは言った。「きみなら似たような事態を経験したことがあるはずだ」

わたしは肩をすくめた。

「向こうも想定済みだと思う」と言う。「最初に混乱するのは決まって通信だ。あの女と連絡がとれなくなっても、すぐには心配しないだろう。そのまま潜入させておくしかない。脱出しろと命じたくても、連絡しようがないのだから。したがって、あの女がなるべく早くバッテリーを再充電してくれるのを信じて待つだろう」通信機を立て、裏側の小さな差込口を指差す。「携帯電話の充電器のたぐいを使うようだな」

「さらに人を送りこむと思うか？」

「いずれは送りこむ」わたしは言った。「そう思う」

「いつ？」

「わからない。少なくとも、すぐには送りこまない」

「こちらとしては、そんな女はここにいなかったと否定するつもりだ。見たこともないと。あの女がここにいた証拠はない」

「使わせていた部屋を入念に掃除したほうがいい」わたしは言った。「指紋や毛髪やDNAがそこら中に残っているはずだ」

「あの女を雇ったのは推薦があったからだ」ベックは言った。「新聞や何かに求人広告を出しているわけではないからな。ボストンの知人からの紹介だった」

ベックはわたしに目をやった。そのボストンの知人とやらは司法取引を望み、政府になんでも協力すると申し出たのだろう。わたしはうなずいた。

「手がこんでいるな」と言う。「このことがその知人について何を物語っているかを考えれば」

ベックは苦々しげにうなずいた。同意したようだ。わたしの言いたいことを理解している。そして鏨の隣にあった大きな鍵束を手に取って言った。

「これはエンジェル・ドールのものだと思う」

わたしは何も言わなかった。

「つまりこれは三重の悪夢だ」ベックは言った。「ドールはハートフォードの連中と結びついていて、ボストンの知人は連邦捜査官と結びついている。さらにドールも連邦捜査官と結びついている。自分の鍵を潜入捜査官の女に渡したのだから。ならば、ハートフォードの連中も連邦捜査官とねんごろにちがいない。デュークの働きでドールは死んだが、まだハートフォード、ボストン、さらに政府がわたしを狙っている。きみが頼りだ、リーチャー」

わたしはハーリーに目をやった。山羊ひげの男は窓の外の雨を眺めている。

「裏切ったのはドールだけなのか？」わたしは訊いた。

ベックはうなずいた。「それは徹底的に調べた。そして納得した。ドールだけだ。ほかは信頼できる。いまもわたしの味方だ。ドールのことはしきりに謝罪していたよ」

「わかった」わたしは言った。

長い沈黙が流れる。やがてベックはわたしが隠した品々をぼろ切れでまた包み、バッグの中に戻した。バッテリーが切れたEメール通信機もバッグに入れ、メイドの靴をいちばん上に載せた。それらは悲しく、むなしく、みじめに見えた。

「ひとつ学んだよ」ベックは言った。「これから全員の靴を調べるつもりだ。必ずやる。これはわたしの死活問題だ」

それはいままさにわたしの死活問題でもある。何せ自分の靴をずっと履いている。デュークの部屋に戻ってクローゼットを調べた。靴は四足あった。自分用にはけっして買わないたぐいの靴だが、手ごろだし、わたしのサイズに近い。それでも、履き替えはしなかった。さっそく靴を替えたら注意を引くだけだ。それに、いまの靴を捨てるのなら、上手に捨てる必要がある。どうぞ調べてくれと言わんばかりに自分の部屋に置いておくのでは意味がない。館の外に持ち出さなければならない。いまはそれが容易ではない。キッチンであのようなやりとりがあったあとでは。無造作に靴を手にして下に行くわけにはいかない。どう言えばいい？　〝ああ、これかい。ここに来たときに履いていた靴だよ。海に投げこもうと思ってね〟とでも？　まるで突然飽きたかのように？　そういうわけで、自分の靴を履いたままにした。

それに、まだこの靴が必要だ。ダフィーとは手を切ろうかと思ったが、決めかねている。いまはまだ。奇妙な感じだ。デュークのバスルームにはいってドアを施錠し、Eメール通信機を取り出した。電源ボタンを押すと、画面にメッセージが現れた。〝会う必要がある〟。わたしは返信ボタンを押し、〝そのとおりだ〟と送った。それから電源を切り、通信機をヒールの中に押しこむと、キッチンに戻った。

「ハーリーと行け」ベックが指示した。「サーブを回収しなければならない」

料理人はいない。カウンターはきれいに片づいている。汚れを洗い落としてある。

ガスレンジも冷えている。ドアに〝準備中〟の札が掛かっていそうだ。

「昼食は？」わたしは言った。

「空腹なのか？」

海が納体袋を膨らませ、死体を奪っていたさまを思い返した。かぎりなく細い髪が水中でなびいていた。血が洗われ、ピンク色に薄められていた。空腹なわけがない。

「ひどく空腹だ」わたしは言った。

ベックはおもねるような笑みを浮かべた。「きみは冷血漢だな、リーチャー」

「死体なら前にも見たことがある。これからも見ることになる」

ベックはうなずいた。「料理人は休みだ。外で食べてきたまえ」

「金がない」

ベックはズボンのポケットに手を入れ、札束を出した。数えはじめたが、肩をすくめて中断し、まるごとわたしに渡した。千ドル近くはありそうだ。

「小遣いだ」と言う。「給料はあとで渡そう」

わたしは金をポケットにしまった。

「ハーリーが車で待っている」ベックは言った。

わたしは外に出て、コートの襟を立てた。風が弱まっている。もう雨は横殴りではない。リンカーンはまだ館の角に停まっていた。トランクの蓋は閉まっている。ハーリーは親指でハンドルを叩いている。助手席に乗りこみ、座席を後ろにずらして脚を伸ばせるようにした。ハーリーがエンジンをかけてワイパーを作動させ、車を出した。ポーリーが門の鎖をほどくまで待たされた。ハーリーがヒーターをいじって設定温度を高くしている。服が濡れているせいで、窓が曇りはじめる。ポーリーの動作は遅い。ハーリーはまたハンドルを叩きはじめた。

「おまえたちふたりは同じ人物に雇われているのか？」わたしは尋ねた。

「おれとポーリーのことか？」ハーリーは言った。「もちろんさ」

「雇い主はだれなんだ」

「ベックは言ってないのか？」

「ああ」わたしは言った。

「だったらおれの口からも言えないな」

「情報がないと仕事がやりにくい」わたしは言った。

「それはあんたの問題だ」ハーリーは言った。「おれの問題じゃない」

また黄ばみと隙間だらけのあの笑みを向けてくる。こぶしで殴りつけたら、小さな歯の根が全部抜けて痩せた喉の奥に飛び散りそうだ。だが、殴らなかった。ポーリーが鎖をゆるめ、門扉を引く。ハーリーはすぐさま車を出し、左右に数センチしか余裕がないのにもかまわず、強引に門を抜けた。わたしは座席の背にもたれた。ハーリーはヘッドライトをつけて急加速し、泥を後ろに巻きあげた。西へ向かう。最初の二十キロはほかに選択肢がない。それから北に曲がってルート一号線に乗り、エリザベスと行ったオールド・オーチャード・ビーチやサコとは反対の、ポートランド方面へ向かった。陰鬱な天気のせいで視界が妨げられている。前の車のテールライトがかろうじて見える程度だ。ハーリーはしゃべらない。運転席で体を前後に揺すりながら親指でハンドルを叩いている。運転はうまくない。アクセルペダルかブレーキペダルのどちらかをいつも踏みこんでいる。加速したり減速したりと忙しい。三十キロが長く感じた。

やがて道は大きく西に曲がり、I－二九五号線が左側のほど近くに見えた。その先に灰色の海が流れこんでいる入江があり、さらにその先にポートランド空港がある。飛行機が一機、巨大な水煙の中で離陸している。轟音を響かせながら頭上を通過し、南に旋回して大西洋の上空を飛んでいく。左手に小さなショッピングモールが現れた。正面に細長い駐車場が設けられている。空港近くの二本の道路にはさまれた家賃の低い地区にありそうな店が並んでいる。駐車場には二十台ほどの車が列をなし、どれも前向きに縁石と直角になるように停めてある。左から五番目に古びたサーブがあった。ハーリーはリンカーンを路肩に寄せ、サーブの真後ろに停めた。親指でハンドルを叩きながら。

「あとは任せるぜ」と言う。

「鍵はドアポケットの中だ」

わたしが雨の中に出てドアを閉めたとたん、ハーリーは車を出した。だが、ルート一号線には戻らない。駐車場の端で左折してから、すぐに右折した。コンクリートを雑に打っただけの仮の出口を抜け、隣接する駐車場へ進んでいる。わたしはまたコートの襟を立て、ハーリーの車がその駐車場をゆっくりと走り、まとまって建つ真新しい建物の後ろに隠れるのを見守った。建物は横長の倉庫で、光沢のある波形鉄板が使われている。ビジネスパークのようなところらしい。建物のあいだには細い舗装路が張りめぐらされている。路面は雨に濡れてつやめいている。縁石はコンクリート製で高さがあり、なめらかで新しい。建物のあいだにリンカーンがまた見えた。駐車する場所を探しているかのように、のろくさと進んでいる。やがて別の建物の後ろにはいったきり、見えなくなった。

わたしは首をめぐらした。サーブは安売りをしているリカーショップと向き合うように停まっている。リカーショップの左右には、カーステレオを売っている店と、シヨーウィンドウにまがい物のクリスタルシャンデリアを並べた店がある。あのメイドが新しい天井照明を買いにいかされたとは思えない。サーブにCDプレイヤーを取り付けにいかされたとも思えない。となれば、リカーショップに行かされたにちがいない。そして行ってみると一団が待ち構えていた。四、五人はいただろう。少なくともも。最初の驚きから覚めると、困惑したメイドは訓練を受けた捜査官へと一変し、命懸けで戦ったはずだ。向こうもそれは予想していた。だから人数をそろえた。わたしは歩道の左右に目を走らせた。それからリカーショップに。ショーウィンドウには箱が積みあげられている。外はたいして見えないだろう。それでも、店に歩み入った。

店内は箱だらけだが、客はいない。ほとんどの時間はそんな状態なのだろう。寒し埃っぽい。カウンターの向こうにいた店員は五十がらみの灰色の男だ。髪も灰色、シャツも灰色、肌も灰色。十年は外に出ていないかのように見える。話すきっかけに何か買おうかと思ったが、ほしいものがない。だからそのまま歩み寄って訊きたいことを訊いた。

「外にサーブが見えるだろう？」と。

男はわざとらしく店の前をのぞきこんだ。

「見える」と言う。

「運転していた人物に何があったか見たか？」

「いや」男は言った。

すぐに否定する者はたいてい嘘をついている。正直な者だってもちろん否定することはあるが、まずは考えをめぐらすものだ。そして〝悪いが〟とかのことばを付け加える。訊き返すときもある。それが人間の性《さが》だ。〝悪いが、見てないな。でも、どうしてだい。何かあったのか？〟というふうに。わたしはポケットに手を入れ、ベックにもらった札束から手探りだけで一枚抜きとった。引っ張り出す。百ドル札だ。それを半分に折り、人差し指と親指ではさんで掲げた。

「改めて訊くが、見たか？」と言った。

男は自分の左側に目をやった。わたしの右側に。壁の向こうの、ビジネスパークに。すばやく盗み見て、また視線を戻している。

「いや」男は繰り返した。

「黒のタウンカーは？」わたしは言った。「向こうに走り去ったか？」

「見てない」男は言った。「忙しかった」

わたしはうなずいた。「店の切り盛りで大忙しなんだろうな。見ればわかる。ひとりでこの重労働に耐えるなんてたいしたものだ」

「奥に引っこんでたんだよ。電話中だったと思う」

もうしばらく百ドル札を掲げたままにした。非課税の百ドルはこの男が週に稼ぐ金のかなりの部分を占めるはずだ。だが、男は紙幣から目をそらした。その動作もまた、多くを物語っている。

「わかった」わたしは言った。金をポケットに戻し、外に出た。

サーブに乗りこんでルート一号線を南へ二百メートルほど行き、最初にあったガソリンスタンドに寄った。店内でミネラルウォーターを一本とキャンディバーを二本買う。水代は量単位で計算すればガソリン代の四倍もした。外に出て、入口のそばで雨を避けながら、包装を破ってキャンディバーを食べはじめた。その時間を使って周囲に目を走らせる。見張りはいない。そこで公衆電話に歩み寄り、釣り銭を使ってダフィーに電話をかけた。モーテルの番号は記憶してある。かがんで樹脂製のカバーの下に体を入れ、雨に打たれないようにした。二度目の呼び出し音でダフィーが出た。

「北のサコへ向かえ」わたしは言った。「いますぐだ。中州に煉瓦の建物が並ぶ大きなショッピングモールがあるから、そこの〈カフェ・カフェ〉というコーヒーショップで会おう。遅かったほうのおごりだ」

南に車を走らせながら、キャンディバーを食べ終えた。ベックのキャデラックやハーリーのリンカーンに比べるとサーブは揺れも音も大きい。古いし、内装も傷んでいる。カーペットは薄く、剝がれかけている。走行距離計の数字は六桁だ。だが、役目は果たしている。タイヤはまともだし、ワイパーも動く。雨の中でも走れる。加えて、見やすい大きなバックミラーを備えている。わたしはずっとそれに目を配っていた。尾行はない。わたしのほうが先にコーヒーショップに着いた。チョコレートの味を洗い流すためにエスプレッソのＬサイズを注文した。

ダフィーが現れたのは六分後だ。入口で立ち止まって店内を見まわしてから、わたしに歩み寄って微笑した。洗いたてのジーンズにまたコットンのシャツを合わせているが、色は白から青に変わっている。その上に革のジャケットを着て、さらにその上に大きすぎる古びたレインコートを着ている。あの年かさの男のものかもしれない。貸してもらったのかもしれない。エリオットのものではない。それは明らかだ。エリオットはダフィーより小柄なのだから。北に来る際、悪天候になるとは思っていなかったのだろう。

「この店は安全なの？」ダフィーは言った。

わたしは答えなかった。

「どうしたの？」ダフィーは言った。

「きみのおごりだ」わたしは言った。「わたしより遅かったからな。エスプレッソのお代わりがほしい。一杯目もおごってもらうぞ」

ダフィーは怪訝そうにわたしを見ていたが、カウンターに行ってわたしのエスプレッソと自分のカプチーノを持って戻ってきた。髪が少し濡れている。手櫛で梳かしたようだ。路上に駐車してから雨の中を歩き、ショーウィンドウに映った自分の姿を確かめたにちがいない。ダフィーは黙って釣り銭を数え、一杯目のエスプレッソと同じ額の紙幣と硬貨を差し出した。このメイン州ではコーヒーもガソリンよりずっと値が張る。もっとも、それはどこでも同じだろう。

「どうしたの？」ダフィーは言った。

わたしは答えなかった。

「リーチャー、何かあったの？」

「八週間前に捜査官をもうひとり送りこんだな」わたしは言った。「なぜわたしに教えなかった？」

「いまなんと言ったの？」

「いま言ったとおりだ」

「捜査官というのは？」

「けさ死んだよ。麻酔なしで両方の乳房の全摘術を受けて」

ダフィーはわたしを凝視した。「テリーザが？」

わたしは首を横に振った。

「テリーザではない」わたしは言った。「もうひとりのほうだ」

「もうひとりというのは？」

「とぼけるな」わたしは言った。

「い、い、い、いい、もうひとりというのは？」

わたしはダフィーを見据えた。険しい目つきで。が、じきにそれを和らげた。このコーヒーショップの照明には独特な何かがある。薄い色の木材やつや消し仕上げの金属やガラスやクロムに反射しているせいかもしれない。それはX線に似ている。自白剤にも。この照明のおかげで、エリザベス・ベックが嘘偽りなく赤面するさまを見てとれた。そしていま、ダフィーがまったく同じさまになるのを見てとれるだろうと思っていた。わたしに看破され、恥ずかしさと決まり悪さで顔が真っ赤になるのを見てとれるだろうと。しかし、見てとれたのは完全な驚愕だ。顔にはっきりとそれが表れている。色を失っている。衝撃で真っ白になっている。血が抜きとられてしまったかのように。赤面と同じで、みずからの意思でこんな真似ができる人間はいない。

「い、い、もうひとりというのは？」ダフィーは繰り返した。「送りこんだのはテリーザだけよ。どういうことなの？　テリーザは死んだと言っているの？」

「テリーザではない」わたしは繰り返した。「もうひとり送りこまれていたんだ。女だ。キッチンのメイドとして雇われていた」

「そんなはずない」ダフィーは言った。「テリーザだけよ」

わたしはふたたび首を横に振った。「この目で死体を見た。テリーザではなかった」

「キッチンのメイド？」

「靴にEメール通信機を忍ばせていた」わたしは言った。「わたしのとまったく同じだった。ヒールは同じ人物がくりぬいている。手際に見覚えがあった」

「ありえない」ダフィーは言った。

わたしはダフィーを正面から見つめた。

「もしそうだったらあなたに教えている」ダフィーは言った。「当然、教えている。もし捜査官をもうひとり送りこんでいたら、そもそもあなたを必要とするわけがない。それがわからないの？」

わたしは視線をそらした。また戻す。いまやわたしが決まり悪い思いをしている。

「それなら、あの女はいったい何者なんだ」と訊く。

ダフィーは答えない。黙ってソーサーの上のカップをまわしはじめている。取っ手を人差し指で押し、一度に十度ずつまわしている。カップが回転しても、濃厚な泡とチョコレートパウダーは動かない。ダフィーは一心不乱に考えているようだ。

「八週間前と言った？」と言う。

わたしはうなずいた。

「ベックたちはどうして気づいたの？」ダフィーは訊いた。

「きみたちのコンピュータに侵入したんだ」わたしは言った。「けさ。ゆうべかもしれない」

ダフィーはカップから視線をあげた。「それであんなことを訊いたのね？」

わたしはうなずいた。無言で。

「コンピュータにテリーザの情報はない」ダフィーは言った。「テリーザは記録上は存在しないから」

「エリオットにも確認したか？」

「もっと確実な方法をとった」ダフィーは言った。「エリオットのハードディスクをすべて調べたのよ。ワシントンDCのメインサーバーに保存されているエリオットのファイルもすべて。わたしはどのファイルにも完全なアクセス権を持っているから。〝テリーザ〟〝ダニエル〟〝ジャスティス〟〝ベック〟〝メイン州〟〝潜入〟という語が含まれていないか探してみた。エリオットはそのひとつとして、どこにも書きこんでいなかった」

わたしは何も言わなかった。

「どうしてそんなことになったの？」ダフィーは尋ねた。

「よくわからない」わたしは言った。「ベックたちは、まずだれかが送りこまれたことをコンピュータから知り、さらにそれが女であることを知ったようだ。名前や詳しい情報まではわからなかった。だから捜した。メイドが正体を見抜かれた理由のひとつはわたしにあると思う」

「というと？」

「わたしが隠しておいたからだ」わたしは言った。「きみのグロックや、弾薬や、ほかのいくつかの品を。それをメイドが見つけた。そして自分が使っている車に隠した」

ダフィーはしばらく黙っていた。

「なるほど」と言う。「ベックたちがその車を調べたら、あなたが隠しておいた品が出てきた。それでメイドが疑われたと考えているのね？」

「そんなところだ」

「でも、ベックたちは先にメイドを調べ、靴の細工を見つけたのかもしれない」

わたしは目をそらした。「ほんとうにそうならいいんだが」

「自分を責めないで。あなたのせいじゃない。コンピュータに侵入されたのなら、先に目をつけられたほうが遅かれ早かれこうなっていた。ふたりとも条件に合うから。だって、怪しい女が何人いる？　たぶんそのメイドとテリーザだけよね。見落とすはずがない」

わたしはうなずいた。エリザベスもいる。料理人もいる。しかし、どちらも疑わしい人物のリストで上位には来ないだろう。エリザベスはベックの妻だ。料理人はおそらくあそこで働きはじめてから二十年になる。

「それにしても、あのメイドは何者だったのだろう」わたしは言った。

ダフィーは最初の位置に戻るまでカップをいじくった。ざらついた底の縁がこすれてかすかに音を立てている。

「少し頭を使えばわかる」ダフィーは言った。「時系列を考えてみて。きょうからさかのぼって。十一週間前、わたしは隠し撮りでへまをやった。十週間前、わたしは捜査からはずされた。でも、ベックほどの大物はあきらめきれなかったから、上には知らせないまま、九週間前にテリーザを送りこんだ。ところが、やはりベックは大物だからという理由で、上もわたしに知らせないまま、捜査をほかのだれかに委ね、八週間前にそのほかのだれかがこのメイドを送りこんだのよ。テリーザのあとから。テリーザはメイドが来ることを知らず、メイドはテリーザがすでにいることを知らなかった」

「なぜメイドはわたしが隠しておいた品を勝手に動かした？」

「状況をコントロールしたかったんだと思う。標準的な手順よ。メイドにとって、あなたは不純物だった。何をしでかすかわからなかった。トラブルメーカーのようなもの。警官殺しで、おまけに武器まで隠している。敵対する組織から送りこまれたと思ったのかもしれない。たぶんあなたをベックに売ろうと考えていた。そうすればベックの信頼も得られるし。よけいな面倒を避けるためにも、あなたを排除する必要があった。ベックに売らなくても、当局に警官殺しとして通報していたでしょうね。まだそうしていなかったのが不思議よ」

「通信機のバッテリーが切れていたようだ」

ダフィーはうなずいた。「八週間も経っていればね。キッチンのメイドなら携帯電話の充電器もなかなか使えなかったはず」

「ベックの話だと、ボストンから来たらしい」

「筋は通る」ダフィーは言った。「たぶん上は捜査をボストン支局に任せた。地理的にやりやすいから。ワシントンＤＣで噂をまったく聞かなかったのもそれで納得できる」

「ベックの話だと、知人から推薦があったらしい」

「まちがいなく司法取引よ。わたしたちはいつもそれを利用しているから。喜んで紹介してくれたでしょうね。ああいう連中に沈黙の掟なんてないから」

そのとき、わたしはベックがほかにも何を言っていたか思い出した。

「テリーザの通信手段は？」と訊く。

「あなたのと同じようなＥメール通信機を持っていた」

「靴に忍ばせて？」

ダフィーはうなずいた。無言で。頭の中にベックの声が響く。〝これから全員の靴を調べるつもりだ。必ずやる。これはわたしの死活問題だ〟。

「最後にテリーザから連絡があったのは？」

「二日目から連絡が途絶えた」

ダフィーは黙った。

「どこに住んでいた？」わたしは訊いた。

「ポートランドに。アパートメントを用意したのよ。キッチンのメイドではなく事務員だったから」

「きみはそのアパートメントに行ったのか？」

ダフィーはうなずいた。「二日目からテリーザは姿を消している」

「クローゼットは調べたか？」

「どうして？」

「テリーザがとらえられたとき、どんな靴を履いていたか知りたいからだ」

ダフィーはまた色を失った。

「まずいわね」と言う。

「ああ」わたしは言った。「クローゼットにはどんな靴が残っていた？」

「細工のされていない靴が」

「テリーザはEメール通信機を処分しようとするだろうか」

「それだけ処分してもむだよ。靴も処分しないといけない。ヒールのくりぬきで露見する」

「テリーザを見つけないと」わたしは言った。

「なんとしても見つけないと」ダフィーは間をとった。「きょう、テリーザはひどく幸運だった。ベックたちは潜入した女を捜していて、たまたま先にメイドに目をつけた。この幸運がこれからもつづくとは思わないほうがいい」

わたしは何も言わなかった。テリーザはひどく幸運だったが、メイドはひどく不運だった。何事にも明るい面と暗い面がある。ダフィーはコーヒーをひと口飲んだ。いやな味がしたかのようにわずかに顔をしかめ、カップを戻している。

「でも、どうしてテリーザは怪しまれたのかしら」ダフィーは言った。「そもそもどうして？　それが気になる。テリーザは二日しかもたなかった。ベックたちがコンピュータに侵入したのはその九週間もあとなのに」

「どんな経歴を設定した？」

「こういう任務ではよくある経歴よ。未婚、恋人なし、家族なし、故郷なし。あなたと同じ。あなたは演じる必要がないけれど」

わたしはゆっくりとうなずいた。いなくなっても気づかれない三十歳の美女。ポーリーやエンジェル・ドールのような男たちは大いにそそられるだろう。堪えられないほどに。慰み者にできる。ほかの連中はもっとひどいかもしれない。たとえばハーリーは。あの男は文明世界の見本になるとは言いがたい。

「怪しまれていないのかもしれないぞ」わたしは言った。「行方不明になっただけかもしれない。女性ではよくあるように。行方不明になる女性は多い。若くて、独身で、恋人もいない女性は特に。そういうことは四六時中起こっている。年に何千件も」

「でも、テリーザを監禁していた部屋があったのよね」

「行方不明になった女性も必ずどこかにはいる。ほかの人が知るかぎりでは、いなくなったというだけだ。本人は自分がいまどこにいるか知っているし、連れ去った者もそれを知っている」

ダフィーはわたしを見つめた。「テリーザもそういう状態だと思うの？」

「可能性はある」

「無事だと思う？」

「わからない」わたしは言った。「そう願いたいが」

「ベックたちが生かしておくと思う？」

「生かしておきたいはずだ。テリーザが連邦捜査官だとは知らないのだから。ただの女だと思っている」

慰み者にできる。

「靴を調べられる前に、テリーザを見つけられる？」

「調べられずに済むかもしれない」わたしは言った。「テリーザに対し、いわば特定の見方をしているのなら、容易には認識を改められないはずだ」

ダフィーは目をそらした。口をつぐむ。

「特定の見方、ね」と繰り返す。「思っていることをそのまま言えばいいのに」

「きみもわたしもそれは言いたくないだろうに」わたしは言った。

ダフィーは黙りこんだ。一分。二分。そしてまたわたしを見つめた。何か思いついて。

「あなたの靴はどうする？」と言う。

わたしは首を横に振った。

「同じことだ」と言う。「ベックたちはわたしを受け入れつつある。容易には認識を改められないはずだ」

「それでも、綱渡りになる」

わたしは肩をすくめた。

「ベックはわたしにベレッタM9まで与えた」と言う。「だから成り行きを見守るよ。もしベックがかがんでわたしの靴を調べようとしたら、額の真ん中を撃ち抜いてやる」

「でもベックはただの実業家なんでしょう？　大筋では。自分の商売が脅かされるとは知らなくても、テリーザをひどい目に遭わせると思う？」

「わからない」わたしは言った。

「ベックがメイドを殺したの？」

わたしは首を横に振った。「手をくだしたのはクインだ」

「目撃したわけではないわよね？」

「ああ」

「それなら、どうしてわかるの？」

わたしは目をそらした。

「手際に見覚えがあった」


ドミニク・コール一等軍曹と四度目に会ったのは、いっしょにバーで過ごした夜の一週間後だ。まだ暑かった。バミューダ諸島のほうから熱帯低気圧が近づいているという話だった。わたしの机の上にはファイルが百万冊くらい載っていた。レイプ、殺人、自殺、武器の窃盗、暴行に加え、昨夜は暴動まで起こった。下士官用の食堂の冷蔵庫が壊れ、アイスクリームが液体になってしまったせいで。先ほどまでカリフォルニア州のフォート・アーウィンの同僚と電話で話していたのだが、向こうでも砂漠に風が吹くたびにそんな感じになるらしい。

コールはショートパンツとタンクトップというでたちでオフィスに現れた。相変わらず汗はかいていない。相変わらず肌はくすんで見える。手にはファイルを持っているが、厚さは最初に渡したときの八倍にも達している。

「サボは金属製にする必要がある」コールは言った。「それが開発者たちの最終結論です」

「そうか」

「樹脂製にしたかったらしいのですが、強度に問題があったようです」

「なるほど」わたしは言った。

「わたしが言いたいのは、これでサボの設計は完了したということです。すぐにでももっと重要な部分の開発に移るでしょう」

「きみはいまもそのグロフスキーという男に同情しているのか？」

コールはうなずいた。「逮捕するのは気の毒です。好人物ですし、なんの罪もない被害者ですから。それに、肝心な点として、有能な人材ですから軍の役に立ちます」

「だったらどうしたい？」

「むずかしいですね」コールは言った。「グロフスキーをこちらの味方に引きこみ、偽物を黒幕に渡すよう仕向けたいと考えています。こうすれば、本物が流出する危険を冒さずに捜査を継続できます」

「しかし？」

「本物でも偽物のように見えるんですよ。とても奇妙な兵器で。大きなローンダーツに似ています。炸薬は詰められていません」

「そんなものがどうやって役目を果たす？」

「運動エネルギー、高密度の金属、劣化ウラン、熱といったものを組み合わせて。大学院で物理を学んだことは？」

「ない」

「それなら理解できないでしょうね。しかし、設計図をでたらめなものに変えたら、黒幕に勘づかれると思います。そうなればグロフスキーが危険です。もしくは、幼い娘たちが」

「つまり、このまま本物の設計図を流出させたいのか？」

「それもやむをえないと考えています」

「綱渡りだな」わたしは言った。

「決めるのはあなたです」コールは言った。「そのために高給をもらっているのですから」

「わたしは大尉だぞ」わたしは言った。「低所得者向けの食料クーポンをもらっていてもおかしくない。食べる時間があればの話だが」

「どうしますか」

「黒幕の正体はまだつかめていないんだな？」

「ええ」

「黒幕を逃がさない自信はあるか？」

「もちろん」コールは言った。

わたしは微笑した。そのときのコールはこれまでに会っただれよりも冷静な人間に見えた。明るく輝く目、真剣な表情、耳に掛けた髪、カーキ色のショートパンツ、カーキ色のタンクトップ、靴下、パラシュートブーツ、そこかしこからのぞくくすんだ褐色の肌。

「それならやってみろ」わたしは言った。

「ダンスはしないんです」コールは言った。

「なんだって？」

「あなただからことわったわけではないんです」コールは言った。「実を言えば、踊りたかった。誘ってもらえてうれしかった。でも、だれともダンスはしないんです」

「なぜ？」

「つまらないことです」コールは言った。「人目が気になってしまって。運動神経が悪いから」

「わたしも悪いぞ」

「人目のないところで練習するべきかもしれませんね」コールは言った。

「別々に？」

「一対一でメンターがついたほうがいいでしょう」コールは言った。「アルコール依存症の治療のように」

そしてコールはウィンクをすると、蒸し暑い空気の中に香水のにおいをかすかに残して出ていった。

ダフィーとわたしは無言のまま、コーヒーに手をつけるのをやめた。エスプレッソは薄く、冷たく、苦い。もう飲みたくない。右の靴がきつくて痛む。足にあまり合っていない。それに、足かせのようにも感じはじめている。はじめはうまく工夫したものだと思った。賢いし、クールだし、巧みだと。三日前、最初にヒールを開いた場面を思い返す。あの館をはじめて訪れ、部屋のドアをデュークが施錠した直後だ。〝潜入した〟。映画の登場人物になった気分だった。最後にヒールを開いた場面も思い返す。一時間半前、デュークのバスルームにいたときだ。通信機の電源を入れると、ダフィーからメッセージが届いていた。〝会う必要がある〟と。

「きみが会いたがった理由は？」わたしは尋ねた。

ダフィーは首を横に振った。「いまとなってはどうでもいい。作戦は修正する。テリーザを取り戻すこと以外の目的は切り捨てる。とにかくテリーザを見つけて連れ出して。いい？」

「ベックはどうする？」

「ベックには手出ししない。またわたしがへまをやってしまったのよ。メイドは合法的に送りこまれた捜査官だったけれど、テリーザはちがう。あなたもちがう。そのメイドが死んだから、上はテリーザとあなたを使って独断専行したわたしをクビにし、ベックを刑事告訴するのも断念するはず。わたしが違法捜査をおこなったせいで、裁判になっても勝ち目はないから。だからテリーザを救出したら全員で撤収する」

「わかった」わたしは言った。

「クインのことは忘れて」ダフィーは言った。「もうほうっておくのよ」

わたしは何も言わなかった。

「どのみち、わたしたちは失敗した」ダフィーは言った。「あなたは有益な情報を見つけられなかった。ひとつも。なんの証拠も。最初から最後まで、完全な時間のむだだった」

わたしは何も言わなかった。

「わたしのキャリアも同じね」ダフィーは言った。

「司法省にはいつ伝える？」

「メイドの件を？」

わたしはうなずいた。

「すぐに伝える」ダフィーは言った。「ただちに。そうする義務がある。選択の余地はない。ただし、先にファイルを調べて、だれがメイドを送りこんだか調べるつもり。直接顔を合わせて自分なりのことばで伝えたいから。謝罪の機会も得られる。ほかの方法をとったら、その機会を得る前に大騒ぎになる。わたしのアクセス権はすべて取り消され、段ボール箱を渡されて三十分以内に机の私物を片づけろと言われるでしょうね」

「きみは麻薬取締局《DEA》に勤めてどれくらいになる？」

「長いわよ。女性初の局長になるつもりだったのに」

わたしは何も言わなかった。

「もし捜査官をもうひとり送りこんでいたら、あなたに教えている」ダフィーは言った。「必ずあなたに教えている」

「わかった」わたしは言った。「早合点してすまなかった」

「ストレスのせいよ」ダフィーは言った。「潜入捜査はきついから」

わたしはうなずいた。「ミラーハウスにいる気分にさせられる。一難去ってまた一難という感じで。何もかも現実でないように感じる」
飲みかけのカップをテーブルに残し、ふたりで店を出てショッピングモール内の歩道を歩き、雨の中に出た。車は互いの近くに停めてあった。ダフィーはわたしの頰にキスをした。それからトーラスに乗りこんで南へ向かい、わたしはサーブに乗りこんで北へ向かった。

ポーリーはわたしのために門をあけるのにことさら時間をかけた。小屋から足音を響かせながら出てくるだけで二、三分も待たせたくらいだ。相変わらずレインコート姿で、背筋を伸ばして視線を向けるのにさらに一分かけてから、かんぬきに歩み寄った。もっとも、わたしは気にしなかった。考えをめぐらすのに忙しかったからだ。ダフィーの声が頭の中に響いている。〝作戦は修正する〟。わたしの軍歴の大半で、直接あるいは間接の上司だったリオン・ガーバーという男がいる。ガーバーは何かにつけては寸言やことわざを持ち出した。どんな状況にも一家言を持っていた。よく言っていた台詞に、〝目的を修正するのは賢い。むだに金をつぎこむのをやめられるからだ〟というのがある。この場合の金とは文字どおりの意味ではない。人手とか、リソースとか、時間とか、意思とか、努力とか、労力とかのことだ。ガーバーは矛盾したことも言っていた。同じくらいよく言っていた台詞に、〝いまそこにまさしく仕事があるのに、よけいなことを考えるな〟というのがある。もちろん、ことわざというのは概してそんな感じだ。〝船頭多くして船山にのぼる〟と〝三人寄れば文殊の知恵〟や、〝賢人はみな同じように考える〟と〝愚者はみな変わらない〟のように。とはいえ、多少の矛盾した発言を差し引いても、ガーバーは修正をおおむね奨励した。それも大いに。理由はもっぱら、修正とは考えることであり、考えるだけなら害はないからだ。それでわたしも考えている。懸命に考えている。意識の手がわずかに届かないところで、何かがゆっくりとひそかに浮かびかけていることに気づいていたからだ。先ほどダフィーの言ったことと関係する何かが。〝あなたは有益な情報を見つけられなかった。ひとつも。なんの証拠も〟。

門扉の開く音が聞こえた。視線をあげると、わたしが通るのをポーリーが待っていた。雨がそのレインコートを叩いている。相変わらず帽子はかぶっていない。こちらも一分待たせることで、ささやかな復讐をしてやった。作戦の修正は受け入れられる。ベックのことはどうでもいい。どうなろうが知ったことではない。ただし、テリーザは見つけたい。自分の手でどうにかしたい。クインも見つけたい。ダフィーがなんと言おうが、やはり自分の手でどうにかしたい。修正するにしてもそこまでだ。

またポーリーの様子を確かめた。まだ待っている。愚かな男だ。自分は雨の中で、わたしは車の中にいるのに。ブレーキペダルから足を浮かし、ゆっくりと門を抜けた。それから急加速し、館へ向かった。

　前に停めてあったのと同じ車庫にサーブを入れ、歩いて中庭に出た。整備工はまだ三番目の車庫にいる。空の車庫に。何をしているかまでは見てとれない。雨宿りをしているだけかもしれない。走って館に戻った。金属探知機がわたしの帰還を知らせ、それを聞いたベックがキッチンまで迎えにきた。そして例のスポーツバッグを指差した。まだテーブルの中央に置いてある。

「これを処分しろ」ベックは言った。「海に投げこめ。わかったな？」

「わかった」わたしは言った。ベックは廊下に戻り、わたしはバッグを手に取って引き返した。また外に出て、独立車庫を囲む塀の海際へ行く。そこの隠れたくぼみにわたしの包みを戻した。ものを粗末にしなければ、困窮せずに済むということわざもある。それに、できればダフィーにグロックを返してやりたい。すでにダフィーは失態を重ねている。支給された拳銃を紛失したことまでそこに加える必要はない。ほとんどの政府機関はそういう不手際を大いに問題視する。

　それから花崗岩の岩棚の端まで歩き、バッグを振って勢いよく海にほうった。空中で回転するバッグから靴とEメール通信機が振り落とされる。Eメール通信機が海面に落ち、たちまち沈んでいく。左の靴がつま先から落ち、あとを追った。バッグはパラシュートのように少し漂ってから上下逆に静かに着水すると、流れこんだ水でひっくり返り、沈んでいった。右の靴は黒い小舟のようにしばらく浮かんでいた。東へ逃げようとするかのように、しきりに上下左右に揺れている。が、波をひとつ乗り越えたところで横に傾きはじめた。まだ十秒ほどは浮かんでいたが、水が流れこむと、沈んで跡形もなく消えた。

館に何も動きはない。料理人の姿は見当たらない。リチャードは家族のダイニングルームにいて、自分で作ったにちがいないサンドイッチを食べながら外の雨を眺めている。エリザベスはまだ客間にいて、まだ『ドクトル・ジバゴ』を読んでいる。消去法で考えれば、ベックはあの小部屋にいるはずだ。赤い革張りの椅子にすわり、サブマシンガンのコレクションを眺めているのかもしれない。どこも静かだ。不可解にも。コンテナが五基も荷揚げされたとダフィーは言っていたし、大事な週末が控えているとベックは言っていたのに、だれも何もしていない。

デュークの部屋に行った。自分の部屋だとは思っていない。これからもそうならないよう願いたいところだ。ベッドに横たわってまた考えはじめた。頭の片隅に浮かんでいる何かを追いかけようとして。簡単なことだ、とリオン・ガーバーなら言っただろう。手がかりを解き明かせ。見たものすべて、聞いたことすべてを洗い直せ、と。だから洗い直している。しかし、気がつけばドミニク・コールのことを考えている。

五度目に会ったとき、コールはわたしをオリーブグリーンのシボレーに乗せ、メリーランド州のアバディーンへ連れていった。わたしは本物の設計図をわざと流出させることに二の足を踏んでいた。綱渡りだからだ。いつもならそこまで懸念しないのだが、もっと捜査に進展が必要だった。コールはデッド・ドロップの場所や手口を突き止めていたし、設計図を置いたことをグロフスキーがどこで、いつ、どうやって相手に知らせているかも突き止めていた。だが、回収する場面はまだ目撃できていない。相手の正体はわかっていない。

アバディーンはボルティモアの三十数キロ北東にある小さな町だ。グロフスキーは日曜日に車でボルティモアに行き、インナー・ハーバー地区でデッド・ドロップをおこなっている。そのころは再開発が盛んにおこなわれ、ここも明るくきれいな地区になっていたが、まだ人気の観光地にはなっていなかったから、ほとんどの時間は閑散としていた。グロフスキーは自家用車《POV》を持っている。二年落ちのマツダ・ミアータで、色は鮮やかな赤。もろもろ考え合わせれば、この車に乗っていてもおかしくはない。新しくはないが、安くもない。当時の人気のモデルで、値引きのシールが貼られることはないから、中古でも大きく値さがりはしない。また、2シーターだから幼い娘ふたりを乗せるには向いていない。したがって、車はもう一台あるにちがいない。グロフスキーの妻が裕福でないことはわかっている。だからほかのだれかがこの車に乗っていたら気になったかもしれないが、グロフスキーは技術者だ。いかにもそれらしい選択だろう。本人は煙草を吸わないし、酒も飲まない。節約して貯金し、後輪駆動の憧れのマニュアル車を買ったとしてもおかしくはない。

われわれが尾行したその日曜日、グロフスキーはボルティモアのマリーナ近くの駐車場に車を停め、ベンチに歩み寄ってすわった。ずんぐりとした毛深い男だ。横幅はあるが、背は高くない。新聞の日曜版を携え、海上のヨットを眺めていたが、やがて目を閉じて顔を空に向けた。まだ好天がつづいている。五分ほど、グロフスキーはトカゲよろしく日光浴をしていた。それから目をあけ、新聞を開いて読みはじめた。

「グロフスキーがここに来るのはこれで五度目です」コールがささやいた。「サボの設計が終わってからは三度目になります」

「いまのところはこれまでどおりか？」わたしは尋ねた。

「まったく同じです」コールは言った。

二十分ほど、グロフスキーは新聞を熟読していた。ほんとうに読んでいるようだ。すべての面に目を通している。ただし、スポーツ面は飛ばしたので、ヤンキースのファンにしては少し妙だと思った。とはいえ、ヤンキースのファンならボルティモア・オリオールズの記事をしょっちゅう押しつけられるのは勘弁してもらいたいはずだ。

「ほら、見て」コールがささやいた。

グロフスキーが視線をあげ、新聞の中から軍の薄い黄褐色の封筒を抜きとった。読んでいる面の皺を伸ばすために左手を強く引く。それは人目を欺くためでもある。ちょうどその瞬間、ベンチの脇にあったごみ箱の中に右手で封筒を落としたからだ。

「手際がいいな」わたしは言った。

「まったくです」コールは言った。「あの男はばかではありません」

わたしはうなずいた。かなり優秀だ。その後もすぐには立ちあがらない。十分ほどそのまますわって新聞を読んでいる。それから新聞をゆっくりとていねいにたたみ、立ちあがった。水際へ行き、またヨットを眺める。ようやく向きを変え、新聞を左の小脇にはさんで車のほうへ戻っていった。

「見ていてください」コールは言った。

グロフスキーは右手でズボンのポケットから短くなったチョークを出した。街灯の鉄柱に歩み寄り、チョークで印をつける。鉄柱の印はそれで五つ目だ。五週間で五つの印。前の四つは時を経て順々に薄くなっている。双眼鏡でその印を眺めているうちに、グロフスキーは駐車場に行ってロードスターに乗りこみ、ゆっくりと走り去った。わたしは双眼鏡の向きを戻し、ごみ箱に焦点を合わせた。

「このあとは？」と言う。

「まったく何も起こりません」コールは言った。「すでに二度、こうして監視しました。日曜日を二回潰して。だれも現れないはずです。日中も、夜間も」

「ごみはいつ収集される？」

「あすの朝一番に」

「ごみの収集業者が仲介しているのかもしれない」

コールは首を横に振った。「それはもう調べました。収集車は積みこんだものをいっしょくたに圧縮して固めたら、焼却場に直行しています」

「ということは、極秘の設計図も市の焼却場で燃やされているのか？」

「安心ですね」

「あのヨットに乗っているだれかが真夜中にこっそり取りにくるのかもしれない」

「透明人間がヨットを買ったのでもないかぎり、それはありえません」

「それなら、相手はもういないのかもしれないな」わたしは言った。「相手は前もって段どりを決めておいたが、別件で逮捕されてしまったのかもしれない。あるいは、怖じ気づいて遠くへ逃げたのかもしれない。あるいは、病死したのかもしれない。計画倒れに終わったのかもしれない」

「ほんとうにそう思います？」

「あまり思わないな」わたしは言った。

「監視は打ち切りますか？」コールは言った。

「打ち切るしかない。わたしは物わかりが悪いかもしれないが、正真正銘の愚か者ではない。こうなったらお手あげだ」

「プランBに移ってもかまいませんか？」

「グロフスキーを連行して、銃殺隊で脅せ。そのうえで、こちらに協力して偽物の設計図を届けるのなら、悪いようにはしないと伝えろ」

「本物らしい設計図にするのはむずかしそうですが」

「グロフスキーに自分で書かせろ」わたしは言った。「危険な状況にあるのは本人なんだから」

「もしくは、子供たちです」

「親になるとはそういうことだ」わたしは言った。「グロフスキーも必死になるだろう」

コールはしばらく黙っていた。そして言った。「踊りにいきませんか？」

「ここで？」

「基地からはだいぶ離れています。知り合いはだれもいません」

「いいだろう」わたしは言った。

とはいえ、踊るにはまだ時間が早かったから、何杯かビールを飲んで夜になるのを待った。立ち寄ったバーは狭くて暗かった。木材と煉瓦が使われている。いい店だ。

ジュークボックスもある。ふたりして長いことそれに寄りかかり、われわれのデビュー曲を決めるべく、熱心に議論した。それはきわめて重要な意味を帯びはじめた。わたしはテンポを分析することで、コールの提案の意味を解釈しようとした。抱き合って踊るのか？　そういうダンスなのか？　それとも、〝分離すれども平等〟という法律用語を連想させる、跳んだり跳ねたりのよくあるダンスなのか？　しまいには国連決議が必要になりそうだったので、二十五セント硬貨をジュークボックスに投入し、目をつぶってでたらめにボタンを押すことにした。流れたのはローリング・ストーンズの《ブラウン・シュガー》。時代を超えた名曲だ。蓋をあけてみれば、コールはダンスがとても上手だった。わたしはひどいものだったが。

曲が終わるとふたりとも息を切らしていたので、席にすわってビールのお代わりを注文した。そのときわたしは不意に、グロフスキーのもくろみに気づいた。

「封筒じゃない」と言った。「封筒には何もはいっていない。新聞だ。設計図は新聞の中に忍ばせてある。スポーツ面に。グロフスキーは成績データだけでも確かめるべきだったな。封筒は監視されている場合に備えての目くらましだ。練習を重ねたのだろう。新聞はのちほど別のごみ箱に捨てている。チョークで印をつけたあとに。おそらく駐車場から出る際に」

「やられた」コールは言った。「五週間もむだにするなんて」

「何者かが本物の設計図を三つ入手したことになるぞ」

「同業者ですね」コールは言った。「軍か、ＣＩＡか、ＦＢＩの。この抜け目のなさからして、プロフェッショナルです」

封筒ではなく、新聞。あれから十年後、わたしはメイン州でベッドに横たわり、ドミニク・コールが踊る姿や、グロフスキーが新聞をゆっくりとていねいにたたみ、海上に百本は並んでいたヨットのマストを眺めるさまを思い返していた。封筒ではなく、新聞。どういうわけか、今回の件にも関係がありそうに感じる。あれではなく、これ。メイドがわたしの包みをサーブのトランクの底に隠していたという話を思い返す。同じ場所にほかにも何か隠していたとは考えられない。もし隠していたら、ベックが見つけ、キッチンのテーブルに検察側の証拠品もどきを置く際にそれも追加しただろう。しかし、サーブのカーペットは古びて剝がれかけていた。わたしがスペアタイヤの下に銃を隠すような人間だったら、書類は車のカーペットの下に隠したかもしれない。そういう人間だったら、メモをとったり記録をつけたりしていたかもしれない。

ベッドからおり、窓際に行った。日が沈みかけている。宵闇が迫りつつある。十四日目、金曜日もじきに終わる。サーブのことを考えながら、一階におりた。ベックが廊下を歩いている。急ぎ足で。何かに気をとられているようだ。ベックはキッチンに歩み入って受話器を手に取った。一秒ほど耳を澄ましてから、わたしに差し出す。

「電話がどれも通じない」と言いながら。

わたしも受話器を耳にあてて聴覚に神経を集中した。何も聞こえない。発信音も、回路が開いているときの甲高い雑音も。耳に届くのは鈍く重い沈黙と、自分のこめかみが脈打つ音だけだ。貝殻を耳にあてたときに似ている。

「きみのを試してみたまえ」ベックは言った。

わたしは二階のデュークの部屋に行った。内線電話は問題ない。三度目の呼び出し音でポーリーが出た。こちらから一方的に電話を切った。しかし、外線電話はまったく通じない。何か効果でもあるかのように受話器を握り締めていると、ベックが戸口に現れた。

「門には通じている」わたしは言った。

ベックはうなずいた。

「その回線は完全に独立している」と言う。「独自に回線を引いたのだよ。外線はどうなっている?」

「通じない」わたしは言った。

「妙だな」ベックは言った。

わたしは受話器を置いた。窓を一瞥する。

「嵐のせいかもしれない」と言う。

「ちがう」ベックは携帯電話を掲げた。小さな銀色のノキアだ。「これも通じなくなっている」

わたしに差し出す。表側に小さな画面がある。右側に電池レベルの表示があり、満充電であることを示している。だが、電波状態の表示はバーが一本もない。〝圏外〟の大きな黒い文字があからさまに表示されている。わたしは携帯電話を返した。

「トイレに行きたい」と言う。「すぐ下に戻る」

バスルームにはいってドアを施錠した。靴を脱ぐ。ヒールを開く。電源ボタンを押す。画面に〝圏外〟と表示された。電源を切って通信機をヒールに押しこんだ。形ばかりトイレの水を流してから、蓋の上にすわった。わたしは電気通信の専門家にはほど遠い。電話線がときどき切れることなら知っている。携帯電話のテクノロジーが必ずしもあてにならないことも知っている。しかし、ある場所の固定回線がつながらなくなるのとまったく同時に、最寄りの携帯電話の基地局が故障する確率はどれくらいあるのか。かなり低いはずだ。いや、ごく低いだろう。ということは、故意に不通にされたにちがいない。だとしても、だれがそれを要請したのか。電話会社ではない。金曜日の帰宅ラッシュの時間帯に、わざわざ大混乱を招きかねない整備をするはずがない。やるなら日曜日の早朝あたりか。そもそも、固定回線と携帯電話の基地局を同時に機能停止にはしないだろう。時間をずらしてふたつの作業をおこなうにちがいない。

それなら、だれが手配したのか。強い権限を持つ政府機関かもしれない。たとえば、DEAだ。DEAがあのメイドの救出に向かっているのかもしれない。SWATチームが先に港で包囲作戦を実行していて、館へ向かう準備が整うまではベックに知らせたくないのかもしれない。

しかし、その可能性は低い。DEAなら複数のSWATチームを動かせる。そうすれば複数の作戦を同時に実行できる。そこまでしないにしても、館から最初の曲がり角までの公道を封鎖するのは造作もない。いつまででも封鎖できる。道のりは二十キロもあるから、どこでも封鎖できる。電話が通じようと通じまいと、ベックはまな板の鯉だ。

それなら、だれなのか。

ダフィーが独断でやったのかもしれない。ダフィーの身分なら、電話会社の経営者と一対一で話し、一生に一度の頼みを聞いてもらえるかもしれない。特に、地域を限定した頼みなら。対象は固定回線のささやかな支線一本と、おそらくI－九五号線の近くにある携帯電話の基地局ひとつ。車で通りかかったら五十キロほどにわたって圏外になるが、ダフィーなら無理押しできたかもしれない。もしかしたら。特に、期間を明確に限定した頼みなら。いつまでか決めたうえでなら。たとえば、四、五時間だけなら。

　では、なぜダフィーはいきなり、この四、五時間の電話は危険だと案じたのか。ありうる答はひとつしかない。わたしの身を案じたからだ。

　あのボディガードたちが逃げたからだ。

10

時間。道のりを速さで割った商は時間に等しい。わたしの時間は充分にあるか、まったくないかのどちらかだ。どちらなのかはわからない。ボディガードたちは、八秒間の開幕の大芝居を計画したマサチューセッツのモーテルに監禁されていた。ここの三百キロほど南だ。そこまでは確実にわかっている。事実だからだ。そこからは完全な推測になる。ただし、ありそうな筋書きをまとめることはできる。ボディガードたちはモーテルから逃げ出し、政府のトーラスを盗んだ。そしてパニックで荒い息をつきながら、一時間ほどは車を猛然と飛ばした。これから何をやるにしても、とにかく距離を稼いでおきたくて。荒野のただ中で少し迷ったりしたかもしれない。やがて現在地を把握して、ハイウェイに乗る。北へ突き進む。落ち着いてくると、後方に目を配り、速度を落とし、遵法運転を心がけ、電話を探しはじめる。だが、そのころにはダフィーが電話を不通にしている。迅速に対応して。だから最初の立ち寄りは時間のむだに終わる。速度を落とし、駐車し、館に電話をかけ、携帯電話にも通話を試み、また発車し、ハイウェイの流れにふたたび乗るのに十分といったところか。つぎのサービスエリアでも同じことを繰り返す。最初につながらなかったのは、たまたま技術的な障害が起こったせいだろうと考えて。そしてまた十分を費やす。その後は、同じ流れを繰り返すか、もう館に近いから急いで行こうと考えるかのどちらかだ。あるいは、その両方だろう。

はじめから終わりまで、四時間くらいか。しかし、その四時間の起点はいつなのか。見当もつかない。それは明らかだ。四時間前から三十分ほど前までのどこかであるのはまちがいない。だからわたしの時間は充分にあるか、まったくないかのどちらかになる。

急いでバスルームから出て、窓の外を確かめた。雨はやんでいる。もう夜だ。塀のライトが灯っている。靄で暈がかかっている。その向こうは暗闇に沈んでいる。遠くにヘッドライトの光は見えない。一階におりた。ベックは廊下にいた。まだノキアをいじくり、つながらないか試みている。

「外に出てくる」わたしは言った。「公道の少し先まで」

「なぜ？」

「電話がこんなふうになったのは気に食わない。なんでもないかもしれないが、何かあったかもしれない」

「何かというと？」

「わからない」わたしは言った。「何者かがここへ向かっているのかもしれない。あんたがどれだけの敵に狙われているかは、さっき聞かされたばかりだ」

「塀と門がある」

「船はあるか？」

「いや」ベックは言った。「なぜ？」

「敵が門まで来ていたら、船が必要になる。向こうはあんたが飢え死にするまで居すわることもできる」

ベックは何も言わない。

「サーブを借りるぞ」わたしは言った。

「なぜ？」

キャデラックより軽いからだ。

「キャデラックはあんたのために残しておきたいからだ」わたしは言った。「あれのほうが大きい」

「何をするつもりだ」

「必要なことを」わたしは言った。「わたしは警備の責任者になった。なんでもないかもしれないが、もし何かあったら、あんたのために対処する」

「わたしはどうすればいい？」

「窓をあけて耳を澄ましていてくれ」わたしは言った。「夜だし、ここは海に囲まれているから、わたしが発砲すれば数キロ離れていても聞こえるはずだ。銃声が聞こえたら、全員をキャデラックに乗せて逃げろ。飛ばせ。停まるな。あんたが突破するまで敵はわたしが食い止める。行くあてはあるか？」

ベックはうなずいた。どこかは言わずに。

「それならそこに行ってくれ」わたしは言った。「わたしは切り抜けたら事務所へ行く。車の中で待っているつもりだ。あとから捜しにくればいい」

「わかった」ベックは言った。

「ポーリーに内線電話をかけて、わたしがすぐに門を通れるようにしておけと言ってくれ」

「わかった」ベックはふたたび言った。

廊下にベックを残し、夜気の中に出た。遠まわりして中庭の塀沿いを歩き、くぼみから包みを回収した。サーブに戻り、包みを後部座席の上に置く。運転席に乗りこんでエンジンをかけ、バックで出した。車まわしをゆっくりと進み、加速して私道を進む。行く手に塀のライトが煌々と光っている。門のそばにポーリーがいる。少し速度を落としてタイミングを計り、停まらなくても済むようにした。門をそのまま抜ける。西へ車を走らせながら、フロントガラスの向こうに目を凝らして、こちらへ向かってくるヘッドライトの光を探した。

六キロ半ほど行ったところで、政府のトーラスを見つけた。路肩に停まっている。こちらに正面を向けて。ヘッドライトは点灯していない。運転席にすわっているのはあの年かさの男だ。わたしもヘッドライトを消灯して速度を落とし、運転席の窓が並ぶように停車した。窓をあける。向こうも同じようにする。懐中電灯と銃をわたしの顔に向け、だれなのかを確認すると、どちらもおろした。

「ボディガードたちが逃げた」年かさの男は言った。

わたしはうなずいた。「やはりそうか。いつ？」

「四時間近く前だ」

無意識のうちに前方を一瞥する。時間がない。

「ふたりやられた」年かさの男は言った。

「殺されたのか？」

年かさの男はうなずいた。無言で。

「ダフィーは上に報告したのか？」

「報告できない」年かさの男は言った。「いまはまだ。おれたちは記録上は存在しない作戦をおこなってる。この事態そのものが起こってないことになる」

「いずれは報告しなければならないだろう」わたしは言った。「ふたりも死んだのなら」

「報告するさ」年かさの男は言った。「あとで。あんたがやり遂げたら。当初の目的が復活したんだよ。ダフィーにとっては、捜査を正当化するために、ベックをとらえることがこれまで以上に必要になってる」

「どうしてこんなことになった？」

年かさの男は肩をすくめた。「ボディガードたちは隙をうかがってた。向こうはふたり、こっちは四人だ。簡単な仕事のはずだった。だが、だんだんずさんになったんだと思う。モーテルに監禁するのは疲れるからな」

「どのふたりがやられた？」

「トヨタ車に乗ってたふたりだ」

わたしは何も言わなかった。監禁できたのはおよそ八十四時間。三日半だ。むしろ、当初のわたしの予想より少し長くもったことになる。

「ダフィーはいまどこに？」わたしは尋ねた。

「みんな散らばってる」年かさの男は言った。「ダフィーはエリオットとポートランドにいる」

「電話の件は好判断だった」

年かさの男はうなずいた。「まったくだ。あんたを気にかけてるんだよ」

「不通はどれくらいつづく?」

「四時間だ。それがやっとだった。だからもうじき復旧する」

「ボディガードたちはここに直行すると思う」

「おれもそう思う」年かさの男は言った。「だからおれもここに直行した」

「四時間近く経っているのなら、そろそろハイウェイをおりるはずだ。それなら電話はもうどうでもよくなる」

「だろうな」

「何か案は?」わたしは言った。

「おれはあんたを待ってた。あんたなら点と点を結びつけると思って」

「ボディガードたちは銃を持っているのか?」

「グロックを二挺」年かさの男は言った。「全弾装填されてた」

そこで間をとった。遠くを見ている。

「現場で四発発砲されているから、そのぶんは減っている」と言う。「そう説明を受けた。四発でふたりを仕留めたらしい。すべて頭部に命中させて」

「たやすくできることではないな」

「そのとおりだ」年かさの男は言った。「適当な場所を見つける必要がある」

自分の車はその場に残してわたしの車に乗るよう言った。年かさの男はまわりこんで助手席に乗りこんだ。コーヒーショップで会ったときにダフィーが着ていたレインコートを着ている。返してもらったのだろう。そこから一キロ半ほど車を走らせ、適当な場所を探しはじめた。舗装路が低い土手道のように少し盛りあがっている。路肩は三十センチもなく、すぐに岩だらけの地面へと落ちこんでいる。道が急に狭くなり、長くゆるやかなカーブにつづいている。車をいったん停め、切り返しながら後退と前進を繰り返し、直角に道をふさぐようにした。ふたりで車をおりて確かめる。バリケードとしては上出来だ。迂回する余地はない。ただし、予想はしていたが、バリケードとしてはあまりに露骨だ。ボディガードのふたりはカーブを猛スピードで曲がったところで急ブレーキをかけ、バックしながら銃を撃ちはじめるだろう。

「ひっくり返す必要がある」わたしは言った。「大きな事故があったかのように」

後部座席から包みを出した。念のために路肩に置いておく。それから年かさの男に指示し、レインコートを地面に敷かせた。自分のコートもポケットの中身を空にして、その奥に敷く。サーブをこのコートの上に転がしたい。なるべく無傷で館に戻さなければならない。ふたりで背中を車に向けて並んで立ち、揺すりはじめた。車をひっくり返すのはむずかしくない。世界中で見たことがある。タイヤとサスペンションの力を借りるのがこつだ。揺すっては弾ませることを繰り返し、車体が高く跳ねあがるまでつづけてから、タイミングを計って一気にひっくり返せばいい。年かさの男は力が強い。自分の役目を果たしてくれている。車体が四十五度ほど跳ねあがるのを待って、ふたり同時にすばやく体を半回転させると、両手を車体の縁に引っかけて持ちあげ、横倒しにした。そしてその勢いを利用し、ルーフが下になるように押し倒した。

コートのおかげで車に傷をつけず楽に滑らせることができ、ちょうどいい位置に置けた。上下逆になった運転席のドアをあける。中にはいって、この四日で二度目となる死んだふりをするよう年かさの男に言った。年かさの男は体を滑りこませてうつ伏せになった。下半身は中、上半身は外で、両腕を頭のほうに投げ出している。暗いので、いかにも死体らしく見える。まばゆいヘッドライトで照らされれば濃い影ができるから、充分に通用するだろう。コートはよほど目を凝らさなければ見えない。わたしは車から離れて包みを拾いあげると、路肩の端の岩場をくだってうずくまった。

そして待った。

だいぶ待ったように感じられる。五分、六分、七分。自分の手のひらよりもやや大きい石を三つ集めておく。西の地平線を見つめる。まだ雲が低く垂れこめているので、上下に揺れるヘッドライトの光がそこに反射するはずだ。だが、地平線は黒く、静かなままだった。遠くで波が砕ける音と年かさの男の息遣いしか聞こえない。

「もうすぐ来るはずだ」年かさの男は言った。

「来るだろう」わたしは言った。

待った。夜は暗く、静かなままだ。

「あんたの名前は？」わたしは言った。

「なぜ訊く？」年かさの男は言った。

「知りたくなっただけだ」わたしは言った。「あんたを二回も殺したのに、名前も知らないのはどうかと思って」

「テリー・ビリャヌエバ」年かさの男は言った。

「スペイン系の名前か？」

「そのとおりだ」

「スペイン系には見えないな」

「わかってる」ビリャヌエバは言った。「母親はアイルランド系で、父親がスペイン系だ。だが、兄とおれは母親似でな。兄はニュートンに改名した。昔の科学者や、町と同じ綴りの。ビリャヌエバは〝新しい町《ニュー・タウン》〟という意味だからだよ。だが、おれはスペイン語のままにした。父親に敬意を払って」

「どこで育った？」

「ボストンの南だ」ビリャヌエバは言った。「昔は苦労したもんだ。父親と母親の人種がちがったりすると」

われわれはまた黙った。わたしは目を光らせ、耳を澄ました。変化はない。ビリャヌエバが身じろぎした。楽な姿勢ではないようだ。

「あんたは根性があるな、テリー」わたしは言った。

「昔かたぎなもんでな」ビリャヌエバは言った。

そのとき、車の音が聞こえた。

同時に、ビリャヌエバの携帯電話が鳴りはじめた。

車はまだ一キロ半は離れているだろう。はるか遠くでV型六気筒エンジンを吹かす軽やかな音がかすかに聞こえる。道と雲のあいだにとらわれたヘッドライトの光がおぼろげに見える。ビリャヌエバの電話の着信音は、バッハの《トッカータとフーガニ短調》の恐ろしく速いバージョンに設定されている。本人は死んだふりをするのをやめ、少し腰を浮かすと、電話をポケットから引っ張り出した。そして親指でボタンを押して音楽を止め、電話に出た。電話は手の中に隠れるほど小さい。少し耳を傾けてから「わかった」と言うのが聞こえた。それから「いまやってるところだ」と言い、また「わかった」と言い、さらに「わかった」と言うと、ビリャヌエバは電話を切ってふたたび横たわった。片側の頰を路面につけて。電話は手の中に半ば隠れている。

「電話がいま復旧した」ビリャヌエバは言った。

新たな時間との競争がはじまったということだ。わたしは右側、つまり東側を一瞥した。ベックは電話がつながらないか試しつづけているはずだ。発信音が聞こえたとたん、わたしを捜しにきて、もう安心だと言うだろう。左側、つまり西側を一瞥する。車の音がはっきりと聞こえる。ヘッドライトの光が暗闇を切り裂き、上下左右に揺れている。

「三十秒」わたしは言った。

音が大きくなる。タイヤと、オートマチックトランスミッションと、エンジンの音が別々に聞こえる。わたしはさらに姿勢を低くした。十秒、八秒、五秒。車が高速でカーブを曲がり、ヘッドライトの光がまるめた背中をかすめる。そして油圧装置が急作動する音と、ブレーキディスクがきしる音と、ロックしたタイヤが路面をこする音が聞こえ、車は完全に停止した。サーブから六メートルほど離れ、車線からわずかにはみ出ている。

顔をあげた。無地の青のトーラスで、雲の多い月明かりのもとでは灰色に見える。

前方に円錐状の白い光を放ち、後方でブレーキライトが赤く光っている。乗っているのはふたり。サーブに反射した光で顔が照らされている。ふたりはしばらく固まっていた。前方を凝視しながら。このサーブを知っているからだ。百回は見たことがあるにちがいない。運転していた男が身動きした。セレクトレバーを前に動かし、パーキングレンジに入れる音が聞こえた。ブレーキライトが消える。エンジンはアイドリングしている。排気ガスとボンネットから立ちのぼる熱が鼻を刺激する。

ふたりは同時にそれぞれのドアをあけた。車からおり、ドアの後ろに立つ。手にはグロックを持っている。様子を見ている。ドアの後ろから出てきた。銃を低く構え、ゆっくりと歩いてくる。腰から下をヘッドライトが明るく照らしている。上半身は見にくい。それでも、顔立ちは見分けられる。体つきも。あのボディガードたちだ。まちがいない。若く、大柄で、緊張し、警戒している。皺が寄って汚れたダークスーツを着ている。ネクタイは締めていない。白かったシャツが灰色になっている。

ふたりはビリャヌエバのそばにしゃがみこんだ。自分たちの陰になっているので、少し移動してビリャヌエバの顔を光のほうに向けた。ボディガードたちはこの顔を見たことがある。とはいえ、八十四時間前、大学の校門の前で、通りざまに一瞥しただけだ。覚えているとは思えない。実際、覚えていないようだ。しかし、一度だまされているから、二度とだまされたくないと考えている。だから用心に用心を重ねている。すぐに応急手当をはじめようとはしない。しゃがんだまま、何もせずにいる。やがてわたしに近いほうの男が立ちあがった。

男とわたしの距離は一メートル半にまで縮まっている。わたしは右手で石をつかんだ。ソフトボールよりやや大きい。顔を平手打ちするかのように、腕を水平に大きく、すばやく振った。はずしたら肩から腕が抜けそうな勢いで。だが、はずさなかった。こめかみを石でまともに殴られた男が、上から重しが降ってきたかのように崩れ落ちる。もうひとりの男は機敏だった。慌ててあとずさり、足をもつれさせながら立ちあがっている。ビリャヌエバがその足を払おうとして失敗した。男が飛びすさり、身を翻す。グロックがわたしに向けられる。発砲だけはさせたくなかったので、石を頭めがけて投げつけた。男はまた身を翻したが、うなじに石が直撃した。ちょうど頭蓋骨が湾曲して背骨につながっているところに。こぶしで猛烈な一撃を食らったかのようだ。男が前につんのめる。グロックを落とし、切り倒された木のように顔から路面に倒れこむと、動かなくなった。

わたしはその場に立ったまま、東の闇に目を凝らした。何も見えない。ヘッドライトの光はない。遠くの海の音以外には、何も聞こえない。上下逆になった車からビリャヌエバが這い出てきて、両手と両膝を突き、ひとり目の男のそばにかがみこんだ。

「こっちは死んでる」と言う。

わたしも確かめたが、死んでいた。五キロの石がこめかみにめりこんで生き延びるのはむずかしい。頭蓋骨がきれいに陥没し、見開かれた両目は光を失っている。首と手首の脈を調べてから、ふたり目の男を見にいった。かがみこむ。同じく死んでいる。首が完全に折れている。意外ではない。五キロの石をノーラン・ライアンばりに投げつけたのだから。

「一石二鳥だな」ビリャヌエバは言った。

わたしは何も言わなかった。

「どうした?」ビリャヌエバは言った。「まさか連れ戻してまた監禁したかったのか? 身内にあんなことをしたやつらだぞ? 警官に殺してくださいと頼んだようなものだ」

わたしは何も言わなかった。

「何か問題でもあるのか?」ビリャヌエバは言った。

わたしは〝身内〟ではない。わたしはDEAではないし、警官でもない。しかし、思い返せば、パウエルは内々に〝親展、10-2、10-28〟とわたしに伝えていた。〝この男たちは死ぬべきだ、まちがいなく〟。パウエルがそう言うなら信じられる。仲間意識とはそういうものだ。ビリャヌエバもわたしも、自分なりの仲間意識を持っている。

「問題はない」わたしは言った。

落ちていた石を見つけ、路肩に転がした。それから立ちあがって死体から離れ、トーラスの車内に上半身を入れてヘッドライトを消した。ビリャヌエバを手招きする。

「ここからは大急ぎでやる必要がある」と言う。「ダフィーに電話をかけ、エリオットをここに連れてくるよう言ってくれ。この車を回収してもらう」

ビリャヌエバは短縮ダイヤルのボタンを押して話しはじめ、わたしは路上に落ちていた二挺のグロックを見つけて、死んだ男たちのポケットに一挺ずつ押しこんだ。それからサーブに歩み寄った。上下を戻すのはひっくり返すよりずっとむずかしそうだ。一瞬、どうやっても無理ではないかと不安に襲われた。コートのせいで路面とのあいだに摩擦力が働かない。押してもルーフを下にしたまま滑っていくだけだろう。ひとまず、上下逆になった運転席のドアを閉めて待った。

「ふたりが向かっている」ビリャヌエバが言った。

「手伝ってくれ」わたしは言った。

コートの上のサーブを人力で館のほうへできるかぎり動かした。ビリャヌエバのレインコートの上からわたしのコートの上へとずらす。さらにわたしのコートの端までずらすと、金属が路面にあたって車は動かなくなった。

「傷がつくぞ」ビリャヌエバは言った。

わたしはうなずいた。

「やむをえない」と言う。「トーラスに乗ってサーブを押してくれ」

ビリャヌエバはトーラスを前進させ、フロントバンパーをサーブに押しあてた。腰の高さのすぐ上で、ドアとドアのあいだのBピラーと接している。エンジンを吹かすよう合図すると、サーブは横向きに押し出され、ルーフが路面にこすれた。わたしはトーラスのボンネットにのぼり、サーブの車体の縁を力いっぱい押した。ビリャヌエバはトーラスをゆっくりと一定の速度で前進させている。サーブが斜めに押しあげられていく。四十度、五十度、六十度。わたしはトーラスのフロントガラスの下部に足を踏ん張り、サーブの側面を押している手を少しずつ下に動かしてルーフにあてがった。ビリャヌエバがアクセルペダルを踏みこみ、わたしの背骨が二、三センチほど縮むとともに、サーブは向こうに倒れこんでタイヤから勢いよく着地し、一度跳ねあがった。ビリャヌエバが急ブレーキをかけたので、わたしはボンネットの上から投げ出され、頭をサーブのドアに打ちつけた。トーラスのフロントフェンダーの下に倒れこんでしまう。ビリャヌエバが車をバックさせて停め、慌てて出てきた。

「大丈夫か？」と言う。

わたしはそのまま横たわっていた。頭が痛む。かなり強く打ったようだ。

「車はどんな具合だ？」と言う。

「いい知らせと悪い知らせ、どっちからにする？」

「いい知らせから頼む」わたしは言った。

「サイドミラーは問題ない」ビリャヌエバは言った。「もとどおりに開ける」

「しかし？」

「塗装がごっそりえぐれた」ビリャヌエバは言った。「ドアが少しへこんだ。あんたが頭突きしたせいだろう。ルーフも少し潰れてる」

「鹿をはねたとでも言うさ」

「このあたりに鹿がいるかどうかは知らないぞ」

「それなら熊だ」わたしは言った。「なんでもいい。打ちあげられた鯨とか、海獣とか、ダイオウイカとか。氷河が溶けて出てきたばかりの巨大な毛むくじゃらのマンモスでもいい」

「大丈夫か？」ビリャヌエバはまた言った。

「死にはしない」わたしは言った。

うつ伏せになり、両手と両膝を突く。ゆっくりと身を起こした。

「死体の処理を頼めるか？」ビリャヌエバは言った。「おれたちでは処理できない」

「それならわたしがやるしかないな」わたしは言った。

ふたりで苦労してサーブのリアゲートをあけた。ルーフが少し潰れたせいでこれも少しゆがんでいる。死体をひとつずつ運び、ラゲッジスペースに押しこんだ。ほぼ満載状態だ。わたしは路肩に戻って包みを拾いあげ、死体の上に置いた。リアパーセルシェルフがあるのですべて隠せる。リアゲートを閉めるのもふたりがかりの作業になった。左右に分かれ、体重をかけて押しさげてようやく閉まった。路上から二着のコートを拾い、振って広げてから着た。どちらも湿って皺ができ、ところどころが少し破れている。

「大丈夫か？」ビリャヌエバはまた訊いた。

「車に乗れ」わたしは言った。

サイドミラーをもとどおりに開き、車に乗りこんだ。イグニッションキーをまわす。エンジンがかからない。もう一度試した。だめだ。タイヤのあいだで燃料ポンプがうなっている。

「しばらくイグニッションキーをまわしたままにするんだ」ビリャヌエバが言った。「エンジンからガソリンが抜けたんだよ。ひっくり返したときに。少し待って、ポンプにガソリンを吸わせるといい」

待ってからの三度目の試みで、エンジンがかかった。セレクトレバーをドライブレンジに入れ、車体の向きをまっすぐにしてから、公道を一キロ半ほど引き返し、もう一台のトーラスを駐車した場所へ行った。ビリャヌエバが乗ってきた車だ。路肩に停めたときのまま、月光を受けて灰色にぼんやりと浮かびあがっている。

「戻ってダフィーとエリオットを待て」わたしは言った。「そのあとはさっさと走り去ったほうがいい。また会おう」

ビリャヌエバはわたしの手を握った。

「昔かたぎなもんでな」と言いながら。

「テン・エイティーン」わたしは言った。10‐18は憲兵の無線コードで〝任務完了〟を意味する。だが、ビリャヌエバは知らなかったらしく、怪訝そうにわたしを見つめている。

「気をつけてくれ」わたしは言った。

ビリャヌエバは首を横に振った。

「ボイスメールがある」と言う。

「それがどうした？」

「携帯電話が圏外になると、ふつうはボイスメールに切り替わる」

「基地局がまるごと機能を停止していたんだぞ」

「だが、携帯電話の通信網はそう認識してない。ベックが自分の電話の電源を切ったとしか機械は認識してない。だからボイスメールを保存してるはずだ。どこかで集中管理してるサーバーに。あのボディガードたちはベックにメッセージを残したかもしれない」

「どんなメッセージを？」

ビリャヌエバは肩をすくめた。「いま館へ向かってると吹きこんだかもしれない。メッセージをベックがすぐに聞いてくれるのを期待して。そして一部始終を語ったかもしれない。それか、頭がうまく働かず、通常の留守番電話のように思いこんで、〝もしもし、ミスター・ベック、電話に出てください〞とか言ったかもしれない」

わたしは何も言わなかった。

「あのふたりはベックの携帯電話にボイスメールを残した可能性がある」ビリャヌエバは言った。「きょうの話だ。それだけは言える」

「わかった」わたしは言った。

「どうするつもりだ」

「銃撃戦をはじめる」わたしは言った。「靴にボイスメール。もういつばれてもおかしくない」

ビリャヌエバは首を横に振った。

「それはだめだ」と言う。「ダフィーはベックを逮捕しなきゃならない。わが身を救うにはそれしかない」

わたしは目をそらした。「ダフィーには最善を尽くすと伝えてくれ。ただし、ベックとわたしのどちらかが死ぬとしたら、それはベックだ」

　ビリャヌエバは何も言わない。

「なんだ？」わたしは言った。「わたしは生贄にされるのか？」

「とにかく最善を尽くしてくれ」ビリャヌエバは言った。「ダフィーはいい子なんだよ」

「それはわかっている」わたしは言った。

　ビリャヌエバは一方の手でドアフレームを、もう一方の手で背もたれを握り、サーブから出た。歩いて自分の車に乗りこむと、ヘッドライトをつけずにゆっくりと静かに走り去った。手を振っているのが見える。視界の外に出るまで見送ってから、サーブを方向変換させ、車線をまたいで道の中央に西向きに停めた。ベックが捜しにきたら、しっかり防衛していると思ってくれるのを期待して。

　しかしながら、ベックは電話の状態をあまり頻繁に確かめていないか、あるいはわたしのことなどあまり気にかけていないかのどちらからしく、十分待っても現れなかった。その時間を使い、スペアタイヤの下に銃を隠すような人間はカーペットの下にメモを隠すかもしれないという先ほど立てた仮説を検証した。カーペットははじめから剝がれかけていたし、ひっくり返ったせいでさらに剝がれかけている。だが、その下には何も見つからず、古い赤と灰色のトレーナーから作ったような湿った吸音材と錆汚れがあっただけだ。メモはない。仮説はまちがっていた。カーペットをできるかぎりもとどおりにし、踏みつけて均した。

それから車をおりて外側の損傷具合を確かめた。塗装の傷はどうしようもない。ひどい傷だが、目もあてられないほどではない。ドアのへこみもどうしようもない。直したければドアをはずして裏側から鋼板を叩くしかない。ルーフは少し潰れている。明らかにまるみを帯びていたのに、いまではかなり平らになっている。だが、これなら内側からどうにかできるかもしれない。後部座席に乗りこみ、左右の手のひらをルーフライナーにあて、強く押した。骨折りはふたつの音で報いられた。ひとつは鋼板がもとの形に戻る音で、もうひとつは紙が破れる音だ。

新しい車ではないから、ルーフライナーもいまではどの車にも使われているような、ネズミの毛皮に似た一枚の布を成形したものではない。古くさいクリーム色のビニールで、横方向に渡された肋骨のようなワイヤーによって蛇腹状に三つの部分に分かれている。端はルーフを一周する黒いゴム製のパッキンで留められている。ビニールは前の一角、つまり運転席の上あたりに少し皺が寄っている。そこのパッキンが少しゆるんでいるように見える。ビニールを押しあげれば、パッキンから抜けそうだ。それから縦方向に引いて剝がしていけば、蛇腹状の三つの部分の好きなところに横から手を入れられる。あとは時間と指先を使い、ビニールをまたパッキンとルーフのあいだに押しこめばいい。これくらい古い車なら、少し気をつけるだけで、いじった痕跡は見つかりにくくなる。

身を乗り出し、前部座席の上の部分を調べた。ルーフの下側の感触が伝わるまでビニールを押しあげながら、横方向に端から端まで手を動かしていく。何もない。つぎの部分にも何もない。しかし、後部座席の上の部分には紙が隠されていた。大きさや重さまで見当がつく。リーガルサイズ、八枚から十枚ほどが重なっているようだ。

後部座席からおりて運転席に乗り、パッキンを観察した。ビニールを押しながら端をつまむ。パッキンとルーフのあいだに指先を入れ、慎重に引きおろして幅一センチほどの隙間を作った。反対の手をルーフに押しあてて横向きに引っ張ると、狙いどおりビニールがパッキンから抜け、親指がはいるくらいの穴ができた。

手前に向けた親指を動かし、二十センチ強まで穴を広げたとき、いきなり背後から照らし出された。まばゆい光、濃い影。道はわたしの右斜め後ろからここへと至っているので、助手席のサイドミラーに目をやった。ガラスがひび割れている。まばゆいヘッドライトが何組も映っている。〝ミラーに映るものは見た目よりも近くにあります〟という警告文が見える。すわったまま振り返ると、ひと組のハイビームが左右に忙しく揺れながらカーブを抜けてくるのが見えた。距離は四百メートルほど。急速に接近している。窓を二、三センチあけると、太いタイヤが転がるかすかな音と、ギヤを二速に落としたV型八気筒エンジンが静かにうなる音が聞こえた。キャデラックだ。急いでいる。ビニールをもとの場所に突っこんだ。パッキンで固定している時間はない。押しあげただけだ。落ちてこないよう祈った。

キャデラックは真後ろで急停止した。ヘッドライトは点灯したままだ。ミラーで見ていると、ドアがあき、ベックが出てきた。わたしはポケットに手を入れ、ベレッタの安全装置を解除した。ダフィーのことはともかく、ボイスメールが残されていたら長々と弁明してもむだだ。しかし、ベックは手に何も持っていない。銃も、ノキアも。こちらへ歩み寄ってきたので、わたしは車をおりてサーブのリアバンパーの真横で迎えた。へこみや傷にはなるべく近づけたくない。ベックは息子を迎えにいかせた男たちから五十センチも離れていないところで足を止めた。

「電話が復旧した」と言う。

「携帯電話も?」わたしは言った。

ベックはうなずいた。

「だが、これを見てくれ」と言う。

ポケットから小さな銀色の電話を出した。わたしはポケットの中でベレッタを握ったままにしている。撃ったら自分のコートに穴が空くだろうが、ベックのコートにはもっと大きな穴が空くだろう。差し出された電話を左手で受けとった。キャデラックのヘッドライトで照らせるように低く持つ。画面を見た。何を探せばいいのかわからない。ボイスメールがあることを封筒の小さなマークで知らせる機種なら見たことがある。ふたつの円を下の棒でつないだ小さなシンボルを使う機種も。後者はオープンリールテープに似せてあるのだろうが、妙な話だ。携帯電話を使う人のほとんどはオープンリールテープなど生まれて一度も見たことがないだろう。それに、携帯電話会社がメッセージをオープンリールテープに録音しているわけがない。何かの固体回路にデジタル録音しているはずだ。とはいえ、〝踏切あり〟の標識もいまだに機関車の絵を使っているわけで、殉職した勇敢な機関士として知られるケイシー・ジョーンズもあれを見たら鼻が高いだろう。

「見たか？」ベックは言った。

わたしの目には何も見えていない。封筒も、オープンリールテープもない。電波状態の表示と、電池レベルの表示と、〝メニュー〟という文字と、〝名前〟という文字があるだけだ。

「何を？」わたしは言った。

「電波状態だ」ベックは言った。「バーが五本のうち三本しか立っていない。いつもなら四本立っているのに」

「基地局が故障したのかもしれない」わたしは言った。「出力が高まるのに時間がかかるのかもしれない。何か電気がらみの理由で」

「そう思うか？」

「携帯電話にはマイクロ波が使われている」わたしは言った。「複雑な仕組みになっているのだろう。あとで確かめてみるといい。もとどおりになっているかもしれない」

左手で電話を返す。ベックは受けとってポケットにしまったが、まだ気になっている様子だ。

「ここは静まり返っているようだな」と言う。

「墓場並みだ」わたしは言った。

「つまり、なんでもなかったわけだ」ベックは言った。「何かあったわけではなく」

「そのようだ」わたしは言った。「すまない」

「いや、きみの油断のなさは高く評価している。ほんとうだ」

「自分の仕事をしただけだ」わたしは言った。

「夕食にしよう」ベックは言った。

そしてキャデラックに戻って乗りこんだ。わたしはベレッタの安全装置をかけ、サーブに乗った。ベックはバックして方向変換し、わたしを待っている。ポーリーが門を一度開閉するだけで済むように、いっしょに門を抜けたいのだろう。二台で車列を組み、六キロ半ほどの短い道のりを引き返した。サーブは乗り心地が悪く、ヘッドライトは斜め上を向き、ハンドルは手応えが軽くなっている。ラゲッジスペースには百八十キロほどの荷物が載っている。おまけに、道の最初の隆起を乗り越えたとき、ルーフライナーの隅が剝がれ、戻るあいだずっと顔の前で揺れていた。

車を車庫に入れると、ベックが中庭で待っていた。潮が満ちつつある。塀の向こうから波の音が聞こえる。大量の水が岩に叩きつけられている。地面からその衝撃が伝わってくる。明らかに物理的な感覚だ。音だけではない。ベックに合流し、歩いて戻って玄関の扉を抜けた。金属探知機が二度鳴る。ベックに対して一度、わたしに対して一度。ベックは館の鍵を差し出した。わたしは役職を示す記章のようにそれを受けとった。さらにベックは、夕食は三十分後だと言い、一家の食事にわたしを招待した。

わたしはデュークの部屋に行き、高窓のそばに立った。八キロほど西に、遠ざかっていく赤いテールライトが見えた気がした。ライトは三組だ。政府のトーラスに乗ったビリャヌエバとエリオットとダフィーであることを願った。10－18、任務完了。しかし、塀のまばゆいライトのせいで、あれが本物のテールライトだという自信がいまひとつ持てない。疲労や頭部の打撲のせいで視野に点が浮いているのかもしれない。

手早くシャワーを浴び、デュークの服をまた拝借した。自分の靴とジャケットはそのまま使い、だめになったコートはクローゼットにしまった。Eメールは確認しなかった。ダフィーはメッセージを送っている暇もなかっただろう。それに、どのみちダフィーとわたしはいま同じ段階にいる。これ以上ダフィーがわたしに教えられることはないはずだ。じきにわたしのほうがダフィーに何か教えることになる。サーブのルーフライナーを剝がす機会が得られたらすぐにでも。

何をするでもなく静かな三十分間の残りを過ごしてから、一階におりた。家族のダイニングルームに行く。並はずれて広い。長い長方形のテーブルが置かれている。オーク材の重く頑丈な代物で、いまふうではない。二十人はすわれそうだ。上座にベックがいる。エリザベスが反対の端にいる。リチャードは奥側にひとりですわっている。わたしの席はその真向かいで、ドアを背にする位置だ。リチャードに席を替わってもらおうかと思った。ドアを背にしてすわるのは落ち着かない。だが、結局は頼まないことにして、黙って腰をおろした。

ポーリーはこの場にいない。招待されなかったのは明らかだ。言うまでもなく、あのメイドもいない。下っ端がやるような仕事までやらざるをえなくなった料理人は不服そうだ。しかし、料理ではいい仕事をしている。最初に出されたのはフレンチオニオンスープで、まさに本場の味だった。母なら同意しなかっただろうが、自分だけが完璧なレシピを知っていると思いこんでいるフランス人女性はいつだって二千万人もいる。

「軍にいたころの話を聞かせてくれないか」話題を探しているのか、ベックがわたしに言った。仕事の話はしたくないのだろう。それは明らかだ。家族の前なのだから。エリザベスは必要以上に知っていそうだが、リチャードはかなり無関心に見える。あるいは、考えないようにしているだけかもしれない。この若者はなんと言っていただろう。〝わざわざ思い出さなければ、悪いこともなかったことにできる〟だったか？

「たいした話はない」わたしは言った。話したくなかった。悪いことをなかったことにはできないし、わざわざ思い出したくない。

「何かあるでしょう」エリザベスが言った。

三人そろって見つめてくるので、わたしは肩をすくめ、国防総省《ペンタゴン》の経費を調べたらＲＴＡＦＡという整備工具に八千ドルの購入費が計上されていた話を語った。退屈だったので興味が湧き、何本か電話をかけてみたら、その頭字語は〝回転式のトルク調節可能な固定器具《ローテイショナル・トルク・アジャスタブル・ファスナー・アプリケイター》〟の略だとわかった。正体を突き止めたら、三ドルのネジまわしだった。さらに調べてみると、三千ドルのハンマーやら千ドルの便座やらが計上されていたという落ちだ。よくできた話で、だれに聞かせても受けがいい。たいていの人はなんて厚顔無恥なんだろうと考えるし、政府嫌いの人は憤然とする。もっとも、事実ではない。この事件自体は実際にあったのだろうが、わたしは何もしていない。まったく別の部署の話だ。

「人を殺したことはある？」リチャードが尋ねた。

この三日で四人殺した、とわたしは思った。

「そんなことを訊くものではないわ」エリザベスが言った。

「うまいスープだ」ベックが言った。「ちょっとチーズが足りないかもしれないが」

「父さん」リチャードが言った。

「なんだ」

「動脈のことを考えないと。詰まっちゃうよ」

「わたしの動脈なのだから別にいいだろうに」

「ぼくの父さんなんだから別にいいわけないよ」

ふたりは顔を見交わした。どちらも照れ笑いをしている。父と子、最高の相棒。葛藤。食事は長くなりそうだ。エリザベスが話題をコレステロールから変えた。ポートランド美術館の話をはじめている。I・M・ペイの設計した建物があり、アメリカ人の画家や印象派の巨匠のコレクションもあるらしい。わたしに教養を授けたいのか、それともリチャードに館を出て何かするようすすめているのかはわからない。話は聞き流した。サーブのところに行きたかった。だが、いまは無理だ。だから何が見つかるかを予想しようとした。ゲームのように。リオン・ガーバーの声が頭の中に響く。〝見たものすべて、聞いたことすべてを考えろ。手がかりを解き明かせ〟と。聞いたことは多くない。しかし、見たものは多い。どれもなんらかの手がかりになるはずだ。たとえばこのダイニングテーブルも。この館も、その中のあらゆるものも。車も。サーブはがらくただ。キャデラックとリンカーンはいい車だが、ロールス・ロイスやベントレーとはちがう。ここの家具はどれも古く、地味で、重々しい。安物ではないが、どのみちいまの懐具合とは関係ない。購入したのはずっと前だ。ボストンでエリオットはなんと言っていただろう。ロサンゼルスのごろつきの話が出たときに。〝週に何百万ドルも稼いでいるのはまちがいない。まるで王様みたいな暮らしをしているよ〟。ベックは地位がもう少し上のはずだ。それなのに、王様のような暮らしはしていない。なぜか。用心深い北部人で、安物には興味がないからなのか。

「見たまえ」ベックが言った。

われに返ると、ベックが携帯電話を差し出していた。受けとって画面を見た。電波状態を示すバーが四本に戻っている。

「マイクロ波だな」わたしは言った。「やはり徐々に出力が高まるのだろう」

もう一度画面を見た。封筒も、オープンリールテープもない。ボイスメールはない。しかし、電話は小さく、わたしの親指は大きいため、画面の下にある上下の矢印が付いたボタンを誤って押してしまった。画面がすぐさま切り替わり、名前が並んで表示される。バーチャル電話帳のようだ。画面が小さいので、連絡先が一度に三件しか表示されていない。一番目は〝自宅〟。二番目は〝門〟。三番目は〝ゼイヴィアー〟。わたしはそれを凝視した。周囲から音が失われ、血の流れる音が耳に鳴り響くほどに。

「このスープ、すごくおいしかった」リチャードが言った。

電話をベックに返した。料理人がわたしの前に手を伸ばし、スープ皿をさげた。

ゼイヴィアーという名前をはじめて耳にしたのは、ドミニク・コールと六度目に会ったときだ。ボルティモアのバーで踊ってから十七日後のことだった。天気は崩れていた。気温が一気にさがり、空は陰鬱な灰色になっていた。コールは正装で現れた。一瞬、この時間に勤務評定をする話になっていたのに、わたしのほうが失念していたのかと思った。しかし、そういう予定があったら教えてくれるはずの中隊の事務員は何も言っていなかった。

「こんなことは言いにくいのですが」コールは言った。

「どうした？　昇進して異動することになったのか？」

コールはわたしのことばに微笑した。冗談のつもりがお世辞になってしまったようだ。

「悪党を見つけました」コールは言った。

「どうやって？」

「適切な技能の模範的な応用によって」コールは言った。

わたしはコールを見つめた。「勤務評定をする話にでもなっていたか？」

「いいえ、でもその予定を組んでいただくべきかと」

「なぜ？」

「わたしが悪党を見つけたからです。捜査に大きな進展があった直後は、勤務評定がよくなるに決まっています」

「フラスコーニとはいまも組んで動いているのだろう？」

「われわれはパートナーです」コールはそう言ったが、厳密には質問に対する回答になっていない。

「フラスコーニは力になってくれているのか？」

コールは顔をしかめた。「率直に話してもかまいませんか」

わたしはうなずいた。

「トニーは給料泥棒です」コールは言った。

わたしはまたうなずいた。自分もそういう印象を持っている。アンソニー・フラスコーニ少尉はまじめだが、飛び抜けて優秀とは言えない。

「いい人なのですが」コールは言った。「その、悪くとらないでください」

「だが、仕事はきみがひとりでやっているわけだ」わたしは言った。

コールはうなずいた。新しい部下がテキサスかミネソタ出身の大きくて醜い男でないことがわかった直後、わたしが渡したファイルを携えている。付け加えたメモでそれが膨れあがっている。

「しかし、あなたは力になってくれました」コールは言った。「あなたの言うとおりでした。問題の設計図は新聞の中に忍ばせてありました。グロフスキーは駐車場の出口付近のごみ箱に、新聞をまるごと捨てています。この前の日曜日もその前の日曜日も、同じごみ箱に」

「それで？」

「それで、この前の日曜日もその前の日曜日も、同じ男がそれを抜きとっています」

わたしは考えをめぐらした。巧妙な手口だが、ごみ箱をあさるというのはともすれば弱点になる。ともすれば不自然に見えるということだ。やるなら徹底的にやって、ホームレスのような身なりをしないかぎりは、ごみ箱をあさるのはむずかしい。そしてホームレスのような身なりをすること自体が、本物そっくりに見せたいのなら、むずかしい。ホームレスは何キロも歩き、一日かけて、巡回路にあるごみ箱をすべて調べている。自然に見えるくらいその行動を真似ようとすれば、かぎりなく時間と神経を使う。

「どんな男だ」わたしは言った。

「何を考えているかはわかります」コールは言った。「路上生活者以外にだれがごみ箱をあさるのかと思っているのでしょう?」

「それで、だれなんだ」

「よくある日曜日を想像してください」コールは言った。「けだるい日で、あなたはぶらぶら歩いています。待ち合わせの相手が少し遅れているのかもしれませんし、ふと思いついて散歩に行ったけれども少し退屈になったのかもしれません。しかし、天気はよく、腰掛けるベンチがあって、新聞の日曜版はいつも読みでがあっておもしろいことをあなたは知っています。ただし、あいにくそれを持ってきていません」

「なるほど」わたしは言った。「いま想像しているよ」

「だれかの読み終えた新聞が、どんなふうにしていわば公共の財産になるかは見たことがあるでしょう? 一般の鉄道とか、地下鉄とかの中でどう扱われるかは。だれかが新聞を読み終えて、シートに置いたまま駅でおりたら、別のだれかがすぐに手に取りますよね。食べかけのキャンディバーなら死んでも手に取らないのに、読み終えた新聞ならなんの抵抗もなく手に取るものです」

「なるほど」わたしは言った。

「この男は四十歳前後です」コールは言った。「長身で百八十五センチほど、引き締まった体つきで八十五キロほど、短い黒髪は白いものが交じりつつあり、身なりはかなりいい。上等のチノパンにゴルフシャツという恰好で、駐車場をそぞろ歩きしてごみ箱へ行っています」

「そぞろ歩き?」

「そういう言い方もあります」コールは言った。「ぼんやりとのんきそうにぶらぶら歩いているということです。日曜日のブランチから帰るかのように。そして新聞がごみ箱のいちばん上に載っているのに目を留め、手に取ってちょっと見出しを確かめると、首を少しかしげ、あとでつづきを読むつもりであるかのように新聞を小脇にはさみ、ぶらぶら歩きつづけます」

「そぞろ歩きをつづけるわけだ」わたしは言った。

「驚くほど自然です」コールは言った。「すぐそばにいて、この目で見ていたのに、もう少しで見逃していました。危うく気づかないところでした」

わたしは考えをめぐらした。コールの言うとおりだ。この一等軍曹は人間の行動の観察に秀でている。だから捜査にも秀でている。もしわたしが勤務評定をすることになったら、コールには抜群の成績をつけるだろう。

「あなたの推測どおりだったことがほかにもあります」コールは言った。「男はそぞろ歩きしてマリーナに行くと、ボートに乗りこんでいます」

「ボート暮らしなのか？」

「おそらくちがいます」コールは言った。「寝台などは備えていますが、レジャー用でしょう」

「寝台を備えているとどうしてわかる？」

「乗ったからです」コールは言った。

「いつ？」

「この前の日曜日に」コールは言った。「念のために言っておきますが、その時点までにわたしが目撃したのは新聞のやりとりがあったことだけです。設計図を確認できたわけではありません。そこで、男がほかの人物と別のボートへ行った際に確かめました」

「どうやって？」

「適切な技能の模範的な応用によって」コールは言った。「ビキニを着たんですよ」

「ビキニを着るのが技能か？」わたしはそう言って目をそらした。コールの場合、世界レベルのパフォーマンスアートのほうが近いだろう。

「まだ暑かったですからね」コールは言った。「ヨットに寄ってくる女の子たちに交じってぶらぶら歩き、小さな道板を渡って男のボートに乗りました。だれの目も引かなかったので、ハッチの鍵をピッキングし、一時間ほど捜索しました」

訊かないわけにはいかない。

「ピッキング道具をどうやってビキニの中に隠した？」わたしは言った。

「靴を履いていましたから」コールは言った。

「設計図はあったのか？」

「すべてありました」

「ボートには船名がつけられていたか？」

コールはうなずいた。「そこから突き止めました。そういうものを記録しているヨットの登録所があって」

「男の正体は？」

「先ほど言いにくいと言ったのはこれのことです」コールは言った。「男は軍情報部の上級将校でした。階級は中佐、専門は中東。湾岸戦争で手柄を立て、勲章を受章したばかりです」

「くそ」わたしは言った。「だが、しかるべき理由があるのかもしれない」

「あるかもしれません」コールは言った。「しかし、わたしはないと思います。一時間前にグロフスキーと会ったのですが」

「なるほど」わたしは言った。正装しているのはそれで説明がつく。ビキニ姿よりよほど威圧感があるはずだ。「それで？」

「それで、役まわりを白状させました。グロフスキーには十二ヵ月の娘と二歳の娘がいます。二ヵ月前、二歳の娘が一日だけ行方不明になりました。姿を消しているあいだに何があったのか、娘は話そうとしません。泣くばかりらしくて。一週間後、軍情報部のその男が現れました。父親が協力しないのなら、子供は一日よりずっと長いあいだ行方不明になるとほのめかしたそうです。こんな行動にしかるべき理由があるとはとても思えません」

「そうだな」わたしは言った。「わたしにも思えない。男の名前は？」

「フランシス・ゼイヴィアー・クイン」コールは言った。

　料理人がつぎのひと品を持ってきた。リブロースの料理だったが、フランシス・ゼイヴィアー・クインのことをまだ考えていたわたしは、あまり見ていなかった。あの男がカリフォルニアの病院を退院する際、使用済みの病衣や〝身元不明〟のリストバンドとともに、自分の名前の〝クイン〟という部分を捨て去ったのはまちがいない。後ろは振り返らず、すぐに使える新しい身元に切り替えた。安心できる身元であり、原初の本能がずっと覚えていた身元を。身を潜めて生きるなら、それに頼らざるをえないことをクインは知っていた。アメリカ合衆国陸軍軍情報部のF・X・クイン中佐はもはや存在しなくなった。そのときからクインは、ただの無名の市民であるフランク・ゼイヴィアーになった。

「レアとウェルダン、どちらにするかね？」ベックが尋ねた。

キッチンから持ってきた柄の黒いナイフでローストビーフを切り分けている。ナイフブロックに差してあったもので、いざとなればそこから一本抜きとってベックを殺すつもりだった。いまベックが使っているナイフならうってつけだっただろう。長さは二十五センチほど、肉をきれいに薄切りにできていることからして、剃刀並みに鋭い。肉が信じられないほど柔らかいのでなければ。

「レアで」わたしは言った。「ありがとう」

ベックは薄切りにした二枚を皿に盛ってくれたが、わたしはすぐにその選択を後悔した。七時間前の納体袋が脳裏によみがえる。ファスナーをあけると、別のナイフさばきの結果を目の当たりにすることになった。あまりにも鮮明な映像で、指でつまんだ冷たい金属の引き手の感触がいまも残っているほどだ。それをきっかけに、十年前のクインとの因縁のはじまりが脳裏によみがえり、現在と過去がつながった。

「ホースラディッシュは？」エリザベスが言った。

わたしはためらった。が、スプーンですくって盛った。軍の古い決まりに〝食べられるときに食べろ、寝られるときに寝ろ〟というものがある。どちらもつぎにいつその機会が訪れるかわからないからだ。クインの姿を頭から振り払い、自分で野菜を盛って食べはじめた。ふたたび考えをめぐらしながら。〝見たものすべて、聞いたことすべて〟。陽光が燦々《さんさん》と降り注ぐボルティモアのマリーナが繰り返し頭に浮かぶ。封筒と新聞も。これではなく、あれ。ダフィーが言ったことばも。〝あなたは有益な情報を見つけられなかった。ひとつも。なんの証拠も〟。

「パステルナークを読んだことはある？」エリザベスが訊いている。

「エドワード・ホッパーをどう思う？」リチャードが訊いている。

「M16に代わる銃を採用すべきだと思うか？」ベックが訊いている。

またわれに返った。三人ともわたしを見つめている。会話に飢えているかのように。寂しい思いをしているかのように。波が館の三方で砕ける音を聞いていると、そんな気分になるのも理解できる。三人ともひどく孤独だ。だがそれは本人たちが選んだことでもある。わたしは孤独が好きだ。ひとこともしゃべらずに三週間だって過ごせる。

「『ドクトル・ジバゴ』は映画で観た」わたしは言った。「ホッパーなら、夜のダイナーに人が集まっている絵が好きだな」

『ナイトホークス』だね」リチャードは言った。

わたしはうなずいた。「左端にひとりきりですわっている男が好きだ」

「ダイナーの名前を覚えてる？」

「〈フィリーズ〉だ」わたしは言った。「それから、M16は優秀なアサルトライフルだと思う」

「ほう」ベックは言った。

「アサルトライフルに求められる性能を有している」わたしは言った。「あれ以上を望むのは贅沢だ」

「ホッパーは天才だよね」リチャードは言った。

「パステルナークも天才よ」エリザベスは言った。「あいにく、映画は平凡だったけれど。翻訳もよくない。それに比べれば、ソルジェニーツィンは過大評価されているわ」

「M16は改良あってこそのライフルだと思うが」ベックは言った。

「エドワード・ホッパーはレイモンド・チャンドラーに似てる」リチャードは言った。「ある時間と場所を活写してるんだよ。もちろん、チャンドラーも天才だ。ハメットよりずっとすぐれてる」

「パステルナークがソルジェニーツィンよりもすぐれているように？」母親が言う。

そんな会話が長々とつづいた。十四日目、金曜日が終わろうとしている。破滅へと向かう三人とともにローストビーフの夕食を食べ、本や絵やライフルの話をするうちに。これではなく、あれ。わたしはまた三人の話を聞き流し、十年の時をさかのぼって、ドミニク・コール一等軍曹の声に耳を傾けていた。

「クインはまさしくペンタゴンの部内者です」七度目に会ったとき、コールはわたしに言った。「家は職場に近く、ヴァージニア州にあります。それでボルティモアにボートを保管しているのでしょう」

「年齢は？」わたしは尋ねた。

「四十歳」コールは言った。

「全軍歴に目を通したか？」

コールは首を横に振った。「大半は機密指定されています」

わたしはうなずいた。年表と突き合わせてみる。四十歳ならヴェトナム戦争の最後の二年間には十八歳か十九歳だったはずだから、徴兵の対象だったことになる。しかし、四十歳を迎える前に情報部の中佐にまで昇進したのなら、十中八九は大卒で、博士号も取得している可能性がある。それなら徴兵は猶予される。したがって、インドシナ半島にはおそらく行っていないが、その場合は昇進が遅くなるのがふつうだ。血みどろの戦いも恐るべき病も経験していないのだから。それなのに昇進は遅くならず、四十歳を迎える前に中佐になっている。

「何を考えているかはわかります」コールは言った。「なぜこの男は自分より給与等級がふたつも上なのかと考えていますよね」

「実はきみのビキニ姿を考えていたんだ」

コールは首を横に振った。「嘘ばっかり」

「クインはわたしより年上だ」

「打ちあげ花火のように昇進しています」

「わたしより仕事ができるのかもしれない」わたしは言った。

「それはほぼまちがいないでしょう」コールは言った。「しかし、だとしてもあまりにも早く、あまりにも上まで昇進しています」

わたしはうなずいた。

「やれやれ」と言う。「情報部の大物にちょっかいを出すことになるわけか」

「クインは外国人との人脈が豊富です」コールは言った。「この目で見ましたが、いろいろな人物と会っています。イスラエル人や、レバノン人や、イラク人や、シリア人とも」

「当然だろう」わたしは言った。「専門は中東なのだから」

「出身はカリフォルニアです」コールは言った。「父親は鉄道作業員、母親は専業主婦で、州北部の小さな家に住んでいました。当人が相続していて、資産はそれだけです。おそらく大学時代から軍の金で生活しています」

「わかった」わたしは言った。

「クインは貧乏なはずなんですよ、リーチャー」コールは言った。「それなのに、どうしてヴァージニア州のマクリーンで大きな家を借りられるのか。どうしてヨットを所有できるのか」

「ボートと言っていたが、ヨットだったのか？」

「寝室付きの大きな帆船です。つまりヨットですよね？」

「POVは？」

「レクサスの新車です」

わたしは何も言わなかった。

「クインの同僚はどうしてこういうことに疑問を持たないのでしょうね」コールは言った。

「持つわけがない」わたしは言った。「これでわかっただろう？　当たり前のように見えてしまうものは目を引かないんだよ」

「どうしてこんなことが起こるのか、わたしにはまるで理解できません」コールは言った。

わたしは肩をすくめた。

「クインの同僚も人間だからな」と言う。「そのあたりは大目に見てやるべきだろう。先入観に縛られているのさ。クインの優秀さに目を向けるばかりで、邪悪さには目を向けないんだよ」

コールはうなずいた。「新聞ではなく封筒にばかり注目して二日も潰したわたしと同じですね。先入観に縛られて」

「とはいえ、クインの同僚はもっと頭を働かせるべきだった」

「わたしもそう思います」

「軍情報部《ミリタリー・インテリジエンス》か」わたしは言った。

「世界最大の撞着語法ですね」コールは、そのことばが軍の知性《ミリタリー・インテリジエンス》という意味にもなることに引っかけて言った。おなじみの古いしきたりのような皮肉だ。「〝安全な危険〟とかと同じです」

「〝乾いた水〟とかとも同じだな」わたしは言った。

「口に合ったかしら」十年後、エリザベス・ベックが訊いた。

わたしは答えなかった。〝先入観に縛られているのさ〟。

「口に合ったかしら」エリザベスはまた訊いた。

わたしはエリザベスを見つめた。〝先入観〟。

「いまなんと？」わたしは言った。〝聞いたことすべて〟。

「夕食よ」エリザベスは言った。「口に合った？」

わたしは視線をさげた。自分の皿には何も残っていない。

「絶品だった」わたしは言った。〝見たものすべて〟。

「ほんとうに？」

「もちろん」わたしは言った。〝あなたは有益な情報を見つけられなかった〟。

「それならよかった」エリザベスは言った。

「ホッパーやパステルナークはどうでもいい」わたしは言った。「レイモンド・チャンドラーも。ここの料理人こそ天才だ」

「気分でも悪いのか？」ベックが言った。皿に肉を半分残している。

「爽快だ」わたしは言った。〝ひとつも〟。

「ほんとうかね？」

わたしは間をとった。〝なんの証拠も〟。

「ああ、ほんとうだ」と言う。

ほんとうだった。なぜなら、サーブの中に何があるかわかったからだ。確信がある。まちがいない。だから気分は爽快になっている。しかし、少し自己嫌悪も感じている。あまりにも気づくのが遅かったからだ。いやになるほどに。恥ずかしくなるほどに。八十六時間もかかった。三日半以上だ。クインの昔の同僚を愚かだと笑えない。〝当たり前のように見えてしまうものは目を引かないんだよ〟。首をめぐらし、はじめて見るかのようにベックをまっすぐに見つめた。

11

何があるかはわかったが、デザートとコーヒーが出されているうちにすみやかに心を落ち着かせた。爽快な気分は抑えこんだ。自己嫌悪も。そういう感情は締め出した。すると少し不安になってきた。どれだけ大きな戦術的問題に直面しているか、見えてきたからだ。そしてそれはきわめて大きい。単独の潜入捜査の定義が一変するほどに。

夕食が終わると、三人は椅子を押しさげて立ちあがった。わたしはダイニングルームに残った。サーブのルーフライナーはほうっておいて。急ぐ必要はない。あとで調べればいい。すでにわかっていることを確かめるために危険を冒す価値はない。代わりに料理人の片づけを手伝った。それが礼儀にかなっているだろう。当然のことだと思われているかもしれない。ベック一家はどこかへ立ち去り、わたしは皿をキッチンに運んだ。キッチンには整備工がいて、わたしのより大盛りのローストビーフを食べていた。整備工を見ていると、また少し自己嫌悪を感じた。わたしはこの男にまったく注意を払っていなかった。ろくに考えをめぐらしていなかった。どんな役割を担っているのか、一度も自問しなかった。しかし、いまはわかっている。

食器洗浄機に皿を入れた。料理人は残り物で節約術を実行してから、カウンターを拭いた。二十分ほどで何もかも片づいた。料理人がもう寝ると言ったので、わたしはおやすみと言い、裏口から出て岩場を歩いた。海が見たかった。潮の様子を確かめたかった。わたしの人生は海とは無縁だ。一日に二度ほど、潮の満ち引きがあることなら知っている。いつ、なぜそれが起きるのかは知らない。月の引力と関係があるのだろう。その働きで、ヨーロッパとアメリカのあいだで大西洋という巨大な浴槽の水が東に寄ったり西に寄ったりするのかもしれない。ポルトガルが引き潮のときメイン州は満ち潮で、その逆も成り立つというふうに。ただの当て推量だ。いまは満ち潮から引き潮へと変わりつつあるように見える。水が流れこむのではなく、流れ出ている。もう五分ほど波を眺めてから、キッチンに戻った。整備工はいなくなっている。ベックから渡された鍵束を使い、内側のドアを施錠した。外側の防風ドアはあけておく。廊下を歩き、玄関を確かめた。こういうことは自分の役目だろうと思って。玄関の扉は施錠され、チェーンも掛かっている。館は静かだ。二階のデュークの部屋に行き、終局に向けて計画を練りはじめた。

靴の中でダフィーからのメッセージが待っていた。〝無事？〟とある。〝電話の件は心から感謝する。おかげで命拾いした〟と返した。

ダフィーが応じる。〝わたしもよ。あれは自分のためでもあった〟。

それに対する返事は送らなかった。かけることばが見つからない。だから静寂の中でただすわっていた。ダフィーは少しは猶予を得たが、それだけだ。これからどうなろうと、ダフィーの尻に火がついているのは変わらない。わたしにはどうにもできない。

するとダフィーが、〝すべてのファイルを調べたけれど、もうひとりの捜査官を送りこむ許可はいっさい出されていなかった〟と送ってきた。

わたしから――〝わかっている〟。

ダフィーは二文字だけを送ってきた。〝？？〟。

わたしから――〝会う必要がある。電話をかけるか、直接出向く。待機していてくれ〟。

電源を切って通信機をヒールに戻し、またこれを取り出すときは来るのだろうかと、つかの間考えた。腕時計に目をやる。もうすぐ十二時だ。十四日目、金曜日が終わる。十五日目、土曜日がはじまる。ボストンのシンフォニーホールの外で人だかりの中を縫うように進んだ日から二週間になる。バーには行けずじまいだった。

服をすべて着たまま、ベッドに横たわった。今後の二十四時間あるいは四十八時間が正念場になる。その最初の六時間のうち、五時間は熟睡しておきたい。自分の経験だと、疲労は不注意や愚かさを合わせたよりも失敗を招きやすい。疲労そのものが不注意や愚かさを生むからだろう。だからくつろいで目を閉じた。頭の中の目覚まし時計を午前二時にセットする。それはいつものように作動した。二時間の仮眠ののち、気分よく目覚めた。

ベッドからおり、忍び足で一階におりた。廊下とキッチンを抜け、裏口を解錠する。金属製品はすべてテーブルの上に残した。金属探知機を鳴らしたくない。外に出る。真っ暗だ。月は見えない。星も。海が騒々しい。空気は冷たい。微風が吹いている。湿ったにおいがする。四番目の車庫に行き、戸をあけた。サーブは停めたときのままだ。リアゲートを静かにあけ、包みを取り出した。水際へ歩き、くぼみにしまう。それからひとり目のボディガードを運ぶために戻った。死後数時間だし、気温も低いが、死後硬直がもうはじまっている。体がかなりこわばっている。引っ張り出して肩に担いだ。九十キロの丸太を運んでいるかのようだ。両腕が枝さながらに突き出ている。

ハーリーに連れていかれたV字形の溝まで死体を運んだ。その脇に横たえ、波を数えはじめる。七回目まで待った。寄せた波がわたしにまで届く寸前に死体を溝の中に押し出した。水が死体の下に流れこみ、こちらへ押しあげる。まるで死体がこわばった腕でわたしをつかんで道連れにしようとしているかのように。あるいは、別れのキスをしたがっているかのように。わずかなあいだ、死体は力なく浮いていたが、波が引いて溝から水が吸い出されるとともに、海に引きずりこまれた。

ふたり目のボディガードの死体も同じように処分した。海に呑みこまれ、相棒やメイドと同じ運命をたどった。わたしはしばらくそこにしゃがんで顔に微風を浴びながら、いつまでもやまない潮の音に耳を傾けていた。それから車庫に戻ってサーブのリアゲートを閉め、運転席に体を滑りこませた。ルーフライナーを剝がし、中に手を入れてメイドのメモを引っ張り出す。リーガルサイズの紙が八枚ある。車内灯の薄明かりのもとですべて読んだ。細かい記述ばかりだ。詳しく書きこまれている。だが総じて、知らなかったことは書かれていない。念のためにもう一度読み返してから、きれいに重ねて岬の突端にまで持っていった。岩に腰掛け、一枚ずつ折って紙の舟を作る。子供のころ、だれかが折り方を教えてくれた。父だったかもしれない。覚えていない。兄だったかもしれない。八つの小舟をひとつずつ引き潮に浮かべ、それらが上下に揺れながら東へ流されて漆黒の闇の中に消えていくのを見送った。

車庫に戻り、少し時間をかけてルーフライナーを直した。見た目は問題なさそうだ。車庫の戸を閉める。つぎにだれかがこの戸をあけ、車の傷に気づくころには、わたしはいなくなっているはずだ。館に戻った。金属製品をまたポケットに入れ、ドアをまた施錠して、忍び足で二階へ行った。下着姿になってベッドに潜りこむ。もう三時間は眠りたい。頭の中の目覚まし時計をふたたびセットし、シーツと毛布を引っ張りあげて枕に頭を押しつけ、また目をつぶった。眠ろうとする。だが、眠れない。眠気が来ない。代わりにドミニク・コールが現れた。まるでわたしが予期していたかのように、暗闇の中からすぐさま現れた。

八度目に会ったとき、われわれは話し合うべき戦術的問題をかかえていた。情報部の将校の鼻をへし折れば厄介なことになる。言うまでもなく、憲兵が扱うのはもっぱら悪事を働いた軍人だから、抵抗されるのは珍しくもない。しかし、相手が情報機関だと話はちがってくる。情報機関は独立しているし、秘密主義だし、とにかく説明責任を果たそうとしない。だから手出ししにくい。たいていは最も優秀な教導隊よりもすみやかに結束する。だからコールとわたしには話し合わなければならないことがたくさんあった。わたしのオフィスでは会いたくなかった。来客用の椅子がない。ずっとコールを立たせておくのは気が引ける。そこで前に訪れた町のバーに行った。あの店ならあつらえ向きに思えた。重大事件になりつつあったから、われわれもやや疑心暗鬼になっていた。基地の外に行くのが賢明に思えた。それに、酒場の奥の暗く狭いボックス席で本職のスパイよろしく情報機関がらみの問題を話し合うというのは心を引かれた。コールも同じ気持ちだったと思う。コールは私服で現れた。ワンピースではなく、ジーンズに白いTシャツ、その上に革のジャケットといういでたちで。わたしは作業服姿だった。私服を一着も持っていなかったからだ。そのころには肌寒くなっていた。わたしはコーヒーを、コールは紅茶を注文した。ふたりとも、頭の働きを鈍らせたくなかった。

「こうなると本物の設計図を使って正解でしたね」コールは言った。

わたしはうなずいた。

「冴えていたな」と言う。証拠に関しては、反論の余地をいっさい与えてはならない。クインが本物の設計図を所持していることが決め手になる。それがなければ、試験の手順とか、机上演習とか、訓練とか、自分が計画している囮捜査とかの話をでっちあげられてしまう。

「相手はシリア人です」コールは言った。「報酬は前払いです。分割ですが」

「手口は？」

「ブリーフケースをすり替えています」コールは言った。「クインはシリア大使館員と会い、連れ立ってジョージタウンのカフェに行っています。ふたりで瓜ふたつのブリーフケースを持って。あのしゃれたアルミ製の」

「ゼロハリバートンのだな」わたしは言った。

コールはうなずいた。「テーブルの下にふたつを並べて置き、店を出る際にクインはシリア人のブリーフケースを手に取るわけです」

「そのシリア人はまっとうな協力者だとクインは言うだろう。シリア人が自分に情報を渡しているのだと」

「それならこちらは、〝そうか、中身を見せてくれ〟と言うまでです」

「クインは〝それは無理だ、機密扱いだから〟と言うだろうな」

コールは何も言わない。わたしは微笑した。

「クインはご託を並べるだろう」と言う。「われわれの肩に手を置き、目をのぞきこみながら、〝この件ではわたしを信じてくれ、国家の安全保障がかかわっているんだ〟とか言うさ」

「前にもこういう連中を相手にしたことがあるのですか?」

「一度ある」わたしは言った。

「勝ちました?」

わたしはうなずいた。「あいつらはでたらめばかり言う。一時期、わたしの兄が軍情報部にいた。いまは財務省で働いているが、いろいろ聞かせてくれたよ。あいつらは自分が賢いと思っているが、実際にはそこらの人と何も変わらない」

「では、どうします？」

「シリア人を味方に引き入れるしかないな」

「そんなことをしたらシリア人を逮捕できなくなりますよ」

「一石二鳥を狙っていたのか？」わたしは言った。「それは無理だ。シリア人は自分の仕事をこなしているだけだ。それをとがめることはできない。この件の悪党はクインだ」

少し落胆したかのように、コールはしばらく黙っていた。そして肩をすくめた。

「わかりました」と言う。「でも、どうやって味方に引き入れるつもりですか。詰め寄ってもいなされて終わりでしょう。大使館員なら外交特権があります」

わたしはふたたび微笑した。「外交特権は国務省から与えられた紙切れ一枚にすぎない。前にわたしがやったときは、相手をつかまえて、腹の前で紙切れを持っていろと言った。それから拳銃を抜き、その紙で弾丸を防げるかなと訊いた。厄介なことになるぞ、と相手は言った。どれだけ厄介なことになろうが、おまえが長く苦しみながら失血死することに変わりはない、とわたしは言ってやった」

「相手は屈したのですか？」

わたしはうなずいた。「ミッキー・マントル並みに活躍してくれた」

コールはまた黙った。それから、ちがう答を返せばよかったとわたしが後悔することになるふたつの問いのひとつ目を言った。

「わたしたち、付き合いませんか」と。

ボックス席は暗いバーの片隅にある。コールはとびきり美人で、すぐ隣にすわっている。当時はわたしも若く、時間はいくらでもあると思っていた。

「デートに誘っているのか？」わたしは言った。

「ええ」コールは言った。

わたしは何も言わなかった。

「〝長い道のりだったわね、ベイビー〟」コールはそう言ったが、わたしが女性向け煙草の広告に詳しくないかもしれないと思ったのか、「女からこんなふうに誘えるようになるまでは、という意味ですよ」と付け加えた。

わたしは何も言わなかった。

「自分の好みはわかっています」コールは言った。

わたしはうなずいた。そのことばを信じた。そしてわたしは男女の平等を信じている。それも大いに。しばらく前に会った空軍の女性大佐はB52戦略爆撃機の機長を務め、人類の歴史でこれまでに落とされたすべての爆弾を合わせたよりも威力のある爆弾をその一機に積んで、夜空を巡回飛行していた。地球を吹き飛ばせるほどの力を任せられるくらいあの女性大佐を信頼できるのなら、ドミニク・コール一等軍曹が男を見る目だって信頼できるだろう。

「どうですか」コールは言った。

ちがう答を返せばよかったとわたしが後悔することになる問い。

「無理だ」わたしは言った。

「どうして？」

「職業倫理に反する」わたしは言った。「そういうことはしないほうがいい」

「どうして？」

「きみの経歴に但し書きがつくからだ」わたしは言った。「きみは有能だが、士官候補生学校を出なければ上級曹長止まりだ。だからそこにかようことになり、優秀な成績を収め、十年以内には中佐になるだろう。きみにはそれだけの能力がある。しかし、そこまでなれたのはかつて上司の大尉と付き合ったからだと、まわりに陰口を叩かれるだろう」

　コールは何も言わない。ウェイトレスを呼び、ビールを二杯注文しただけだ。客が増えるにつれ、店内は暑くなっている。わたしはジャケットを脱ぎ、コールもジャケットを脱いだ。わたしが下に着ていたのはオリーブドラブ色のTシャツで、千回も洗濯したために縮んで薄くなり、色褪せている。コールのTシャツは高級品だ。ふつうのTシャツより襟ぐりがやや広く、袖は斜めにカットされているので腕の付け根の小さな三角筋がのぞいている。生地は純白で、肌に映えている。しかもかすかに透けている。下に何も身につけていないのが見てとれる。

「軍隊生活は犠牲の連続だ」コールに対してというより、自分に対してわたしは言った。

「乗り越えます」コールは言った。

それから、ちがう答を返せばよかったとわたしが後悔することになる問いのふたつ目を言った。

「逮捕はわたしにやらせてくれませんか」と。

十年後、朝の六時、わたしはデュークのベッドでひとり目を覚ました。この部屋は館の表側にあるので、海は見えない。西のアメリカ本土を眺めた。朝日は差していない。夜明けの長い影はできていない。私道と塀とその向こうの花崗岩地形に鉛色の光があたっているだけだ。海から潮風が吹いている。木々が揺れている。背後の大西洋の沖合から黒い嵐雲が岸へ急接近してくるさまを想像した。海鳥が乱気流と戦い、その羽毛が強風を浴びて逆立つさまを想像した。十五日目のはじまりは陰鬱で、寒く、殺伐としている。これからもっとひどくなるだろう。

シャワーを浴びたが、ひげは剃らなかった。まだ残っていた黒のデニムを着て、自分の靴の紐を結び、ジャケットとコートは腕に掛けた。静かにキッチンへ向かう。料理人がすでにコーヒーを淹れている。差し出されたカップを受けとってテーブルの席に着いた。料理人は冷凍庫からひと塊のパンを出して電子レンジに入れた。事態が悪化する前に、どこかの時点でこの女を避難させる必要があるだろう。エリザベスとリチャードも。整備工とベック本人は館にとどめて罰を受けさせればいい。

キッチンにいても海の音がはっきりと聞こえる。波が打ち寄せ、容赦のない戻り流れが水を吸い出している。くぼみに水が満ちては抜け、小石が岩の上を転がっていく。ポーチの防風ドアの隙間から吹きこむ風が静かにうなっている。カモメがしきりに鳴いている。コーヒーを片手にそうした音を聞きながら、待った。

十分後、リチャードが現れた。髪が乱れているので、欠損した耳が見える。リチャードはコーヒーを受けとってわたしの向かいにすわった。また葛藤が生じているようだ。大学を辞めれば、家族とともに日陰者として一生を送ることになるという事実に直面しているのが見てとれる。もし母親が不起訴処分になれば、ふたりでどこか別の場所でやり直せるだろう。どれだけ立ち直りが早いかによるが、授業を一週間休んだ程度で大学にも戻れるはずだ。本人が望めば。学費の高い大学でなければ。高そうだが。ふたりは金で苦労することになるだろう。着の身着のままで出ていくことになるだろう。出ていけたらの話だが。

料理人がダイニングルームに朝食の用意をしにいった。リチャードがそれを見送る。わたしはリチャードを眺めていたが、またその耳が見えたとき、パズルのピースがはまった。

「五年前」わたしは言った。「拉致されたときだったな」

リチャードは落ち着きを保っている。黙ってテーブルに視線を落とし、また視線をあげてわたしを見つめると、手櫛で髪を傷跡の上に垂らした。

「父親がほんとうは何に手を染めているか、おまえは知っているか？」わたしは訊いた。

リチャードはうなずいた。無言で。

「ラグだけではないのだろう？」わたしは言った。

「うん」リチャードは言った。「ラグだけじゃないよ」

「それについてはどう思っている？」

「もっとたちの悪いものだってある」リチャードは言った。

「五年前に何があったか、わたしに話す気はないか？」わたしは言った。

リチャードは首を横に振った。目をそらす。

「悪いけど」リチャードは言った。「話す気はないよ」

「グロフスキーという男がいた」わたしは言った。「その二歳の娘が誘拐された。一日だけ。おまえは何日間監禁された？」

「八日間」リチャードは言った。

「グロフスキーはすぐさま屈した」わたしは言った。「一日だけで充分だった」

リチャードは何も言わない。

「おまえの父親はこの組織のボスではない」わたしは宣言するように言った。

リチャードは何も言わない。

「父親は五年前に屈した」わたしは言った。「おまえが八日間監禁されたあと。わたしはそう推測している」

リチャードは黙っている。わたしはグロフスキーの娘のことを考えた。現在は十二歳になっているはずだ。おそらく自分の部屋にインターネット機器やCDプレイヤーや電話があることだろう。壁にはポスターが貼られている。そしてずっと昔の経験が心にかすかな痛みを残している。とうに治った骨折のあとがむずがゆくなるように。

「根掘り葉掘り訊きたいわけではない」わたしは言った。「名前を言ってくれるだけでいい」

「だれの？」

「おまえを八日間監禁した男の」

リチャードは無言で首を横に振った。

「ゼイヴィアーという名前を聞いた」わたしは言った。「だれかの話に出てきた」

リチャードは目をそらしたが、左手がすぐさま側頭部へと動いた。そのしぐさだけで確信するに足りた。

「レイプされたんだ」リチャードは言った。

わたしは岩を叩く海の音に耳を澄ました。

「ゼイヴィアーに？」

リチャードはまた首を横に振った。

「ポーリーに」と言う。「あいつは出所したばかりだった。まだそういう趣味が残ってたらしくて」

わたしは長いあいだ黙っていた。

「父親は知っているのか？」

「知らない」リチャードは言った。

「母親は？」

「知らない」

かけることばが見つからない。リチャードもあとは何も言わない。ふたりとも無言ですわっていた。やがて料理人が戻り、ガスレンジに点火した。フライパンに油脂を入れて熱しはじめる。そのにおいで胃がむかついた。

「少し歩こう」わたしは言った。

リチャードを連れて外の岩場に行った。空気は潮気があり、新鮮で、肌を刺すほど冷たい。空は曇っている。風が強い。まともに顔に吹きつけてくる。リチャードの髪は後ろに流されてほぼ水平になっている。波しぶきが六メートルも跳ねあがり、泡混じりの水滴が弾丸さながらに飛んでくる。

「何事にも明るい面と暗い面がある」わたしは言った。風と波の音に掻き消されないように、声を張りあげなければならなかった。「いつかゼイヴィアーとポーリーは報いを受けるかもしれないが、その過程でおまえの父親も投獄されるかもしれない」

リチャードはうなずいた。目に涙を溜めて。冷たい風のせいかもしれない。ちがうかもしれない。

「それは父さんの自業自得だよ」と言う。

とても忠実だ、と父親は前に言っていた。最高の相棒。

「ぼくは八日間も監禁された」リチャードは言った。「一日だけでも充分だったのに。さっきあんたが名前をあげた人のように」

「グロフスキーのことか？」

「そんな名前だったかな。二歳の娘がいたって言ってたね。その子もレイプされたと思う？」

「そうでないことを心から願っている」

「ぼくもだよ」

「車の運転はできるか？」わたしは言った。

「うん」リチャードは言った。

「おまえたちはここから逃げなければならなくなるかもしれない」わたしは言った。「もうすぐ。おまえと、おまえの母親と、料理人の三人で。だから準備をしておけ。わたしが逃げろと言ったときのために」

「あんたは何者なの？」

「おまえの父親を守るために雇われた男だ。敵からだけではなく、味方とされている連中からも」

「ポーリーが門の先には通してくれないよ」

「あいつはじきにいなくなる」

リチャードは首を横に振った。

「あんたはポーリーに殺される」と言う。「あんたは何もわかってない。あんたが何者だろうと、ポーリーは倒せない。倒せる人間なんていない」

「大学を出たところでおまえを連れ去ろうとしたやつらは倒したぞ」

リチャードはまた首を横に振った。髪が風になびいている。海中に沈んでいったメイドの髪を思い出した。

「あれはまやかしだ」リチャードは言った。「母さんとも話し合った。あれは芝居だよ」

一瞬、わたしは沈黙した。こうなったらこの若者を信頼するか？

「いや、あれは本物だ」わたしは言った。いや、まだ信頼しない。

「あそこは小さな町なんだ」リチャードは言った。「警官は五人くらいしかいない。あの刑事はいままでに一度も見たことがなかった」

わたしは何も言わなかった。

「大学警察のふたりも一度も見たことがなかった」リチャードは言った。「入学して三年近くになるのに」

わたしは何も言わなかった。見落とし。あとで祟ることになる。

「それなら、なぜ大学を辞めた？」わたしは言った。「あれが芝居だったのなら」

リチャードは答えない。

「なぜデュークとわたしは待ち伏せされた？」

リチャードは答えない。

「それなら、あれはなんだった？」わたしは言った。「芝居か、それとも本物か？」

リチャードは肩をすくめた。「わからないよ」

「わたしがあいつらを撃ち殺す場面をその目で見ただろうに」わたしは言った。リチャードは何も言わない。わたしは目をそらした。七回に一回の波が押し寄せてくる。高さは十二メートルにも達し、人の走る速度より速く岩に突進している。地面が震え、波しぶきが照明弾のように打ちあげられた。

「おまえたちはそういうことを父親とも話し合ったのか?」わたしは言った。

「ぼくは話してない」リチャードは言った。「これからも話すつもりはない。母さんのことは知らない」

わたしはおまえのことを知らない、と思った。葛藤はどちらにも揺れ動く。しょっちゅう気が変わる。リチャードにとって、父親が投獄されるのは、いまなら望ましいことに思えるかもしれない。だが、あとになればちがうふうに思えるかもしれない。いざとなれば、この若者はどちらの側についてもおかしくない。

「わたしはおまえの命を救った」わたしは言った。「それが事実でないかのような態度をとられるのは気に食わないな」

「どうでもいいよ」リチャードは言った。「どのみち、あんたは何もできない。この週末は忙しくなる。あんたは荷をさばかないといけない。それをやったらあんたも同じ穴の狢《むじな》だ」

「だったら力を貸してくれ」わたしは言った。

「父さんを裏切るつもりはない」リチャードは言った。

　とても忠実。最高の相棒。

「その必要はない」わたしは言った。

「じゃあ何をしろと？」

「わたしをここにとどめるよう父親に頼むだけでいい。まだひとりになりたくないと言うんだ。そういう頼みなら父親も耳を傾けてくれる」

　リチャードは返事をしない。黙ってわたしから離れ、キッチンに戻り、そのまま廊下へ行った。ダイニングルームで朝食をとるのだろう。わたしはキッチンに残った。料理人がモミ材のテーブルにわたしの席を用意してくれている。腹は減っていなかったが、無理にでも食べた。疲労と空腹は大敵だ。睡眠はとったから、食事もとっておく。肝心なときに体が弱っていて、頭も働かない状態は避けたい。トーストを食べ、コーヒーをもう一杯飲んだ。さらに腹に詰めこみ、卵とベーコンも平らげた。三杯目のコーヒーを飲んでいるとき、ベックがわたしを捜しにきた。土曜日らしい服を着ている。ブルージーンズに赤いフランネルのシャツという恰好だ。

「ポートランドに行く」ベックは言った。「そこの倉庫に。いますぐだ」

　廊下へ戻っていく。玄関で待つつもりだろう。リチャードはまだ話していないようだ。機会がなかったか、話す気になれなかったかのどちらかで。わたしは手の甲で口もとを拭った。ポケットを探り、ベレッタが抜かりなく入れてあり、鍵もあることを確かめる。外に出て、車を取りにいった。玄関に車をまわす。ベックが待っていた。シャツの上にキャンバス地のジャケットを着ている。生粋のメイン州の男が、薪を割ったり、サトウカエデの幹に傷をつけて樹液を集めたりしにいくところに見える。だが、そんな男ではない。

ポーリーが門をすぐにあけられるようにしていたので、減速はしても停車まではせずに済んだ。門を抜ける際に巨人を一瞥した。きょう、この男は死ぬことになるだろう。あるいは、あす。あるいは、わたしが。門から離れ、エンジンを吹かして見慣れた道に大型セダンを走らせた。六キロ半ほど進み、ビリャヌエバが車を停めていた場所を通過する。さらに一キロ半ほど進み、ボディガードたちを罠にかけた細いカーブを抜ける。ベックは何も言わない。膝を開き、そのあいだに両手を垂らしている。前かがみになっている。頭はさげているが、視線はあげている。フロントガラスの向こうを見据えて。緊張しているようだ。

「まだ聞かされていないんだが」わたしは言った。「この仕事の予備知識を」

「あとにしろ」ベックは言った。

ルート一号線には乗らず、I‐九五号線を使った。北のポートランドへ向かう。空は灰色のままだ。車が車線から少し押し出されるほど風が強い。I‐二九五号線に乗り、空港の横を抜けた。空港は左側の入江の向こうにある。右側にはメイドが拉致されたショッピングモールの裏側と、おそらくメイドの死に場所となった新しいビジネスパークの裏側が見える。まっすぐ進んで港湾地区に出た。ベックがトラックを置いていた駐車場の前を通り過ぎる。一分後、倉庫に着いた。

倉庫は車に囲まれている。壁を向いて五台の車が停まっている。ターミナルビルを囲む飛行機のように。飼い葉桶に集まる家畜のように。死体に群がるコバンザメのように。黒のリンカーン・タウンカーが二台、青のシボレー・サバーバンが二台、灰色のマーキュリー・グランドマーキーが一台。リンカーンの一台は、サーブを回収する際にハーリーに乗せてもらった車だ。メイドを海に沈めたあとに。わたしはキャデラックを停めるスペースを探した。

「ここでおろせ」ベックが言った。

わたしはゆっくりと車を停めた。「このあとは？」

「館に戻れ」ベックは言った。「家族を頼む」

わたしはうなずいた。ということは、リチャードは結局のところ話したのかもしれない。葛藤がいっときだけわたしを利するように揺れたのかもしれない。

「わかった」わたしは言った。「仰せのままに。迎えにこようか？」

ベックは首を横に振った。

「だれかが送ってくれるはずだ」と言う。

そして車をおりると、風雨にさらされた灰色のドアへ向かった。わたしはブレーキペダルから足を浮かし、倉庫のまわりを一周して南へ戻った。


I－二九五号線ではなくルート一号線を使い、新しいビジネスパークに直行した。敷地に車を入れ、張りめぐらされた真新しい道路を進む。まったく同じ金属の建物が三十数軒はある。どれもずいぶん地味だ。通りすがりの人を引きつけることを目的にはしていない。歩行者は重要ではないということだ。小売店はない。派手な客寄せの商品もない。大きな広告掲示板もない。屋号を隣に小さく印刷した目立たない番号があるだけだ。錠前屋や、セラミックタイルの卸売店や、印刷所などがある。美容品の卸売店も。二十六番は電動車椅子の販売代理店だ。その隣に二十七番のゼイヴィアー《Xavier》・エクスポート《Export》社があった。Xの文字がほかの文字よりずっと大きい。看板には本社の所番地が記されているが、このビジネスパークの場所と一致しない。ポートランドのダウンタウンのどこかのようだ。そこで北に引き返し、また川を渡って、市街地に車を走らせた。

ルート一号線を進んでいくと左に公園があり、右に曲がるとオフィスビルが建ち並ぶ通りに出た。ここのビルではない。この通りではない。オフィス街を五分ほど探すうちに、目当ての通りの名前が書かれた道路標識を見つけた。番地を確かめながら進み、高層ビルの前にあった消火栓に車を寄せて停めた。ビル正面の端から端までステンレス鋼の文字が掲げられ、〝宣教館〟と綴られている。地下には屋内駐車場がある。車両入口を見つめた。十一週間前、カメラを手にしたスーザン・ダフィーが、ここを歩いて抜けたのはまちがいない。高校の歴史の授業を思い出した。四半世紀前、スペインのどこか暑いところで、老いた教師から、フランシスコ・ザビエルというスペイン人イエズス会士の話を聞かされた。生没年まで覚えている。一五〇六年生誕、一五五二年死没だ。フランシスコ・ザビエル、スペイン人宣教師。フランシス・ゼイヴィアー、宣教館。すべてがはじまったボストンで、エリオットはベックがことば遊びをしていると腹立たしげに言っていた。それはまちがいだった。ひねくれたユーモアのセンスを持っていたのはクインだ。

消火栓から離れてまたルート一号線に乗り、南へ向かった。飛ばしたが、ケネバンク川に着くまでに三十分もかかった。例のモーテルの外にフォード・トーラスが三台停まっている。どれも地味で、色以外は見分けがつかないが、その色さえたいして変わらない。灰色と青灰色と青だ。前と同じく、プロパンガスのタンクの裏にキャデラックを停めた。冷気の中を歩き、ダフィーの部屋のドアをノックする。のぞき穴が一瞬暗くなってから、本人がドアをあけた。抱き合いはしなかった。ダフィーの背後の室内にエリオットとビリャヌエバの姿が見える。

「どうしてふたり目の捜査官の記録が見つからないの？」ダフィーは言った。

「どこを探した？」

「あらゆるところを」ダフィーは言った。

ジーンズに白のオックスフォードシャツといういでたちだ。ジーンズもシャツも前に着ていたものではない。衣装持ちなのだろう。靴は素足にデッキシューズ。魅力的な姿だが、目には不安が宿っている。

「はいってもかまわないか？」わたしは言った。

一心不乱に考えていたのか、ダフィーは一瞬固まった。それから脇にどき、わたしを中へと導いた。ビリャヌエバは机の前の椅子にすわっている。椅子を後ろに傾けて。椅子の脚が頑丈なことを祈った。ビリャヌエバは小柄ではない。エリオットはボストンでわたしの部屋を訪ねてきたときと同じように、ベッドの端に腰掛けている。ダフィーはベッドの頭側にすわっていたにちがいない。それは明らかだ。枕が積み重ねられ、ダフィーの背中の形にへこんでいる。

「どこを探した？」わたしはふたたび訊いた。

「システム全体を」ダフィーは言った。「司法省全体を順々に。つまりＤＥＡだけでなくＦＢＩも。それなのに記録はなかった」

「結論は？」

「ふたり目の捜査官も記録上は存在しない」

「それだと疑問が生じる」エリオットが言った。「いったい何が起こっているんだという疑問が」

ダフィーはベッドの頭側にまたすわり、わたしはその隣に腰をおろした。ほかにすわれる場所がない。ダフィーが自分の背後から枕をひとつ引き抜き、わたしの背中にあてがってくれた。ダフィーのぬくもりが残っている。

「たいしたことは起こっていない」わたしは言った。「二週間前、われわれが三人とも、サイレント映画のまぬけな警官そのままのことをはじめただけだ」

「どういうことなんだ」エリオットは言った。

わたしは顔をしかめた。「わたしはクインのことで頭がいっぱいで、あんたたちはテリーザ・ダニエルのことで頭がいっぱいだった。三人とも頭がいっぱいだったから、早まって砂上の楼閣を建てた」

「どういうことなんだ」エリオットはまた言った。

「わたしのほうがあんたたちより落ち度は大きい」わたしは言った。「十一週間前の振り出しに戻って考えてみるといい」

「十一週間前のことはあんたと関係ないぞ。まだあんたはかかわっていないんだから」

「何があったか、正確に教えてくれ」

エリオットは肩をすくめた。頭の中を整理している。「ロサンゼルスの大物の麻薬密売人が、メイン州ポートランド行きのファーストクラスの航空券を買ったという情報がはいってきた」

わたしはうなずいた。「それであんたたちがその男を尾行したところ、ベックと落ち合っていた。あんたたちは現場を隠し撮りしたわけだが、男はそのとき何をしていた?」

「見本を確認していた」ダフィーが言った。「取引をするために」

「私有地の屋内駐車場で」わたしは言った。「これは余談になるが、もしそこが憲法修正第四条に引っかかるほどの私有地だったのなら、どうやってベック自身ははいったのかと疑問を持つべきだったな」

ダフィーは何も言わない。

「それからどうした?」わたしは言った。

「ベックを調べた」エリオットが言った。「ベックは大物の密輸人であり、大物の密売人だという結論に至った」

「その点はまちがいない」わたしは言った。「そしてあんたたちはベックを逮捕するためにテリーザを送りこんだ」

「記録上は存在しない形で」エリオットは言った。

「それは些末な問題だ」わたしは言った。

「だったら、何がまずかった？」

「砂上の楼閣だったんだよ」わたしは言った。「あんたたちは最初にひとつだけ小さな勘ちがいをした。それがその後のすべてを誤らせた」

「勘ちがいというと？」

「わたしがさっさと気づくべきだったことだ」

「つまり？」

「コンピュータにあのメイドの記録が見つからない理由を考えてみればいい」

「メイドは記録上は存在しなかった。それ以外に説明がつかない」

わたしは首を横に振った。「メイドはこれ以上ないほど合法的に送りこまれている。記録上もしっかり存在している。本人が書いたメモを見つけたよ。そこに疑う余地はない」

ダフィーはわたしをまっすぐに見つめた。「リーチャー、いったいどういうことなの？」

「ベックは整備工を雇っている」わたしは言った。「技術屋のようなものだ。その役目は？」

「わからない」ダフィーは言った。

「わたしも一度も自問しなかった」わたしは言った。「するべきだったのに。いや、わざわざ自問するまでもなかったな。あの整備工に会う前から見抜いて当然だった。それなのに、ちょうどきみたちと同じように、先入観にとらわれていた」

「どんな先入観に？」

「ベックはコルト・アナコンダの小売価格を知っていた」わたしは言った。「重量も知っていた。デュークが持っていたのはスタイヤーSPPで、これはオーストリアの珍しい銃だ。エンジェル・ドールが持っていたのはPSMで、これはロシアの珍しい銃だ。ポーリーが持っているのはNSVで、おそらくアメリカ国内にはこの一挺しかない。われわれがH&Kではなくウージーで襲撃したことを、ベックはやけに気にしていた。ベレッタ92FSの仕様に詳しく、軍が制式採用したM9と瓜ふたつであることも知っていた」

「つまり？」

「ベックはわれわれが考えていたような人物ではないということだ」

「それなら何者なの？　ベックが大物の密輸人であり、大物の密売人である点はまちがいないと、いまあなたも同意したのに」

「その点はまちがいない」

「それなら何者なの？」

「きみは見当ちがいのコンピュータを調べていたんだよ」わたしは言った。「あのメイドは司法省の人間ではない。財務省の人間だ」

「シークレットサービスの？」

わたしは首を横に振った。

「ATFだ」と言う。「アルコール・タバコ・火器取締局だよ」

部屋は静まり返った。

「ベックは麻薬の密売人ではない」わたしは言った。「銃器の密売人だ」

ずいぶん長いあいだ、部屋は静まり返ったままだった。ダフィーがエリオットを見る。エリオットがダフィーを見返す。ふたりしてビリャヌエバを見る。ビリャヌエバがわたしを見る。そして窓の外に目をやる。わたしは三人が戦術的問題に気づくまで待った。しかし、気づきそうにない。すぐには。

「それなら、あのときロサンゼルスの男は何をしていたの？」ダフィーが言った。

「見本を見ていたのさ」わたしは言った。「キャデラックのトランクの中の。きみが考えたとおりだ。だがそれは、ベックが取り扱っている武器の見本だった。ベックがわたしにそう教えたも同然だったのに。麻薬密売人は流行に左右されると言っていたんだよ。新しいしゃれたものを好むと。武器でも新しもの好きで、しょっちゅう買い換えると」

「ベックが教えた？」

「わたしはろくに聞いていなかった」わたしは言った。「疲れていて。それに、スニーカーや車やコートや腕時計の話の中にまぎれていた」

「デュークは財務省に勤めていた」ダフィーは言った。「警官を辞めたあと」

わたしはうなずいた。「おそらくベックはそのときにデュークと知り合った。そしておそらく買収した」

「クインはどうからんでくるの？」

「クインはベックの商売敵だったのだと思う」わたしは言った。「おそらくカリフォルニアの病院を退院したときからずっと。計画を練る時間が半年もあったからな。それに、クインのような男には、麻薬よりも銃のほうがよほど似合っている。どこかの時点でクインは、ベックの組織を乗っとりの対象と見なしたのだろう。ベックが麻薬密売人向けの市場を開拓しているのが気に入ったのかもしれない。あるいは、ラグも取り扱っているのが気に入ったのかもしれない。絶好の隠れ蓑になるからな。それで行動に出た。五年前にリチャードを拉致した。降伏文書に署名しろとベックに迫るために」

「ベックの話だと、ハートフォードの連中は顧客だったそうだが」エリオットが言った。

「顧客だった」わたしは言った。「もっとも、売っていたのは麻薬ではなく銃だ。だからベックはウージーが使われたことにとまどったのさ。おそらくH&Kを何挺も売りさばいたばかりだったのだろう。それなのになぜかウージーが使われたわけだから。ベックには理解できなかった。調達先を変えたのだと思いこんだにちがいない」

「おれたちは大ばかだったな」ビリャヌエバが言った。

「わたしはあんたたちよりばかだった」わたしは言った。「恐ろしくばかだった。そこら中に手がかりはあったのに。ベックは麻薬密売人にしては金まわりがよくない。大金を稼いでいるのは確かだが、週に何百万ドルも稼いでいるわけではない。ベックはわたしがコルトのシリンダーにつけた引っ掻き傷に気づいた。わたしに与えたベレッタに装着するレーザーサイトの価格も重量も知っていた。ハートフォードの連中を始末しなければならなくなったとき、新品同様のH&Kを二挺持参した。おそらく在庫から持ち出したのだろう。館にはトンプソン・サブマシンガンの秘蔵のコレクションまである」

「整備工の役目は？」

「売り物になるように銃の手入れをしている」わたしは言った。「わたしはそう推測している。あの男が銃のこまごまとした調整をおこない、動作を確認している。粗悪品を売りつけられたらベックの顧客はいい顔をしないだろう」

「するわけないわね」ダフィーが言った。

「夕食の際、ベックはM16の話をしていた」わたしは言った。「そんな場で、アサルトライフル談義をしようとしたのさ。ウージーとH&Kを比較した意見もわたしから聞きたがった。興味津々で。単なる銃マニアだと思ったが、実際は職業上の関心からだったわけだ。ベックはオーストリアのヴァーグラムにあるグロックの工場のコンピュータにもアクセスできる」

だれも何も言わない。わたしは目を閉じ、またあけた。

「地下室ににおいが残っていた」わたしは言った。「なんのにおいか、気づくべきだった。あれはボール紙に染みこんだガンオイルのにおいだ。新しい銃がはいった箱を積みあげて一週間くらい放置しておくと、ああいうにおいが残る」

だれも何も言わない。

「ビザー・バザーの帳簿の価格もそうだ」わたしは言った。「価格帯が低、中、高に分かれていた。低価格帯は弾薬、中価格帯は拳銃、高価格帯はライフルや外国の銃だ」

　ダフィーは壁をにらんでいる。懸命に考えているようだ。

「なるほど」ビリャヌエバが言った。「おれたちみんなが少しずつばかだったわけだ」

　ダフィーがビリャヌエバを見る。それからわたしを見つめる。戦術的問題にようやく気づいたようだ。

「わたしたちには捜査権限がない」ダフィーは言った。

　だれも何も言わない。

「これはATFの仕事よ」ダフィーは言った。「DEAの仕事ではなく」

「悪意のないまちがいをしただけだ」エリオットが言った。

　ダフィーは首を横に振った。「過去の話をしているわけじゃない。現在の話をしているの。わたしたちは捜査できない。すぐに手を引かないと」

「わたしは手を引かない」わたしは言った。

「だめよ。わたしたちが手を引かなければならないんだから。こうなったら撤収しなければならない。支援もないのにあなたひとりでは捜査できない」

　単独の潜入捜査の定義が一変する。

「わたしはとどまる」わたしは言った。

あれから一年にわたって自問自答を繰り返したが、自分の返事は変わらなかっただろうと結論した。たとえあの運命の問いを言ったとき、コールがいいにおいをさせてなく、Tシャツの下が裸でなく、バーでわたしの隣にすわっていなかったとしても。〝逮捕はわたしにやらせてくれませんか〟。状況がどうだろうと、わたしはイエスと言っただろう。それは確かだ。たとえコールがテキサスかミネソタ出身の大きくて醜い男で、わたしのオフィスで直立不動の姿勢をとっていたとしても、やはりイエスと言っただろう。コールはやり遂げた。それだけの功績をあげた。当時のわたしは昇進に興味がないわけではなかった、出世欲は人並み以下だったろうが、序列のある組織ではだれだって上をめざしたくなるものだ。だからわたしも昇進に興味がないわけではなかった。とはいえわたしは、自分の評価をあげるために部下の功績を横取りするような人間ではなかった。そんなことはけっしてやらなかった。だれかが実績をあげ、手柄を立てたのなら、自分は喜んで一歩引いて当人が報酬を受けられるようにしてやった。それはわたしが軍人時代に貫き通した原則だ。部下の栄誉の分け前にあずかれれば、それだけで満足できた。結局のところはわたしの部隊なのだから。だれかが評価されれば、自分も評価されているとある程度は思えた。ときどきは。

それはともかく、憲兵の下士官が情報部の中佐を逮捕するというのは心を引かれた。クインのような男がそれを心底いやがるのは知っていたからだ。究極の侮辱だと受けとるだろう。レクサスやヨットを買い、ゴルフシャツを着るような男は、たかが軍曹に鼻をへし折られるのを嫌う。

「逮捕はわたしにやらせてくれませんか」コールは繰り返した。

「きみにやらせたい」わたしは言った。

「これは純粋に法的な問題なのよ」ダフィーは言った。

「わたしにとってはちがう」わたしは言った。

「わたしたちには権限がない」

「わたしはきみの部下ではない」

「自殺行為だ」エリオットが言った。

「いまのところは生き延びている」

「ダフィーが電話を不通にしてくれたから命拾いしただけだ」

「電話の件は済んだ話だ」わたしは言った。「ボディガードの問題は自然に解決した。だから支援はもう必要ない」

「だれだろうと支援は必要だ。支援もなく潜入するのは無理だ」

「ATFの支援はあのメイドにとって大いに役立ったことだろうな」わたしは言った。

「あんたのために車を用意してやったんだぞ。何から何まで助けた」

「車はもう必要ない。ベックがわたし専用の鍵束をくれた。銃も。弾薬も。わたしはベックの新しい右腕になった。家族を任されるほど信頼されている」

三人は何も言わない。

「あと一歩でクインを仕留められる」わたしは言った。「ここで手を引くつもりはない」

三人は何も言わない。

「それに、わたしならテリーザ・ダニエルを救い出せる」わたしは言った。

「ＡＴＦならテリーザ・ダニエルを救い出せる」エリオットは言った。「すぐにＡＴＦに連絡すれば、上も大目に見てくれる。メイドはうちの人間ではなく、ＡＴＦの人間だった。実害はなかったんだから問題ない」

「ＡＴＦは事情に通じていない」わたしは言った。「テリーザは前からも後ろからも撃たれることになるぞ」

長い沈黙が流れる。

「月曜だ」ビリャヌエバが言った。「月曜まで待とう。遅くとも月曜にはＡＴＦに伝えないとまずい」

「いますぐ伝えるべきだ」エリオットは言った。

ビリャヌエバはうなずいた。「だが伝えない。どうしてもと言うならおれにも覚悟がある。月曜まではリーチャーに任せろと言ってるんだ」

エリオットは口をつぐんだ。目をそらしている。ダフィーは枕に頭を預け、天井をにらんでいる。

「参ったわね」と言う。

「月曜日には片がついている」わたしは言った。「テリーザをここまで連れてくるから、そうしたらきみたちは帰って、好きなだけ電話をかければいい」

ダフィーは一分ほども黙っていた。それから口を開いた。

「わかった」と言う。「あなたは戻って。たぶんすぐに行ったほうがいい。戻るのが遅れているから。それだけで疑われる」

「わかった」わたしは言った。

「でも、その前に考えてみて」ダフィーは言った。「ほんとうに自信があるの？」

「わたしがどうなろうと、きみに責任はないぞ」

「そんなことはどうでもいい」ダフィーは言った。「いいから答えて。自信があるの？」

「ある」わたしは言った。

「もう一度考えてみて。まだ自信がある？」

「ある」わたしはふたたび言った。

「わたしたちはここに残る」ダフィーは言った。「必要なら電話をかけて」

「わかった」わたしは言った。

「まだ自信がある？」

「ある」わたしは言った。

「それなら行って」

ダフィーは立ちあがらない。三人とも。わたしはゆっくりとベッドからおり、沈黙に包まれた部屋から出た。キャデラックに戻る途中で、テリー・ビリャヌエバが追いかけてきた。手を振ってわたしを待たせ、歩み寄ってくる。年かさの男らしく、動作がこわばっていて遅い。

「連れていってくれ」ビリャヌエバは言った。「隙があったら、おれも館に潜りこみたい」

わたしは何も言わなかった。

「あんたの力になれる」ビリャヌエバは言った。

「もう力になってくれた」

「もっと力になりたいんだよ。あの子のために」

「ダフィーのことか？」

ビリャヌエバは首を横に振った。「いや、テリーザのことだ」

「義理があるのか？」

「責任がある」ビリャヌエバは言った。

「どんな？」

「おれが指導役だったんだ」ビリャヌエバは言った。「そんな関係になった。どんな気持ちかはわかるだろう？」

わたしはうなずいた。どんな気持ちかはこれ以上ないほどによくわかる。

「テリーザはしばらくおれの下についてた」ビリャヌエバは言った。「おれが鍛えた。おれが基本を叩きこんだ。そのうちテリーザは昇進した。だが、十週間前、この任務を受けるべきか相談しにきた。本人は迷ってたんだよ」

「しかし、あんたはイエスと言ったわけだ」

ビリャヌエバはうなずいた。「どうしようもなくばかだった」

「止めようと思えば止められたのか？」

「たぶん。この任務を受けるべきでない理由をちゃんと説明したら、テリーザも耳を傾けてくれたはずだ。決めるのは本人だが、おれの意見を重んじてくれただろう」

「よくわかるよ」わたしは言った。

そのことばに偽りはなかった。モーテルの駐車場にビリャヌエバを残し、車に乗りこむと、見送られながら走り去った。

ずっとルート一号線を進んでビッデフォードとサコとオールド・オーチャード・ビーチを抜け、東に曲がって長く寂しい道を走り、館へ向かった。手前で腕時計に目をやった。二時間も外出していたことになる。四十分程度で戻るのが自然なのに。倉庫までの行きに二十分、帰りに二十分。とはいえ、弁明を迫られることにはならないだろう。わたしが館に直行しなかったことをベックは知りようがないし、ほかの人間はわたしが館に直行するはずだったことを知りようがない。状況は終局を迎え、勝利は目前だと思った。

しかし、それはまちがっていた。

そう悟ったのは、ポーリーが門を少しあけたときだ。巨人は小屋から出てくると、かんぬきに歩み寄った。スーツ姿で。コートは着ていない。握りこぶしを下から打ちつけてかんぬきをはずしている。いまのところ、何もかもいつもどおりだ。ポーリーが門をあける場面は十回以上見ているが、変わったことはしていない。巨人は縦棒を握った。門扉を引く。だが、少しあけたところで手を止めた。自分の巨体が通り抜けられる隙間を作っただけで。そして門の外でわたしを出迎えた。運転席側に歩き、一・八メートル離れたところで足を止めると、笑みを浮かべ、ポケットから銃を二挺出した。一秒とかからずに。ふたつのポケットから、二本の手で、二挺の銃を。わたしのコルト・アナコンダだ。灰色の光のもとで鋼鉄が曇って見える。二挺とも弾薬を装塡してある。見える薬室はどれも、銅で被覆したラウンドノーズ弾がきらめいている。まちがいなく四四口径レミントン・マグナム弾だ。フルメタル・ジャケット。二十発入りの箱で十八ドル。これに税金が加わる。つまり一発あたり九十五セント。それが十二発。左右の手に五ドル七十セントずつ、計十一ドル四十セントぶんの精密に作られた弾薬が、発射を待っている。しかも、銃を持つポーリーの手は非常に安定している。岩さながらに。左の銃はキャデラックの前輪の少し先を狙っている。右の銃はわたしの頭をまっすぐ狙っている。引き金には指が掛けられている。銃口はまったく動いていない。ほんのわずかも。彫像のようだ。

わたしはいつもどおりのことをした。あらゆる筋書きを検討したということだ。キャデラックは大型のセダンで、ドアも幅があるが、ポーリーの位置はわずかに遠く、ドアを勢いよくあけてぶつけようとしても届かない。加えて、車は静止している。わたしがアクセルペダルを踏んだとたん、ポーリーは二挺の銃を発砲するだろう。右の銃の弾はわたしの頭の後ろにそれる可能性が高いが、車の前輪が左の銃の射線に飛びこむことになる。そして車は門に激突して勢いを失う。前輪の片方が吹き飛ばされ、ステアリング機構もおそらく損傷しているから、わたしはまな板の鯉だ。ポーリーはさらに十発撃ち、わたしは即死を免れても重傷を負い、車も大破する。ポーリーは悠然と歩み寄り、わたしが血を流すさまを見物しながら弾薬を再装塡すればいい。

ひそかにセレクトレバーをリバースレンジに入れ、バックで逃げるという手もあるが、ほとんどの車は後退速度がかなり遅いから、ゆっくり遠ざかることになる。しかも一直線に。横には移動できない。動く標的が通常有している利点がない。加えて、四四口径レミントン・マグナム弾は初速が時速一千四百キロにも達する。それより速く走るのは無理な話だろう。

ベレッタを試すという手もある。瞬時に窓ガラスを撃ち抜かなければならないが、キャデラックの窓ガラスはかなり厚い。車内の静音性を保つためにそういう仕様になっている。銃を抜き、ポーリーより早く撃てたとしても、命中するかどうかは運任せだ。ガラスは砕け散るだろうが、弾丸がガラスに対して垂直にあたると確信できるくらい時間をかけて狙わないかぎり、弾丸はそれてしまう。もしかすると大きく。ポーリーにはかすりもしないかもしれない。たとえあたったとしても、痛手になるかどうかはやはり運任せだ。腎臓に蹴りを入れたときを思い返す。たまたま目に命中するか、心臓を撃ち抜きでもしないかぎり、蜂に刺された程度にしかこの男は思わないだろう。

窓をおろすという手もある。だが、窓はごくゆっくりとしかさがらない。それに、何が起こるか正確に予測できる。窓がさがるあいだにポーリーは腕を伸ばし、右手のコルトをわたしの頭から一メートルも離れていないところまで近づけるだろう。わたしが迅速にベレッタを抜いても、ポーリーが大きく先んじている。分が悪い。悪すぎる。生き延びろ、とリオン・ガーバーはよく言っていた。生き延びて、つぎの展開を見極めろ、と。

ポーリーがつぎの展開を決めた。

「パーキングに入れろ」と怒鳴る。

厚いガラス越しでも、その声ははっきり聞こえた。セレクトレバーをパーキングレンジに入れた。

「右手を見えるところに出せ」ポーリーが怒鳴る。

デュークに手信号で〝五人いる〟と伝えたときのように右手を広げて指を伸ばし、窓に押しつけた。

「左手でドアをあけろ」ポーリーが怒鳴る。

左手で探ってドアハンドルを引いた。右手で窓を押す。ドアが開く。冷気が流れこんでくる。膝のあたりにそれを感じる。

「両手を見えるところに出せ」ポーリーは言った。もうガラスに隔てられていないので、声を落としている。もう車のギヤを入れていないので、左手のコルトもこちらに向けている。わたしはふたつの銃口を見つめた。戦艦の前部甲板にすわり、連装砲を見あげている気分だ。両手を見えるところに出した。

「両足を車から出せ」ポーリーは言った。

わたしは革張りの座面の上でゆっくりと腰をまわした。両足を車から出し、路面におろす。十一日目の早朝、大学の校門の前にいたテリー・ビリャヌエバのように。

「立て」ポーリーは言った。「車から離れろ」

わたしは立ちあがった。車から離れる。二挺の銃が胸に向けられている。距離は一・二メートル。

「動くな」ポーリーは言った。

わたしは動かなかった。

「リチャード」ポーリーは呼んだ。

門番小屋の戸口からリチャード・ベックが出てきた。顔が青ざめている。後ろの影の中にエリザベス・ベックの姿が見えた。ブラウスの前が開いている。それを体に巻きつけるようにしている。ポーリーがわたしに笑みを向けた。唐突に、異常者じみた笑みを。しかし、銃は揺らがない。少しも。岩さながらに安定したままだ。

「戻るのが少し早かったな」ポーリーは言った。「こいつに母親をファックさせるところだったのに」

「頭でもおかしくなったのか？」わたしは言った。「どういうことだ」

「電話があったのさ」ポーリーは言った。「そういうことだ」

もう一時間二十分早く戻るべきだった。

「ベックから電話があったのか？」

「ベックじゃねえ」ポーリーは言った。「ボスからだ」

「ゼイヴィアーだな？」わたしは言った。

「ミ、ミ、ミスター・ゼイヴィアーだ」ポーリーは言った。

抗議するようにわたしをにらむ。銃は動かない。

「買い物をしていただけだ」わたしは言った。生き延びろ。つぎの展開を見極めろ。

「おまえが何をしてたかなんてどうでもいい」

「探していたものが見つからなかった。それで戻るのが遅れた」

「遅れるのは予想してたぜ」

「なぜ？」

「新しい情報を入手したんだよ」

わたしはそれに対しては何も言わなかった。

「後ろ向きに歩け」ポーリーは言った。「門を抜けろ」

わたしが後ろ向きに門を抜けるあいだ、巨人は二挺の銃をわたしの胸から一・二メートルのところに保って前へ歩いた。歩調を合わせながら。わたしは六メートルほど中にはいり、私道の中央で足を止めた。ポーリーは片側に寄って横を向き、左側にわたしが、右側にリチャードとエリザベスが来るようにした。

「リチャード」と呼ぶ。「門を閉めろ」

左手のコルトでわたしを狙ったまま、右手のコルトをリチャードに振り向ける。それを見たリチャードは進み出ると、門扉をつかんで押した。大きな金属音を立てて門が閉まる。

「鎖を巻け」

リチャードがぎこちない手つきで鎖を持つ。鉄に鎖がぶつかる音が響く。門をはさんで十二メートル向こうではキャデラックがおとなしくアイドリングしている。背後からは波がゆっくりと一定の調子で岸に打ち寄せる音が小さく聞こえる。門番小屋の戸口にエリザベス・ベックがいる。鎖で吊られた重機関銃から三メートルのところに。あれには安全装置がない。しかし、ポーリーは死角にいる。裏側の窓の視界にはいっていない。

「鍵をかけろ」ポーリーは言った。

リチャードは南京錠の掛け金を押しこんだ。

「母親といっしょにリーチャーの後ろに立て」

ふたりは門番小屋のドアのそばで合流すると、こちらへ歩いてきた。わたしのすぐ脇を抜ける。どちらも顔に血の気がなく、震えている。リチャードの髪が風になびいている。傷跡が見える。エリザベスは両腕を交差させて胸に押しつけている。背後でふたりが足を止める音が聞こえた。わたしの背中を見るように向きを変えるときの、路面に靴がこすれる音も聞こえた。ポーリーは私道の中央に進み出た。距離は三メートル。二挺の銃が一方は左から、もう一方は右からわたしの胸を狙っている。被甲した四四口径マグナム弾はわたしの体を軽々と貫通し、おそらくリチャードとエリザベスの体も軽々と貫通するだろう。館まで届くかもしれない。一階の窓を何枚か割るかもしれない。

「リーチャー、両腕を脇に伸ばせ」ポーリーは言った。

わたしは両腕を体から離し、斜め下にまっすぐ伸ばした。

「リチャード、リーチャーのコートを脱がせ」ポーリーは言った。「襟を持って引きおろせ」

リチャードの手が首に触れる。冷たい。襟を握って引きさげていく。コートが肩から腕へと滑り落ち、片袖ずつ手首から抜ける。

「そいつをまるめろ」ポーリーは言った。

リチャードがコートをまるめる音が聞こえた。

「こっちに持ってこい」ポーリーは言った。

リチャードはまるめたコートを持って、わたしの背後から歩み出た。ポーリーから一メートル半のところで足を止める。

「門の向こうに投げろ」ポーリーは言った。「思いきり遠くまで」

リチャードはコートを門の向こうに投げた。思いきり遠くまで。空中で袖をはためかせながら、コートが山なりに飛んでいく。ポケットにはいったままのベレッタがキャデラックのボンネットを強打するくぐもった音が聞こえた。

「ジャケットも同じようにしろ」ポーリーは言った。

ジャケットはボンネットのコートの隣に落ちると、光沢のある塗装面の上を滑って、崩れるように路上に落ちた。寒い。風が吹いているし、シャツは薄手だ。背後からエリザベスの浅く速い息遣いが聞こえる。リチャードはポーリーから一メートル半のところに立ったまま、つぎの指示を待っている。

「ママといっしょに五十歩歩け」ポーリーはリチャードに言った。「館のほうへ行くんだ」

リチャードは向きを変えて歩きはじめ、またわたしの脇を抜けた。息子の足音に母親の足音が重なり、いっしょに遠ざかっていく。振り返ると、ふたりが四十メートルほど後方で立ち止まり、またこちらに向き直るのが見えた。ポーリーが門のほうへ後ろ向きで歩く。一歩、二歩、三歩。門から一メートル半のところで足を止める。門に背中を向けたまま。四メートル半前方にわたしが来るようにしている。そこからならわたしの背後にリチャードとエリザベスの姿が見えるはずだし、さらに三十メートル先まで見通せそうだ。四人が私道に一直線に並んでいる。ポーリーは門の前で館のほうを向き、リチャードとエリザベスは館までの途中にいてポーリーのほうを向き、わたしは両者のあいだにいてポーリーのほうを向き、その目を見据えている。生き延びて、つぎの展開を見極めるために。

ポーリーは笑みを浮かべた。

「よし」と言う。「よく見てろ」

ポーリーはずっとこちらを見ている。わたしと視線を合わせている。そのましゃがんで銃を二挺とも足もとの路面に置くと、門の基部のほうへ滑らせた。鋼鉄のフレームが粗い路面にこすれる音が聞こえる。銃はポーリーの一メートルほど後ろで止まった。手にはもう何も持っていない。ポーリーは立ちあがると、左右の手のひらを見せた。

「銃はなしだ」と言う。「これからおまえを殴り殺してやる」

12

まだキャデラックの音が聞こえる。無骨なV型八気筒エンジンが静かにうなる音や、テールパイプに液体が流れるかすかな音が。ボンネットの下でファンベルトがゆっくりとまわる音も。新しい気温にマフラーが慣れるときのチリチリという音も。

「ルールを言うぜ」ポーリーは言った。「おれの後ろにまわりこめたら、銃はおまえのものだ」

わたしは何も言わなかった。

「銃にたどり着けたら、使っていい」ポーリーは言った。

わたしは何も言わなかった。巨人は笑みを浮かべつづけている。

「わかったか？」ポーリーは言った。

わたしはうなずいた。その目を観察しながら。

「よし」ポーリーは言った。「おまえが逃げようとしないかぎり、おれは銃にさわらねえ。おまえが逃げたら、銃を拾っておまえの背中を撃つ。フェアだろう？　おまえは立ち向かって戦わなきゃならねえ」
わたしは何も言わなかった。
「男らしく」ポーリーは言った。
わたしはやはり何も言わなかった。寒い。コートもジャケットも着ていない。
「将校と紳士らしく」ポーリーは言った。
映画の《愛と青春の旅だち》《アン・オフィサー・アンド・ア・ジェントルマン》に引っかけているらしい。わたしはその目を観察した。
「ルールは理解したか？」ポーリーは言った。
わたしは何も言わなかった。風が背中に吹きつけている。
「ルールは理解したか？」ポーリーは繰り返した。
「完全に理解した」わたしは言った。
「逃げるか？」ポーリーは言った。
わたしは何も言わなかった。
「逃げるだろうな」ポーリーは言った。「何せおまえは腰抜けだ」
わたしは反応しなかった。
「腰抜け将校」ポーリーは言った。「後方部隊の意気地なし。臆病者」
わたしはそのまま立っていた。ことわざにあるとおり、棒や石で打たれれば骨が折れかねないが、ことばで怪我を負わせることはできない。それに、この男が知っているのは、わたしが十万回は聞いたことのある悪口ばかりだろう。憲兵は好かれないものと決まっている。わたしはポーリーの声を頭から締め出した。代わりに目と手と足を観察する。集中して考える。この男のことはいろいろと知っている。どれも好材料ではない。体は大きいし、頭はおかしいし、動きは速い。

「ATFのスパイ野郎」ポーリーは言った。

正確にはちがうな、と思った。

「行くぜ」ポーリーは言った。

が、動かない。わたしも動かない。そのまま地面を踏み締めて立っている。この男はメタンフェタミンとステロイド漬けだ。目が爛々と光っている。

「ぶちのめしてやる」ポーリーは歌うように言った。

が、動かない。ポーリーは体重がある。体重があって力も強い。とても強い。殴られたらわたしは倒れこむだろう。倒れこんだら二度と起きあがれないだろう。だから観察した。ポーリーがかかとを浮かす。そして動いた。すばやく。左にフェイントを入れ、止まった。わたしは動かずに立っていた。地面を踏み締めて。相手を観察する。集中して考える。この男は自然な体重より五十キロから七十キロは重い。もしかしたらもっと。だから動きが速くても、永遠に速いわけではない。

わたしは息を吸った
「エリザベスから聞いたが、おまえは勃《た》たないらしいな」と言う。

ポーリーがにらみつける。まだキャデラックの音が聞こえる。まだ波の音が聞こえる。館のずっと後ろに打ち寄せている。

「なりは大きいが」わたしは言った。「どこも大きいわけではないようだ」

反応はない。

「きっとわたしの左の小指のほうが大きいだろうな」わたしは言った。

左の小指を軽く曲げて差し出す。

「それに硬い」わたしは言った。

ポーリーの顔がどす黒くなった。体が膨らんだかに見える。巨人はわたしに突撃した。飛びこんで右手を横薙ぎに振り、殴りつけてくる。わたしは横に一歩動いて巨体をよけ、かがんで腕もかわすと、また伸びあがってすばやく振り返った。ポーリーは足を踏ん張って勢いを殺し、振り向いた。位置が入れ替わっている。わたしのほうが銃に近い。ポーリーは慌ててふたたび襲いかかってきた。同じ動きだ。右腕を振っている。わたしは横に一歩寄ってかがみ、また位置がもとに戻った。だが、ポーリーのほうがわたしより息が少しあがっている。

「おまえは大きいブラウスだな」わたしは言った。

どこかで聞いた罵倒語だ。イギリスだったかもしれない。女々しいという意味らしいが、よくわからない。だが、特定のタイプの男にはとてもよく効く。ポーリーにもとてもよく効いた。躊躇なくまた襲いかかってくる。まったく同じ動きだ。今度はその腕をかわして振り返るときに、肘を脇腹に叩きこんでやった。ポーリーは膝に力を入れて身を翻し、反撃を試みた。わたしはまたかわし、巨大なこぶしがうなりをあげて頭の上をかすめた。

ポーリーは息を切らしている。わたしはほどよく体が温まっている。勝算はあるかもしれない。ポーリーは喧嘩がまるで下手だ。大男にありがちなように。体格で威圧できるのでそもそも喧嘩にならないか、パンチが一発でも命中したらそれだけでいつも勝てるからだ。どちらにしろ、たいして場数を踏んでいない。たいして技を磨いていない。加えて、よけいな肉がついている。路上の喧嘩では、神経を研ぎ澄まし、気を張り詰め、息を凝らし、固唾を呑み、すばやく動き、アドレナリンに煽られながら戦う体力が必要になるが、ウェイトマシンやトレッドミルはそれを補ってはくれない。ポーリーは典型例だ。ウェイトリフティングのやりすぎで逆に弱くなっている。

投げキスをしてやった。

ポーリーは突進してきた。杭打ち機のように。わたしは左にかわして顔に肘打ちを浴びせたが、ポーリーはわたしを左手で殴りつけ、まるで体重などないかのように、横に吹き飛ばした。わたしは片膝を突いたが、すんでのところで身を起こし、すさまじい追撃をかわした。ポーリーのこぶしは腹から一センチ足らずのところをかすめ、勢いあまった巨体がわたしの脇を抜けて少し下へ流れ、ちょうどその側頭部が左フックで狙える位置に来た。わたしは渾身の力をこめて左フックを放った。こぶしが耳にめりこみ、ポーリーが後ろによろめく。さらにその顎に痛烈な右を叩きこんだ。距離をとってひと息入れ、相手がどれだけの痛手を負ったか見極めようとする。

痛手は負っていない。

四発も食らわせたのに、まるで一発も食らっていないかのようだ。二発の肘打ちは強烈だったし、二発のパンチは人生で最も強力な殴打だった。二発目の肘が命中した上唇から出血しているだけで、ほかに怪我らしい怪我はいっさいない。理論上は、失神していてもおかしくないのに。あるいは、昏睡状態に陥ってもおかしくないのに。だれかに四発も食らわせたのに仕留めきれなかったのはおそらく三十年ぶりだ。しかも、ポーリーは痛がっていない。気にも留めていない。失神してもいない。昏睡状態に陥ってもいない。踊るように動き、また笑みを浮かべている。悠然としている。軽やかに動いている。難攻不落の巨体。この男を痛めつけるのは不可能だ。わたしはポーリーを見て、勝算は皆無だと思い知った。そしてポーリーはわたしを見て、内心を見抜いた。笑みが大きくなる。巨人はかかとを浮かして前かがみになり、両手を鉤爪のように突き出した。そして足を踏み鳴らした。左、右、左、右。蹄で地面を打つかのように。襲いかかって引き裂こうとするかのように。笑みがさらに大きくなり、悦に入った醜悪な表情になる。

猪突してきたポーリーを左にかわした。しかし、その動きは読まれていて、胸の真ん中に右フックを食らった。時速十キロで進む百八十キロの筋肉の塊が生み出す衝撃をまともに受けた。胸骨にひびがはいったように感じ、心臓がその一撃で止まったように思える。立っていられず、仰向けに倒れた。生きるか死ぬかの選択を迫られる。生きるほうを選んだ。二度転がって両手を地面に突き、体を持ちあげる。斜め後ろに跳び、突撃をかわした。食らったら死んでいただろう。

その後は、生き延びては半秒後の展開を見極めるという作業になった。胸が激しく痛み、本来の機敏さは失われていたが、一分ほどは攻撃をよけつづけた。ポーリーはすばやいが、才能はない。その顔を肘で打った。鼻を潰した。後頭部から鼻が飛び出てもおかしくないほどの打撃だった。だが、少なくとも出血はさせられた。ポーリーは呼吸するために口をあけている。わたしは攻撃をかわしながら、踊るような足どりで動き、待った。大振りのパンチを左肩に食らい、腕が麻痺しかける。ポーリーが右を空振りし、ほんの一瞬だけその足が大きく開いた。鼻血のせいで口をあけている。

わたしは振りかぶってンガンットパンチを放った。昔に学んだ酒場での喧嘩の技だ。

まずは相手に煙草をすすめる。相手は煙草を受けとって口もとに運び、口を二センチほど開く。そこでタイミングを見計らって顎に強烈なアッパーカットを叩きこむ。口を勢いよく閉められた相手は顎と歯を折り、ことによると舌も嚙み切ってしまう。お疲れさん、おやすみとなるわけだ。ポーリーはすでに口をあけているから、煙草をすすめる必要はない。だからそのままアッパーカットを放った。全身の力をこめて。完璧な一撃だ。まだ頭は働くし、まだ脚はしっかりしているし、この男に比べれば小さいとはいえ、わたしもかなりの大男で訓練と経験を積んでいる。こぶしは顎先に命中した。骨と骨が激突する。わたしはつま先立ちになって一メートルも伸びあがった。顎だけでなく、首まで折ってもおかしくない。頭がもげ、地面を転がっていってもおかしくない。それなのに、痛手は負わせられなかった。少しも。二、三センチほど後ろによろめかせただけだ。ポーリーは一度首を振ると、わたしの顔を殴りつけた。わたしはこぶしが迫るのを見て、正しい行動をすべてとった。頭をそらし、口を大きくあけて、上下の歯を折られないようにした。頭が後ろに動いていたので衝撃をいくらか和らげることができたが、それでもすさまじい打撃だった。列車にはねられたかのように。自動車事故を起こしたかのように。視界が激しく明滅し、見当識を失い、路面が二発目の巨大なこぶしのように背中に突っこんでくる。肺から空気が押し出され、口から血が噴き出るのが見えた。私道に後頭部を打ちつけた。見あげた空が暗くなる。

動こうとしたが、まるでイグニッションキーをまわしてもエンジンがかからない車のようになっている。キュルキュルキュル……失敗。朦朧としていたのは半秒ほどだ。左腕に力がはいらないので、右腕を使った。上半身を起こし、足を踏ん張って立ちあがる。目眩がする。頭が混乱している。しかし、ポーリーは立ったまま何もせず、わたしを眺めている。笑みを浮かべて。

時間をかけていたぶるつもりらしい。存分に楽しむつもりだ。

銃を探した。ポーリーの後ろに転がったままだ。あそこまではたどり着けない。六発も見舞ったのに、巨人はわたしをあざ笑っている。三発殴られただけで、わたしは息も絶え絶えになっている。ひどく動揺している。自分はここで死ぬ。不意にそうはっきりと理解した。メイン州のアボットで、四月下旬の曇った土曜日の午前中に死ぬ。自分の半分はこう言っている――だれだって必ず死ぬ。いつどこで死のうとどうでもいいだろう？　しかし、別の半分は、人生でたびたび支えとなってきた憤怒と矜恃で燃えあがっている――こんな男にむざむざ倒される気か？　わたしは静かにせめぎ合うふたつの声に耳を傾け、腹を決めた。血の混じった唾を吐き、深く息を吸って、最後の力を奮い起こす。口が痛む。頭が痛む。肩が痛む。胸が痛む。吐き気と目眩に襲われている。ふたたび唾を吐いた。舌先で歯をなぞる。笑みを浮かべているような感覚だ。明るい面を見ろ。致命傷は負っていない。まだ。撃たれてもいない。だからほんとうに笑みを浮かべ、みたび唾を吐くと、自分に言い聞かせた。よし、戦って死のうと。

ポーリーもまだ笑みを浮かべている。顔は血まみれだが、それ以外はまったく変わりがないように見える。ネクタイもきれいに締めたままだし、スーツの上着も着たままだ。肩は相変わらずバスケットボールを詰めこんだかのように見える。力を奮い起こすわたしを見て笑みを大きくし、また前かがみになって手を鉤爪のように構え、足を踏み鳴らしはじめた。あと一度はかわせる。もしかしたら二度。よほど運がよければ三度。だが、それで終わりだ。自分はメイン州で死ぬ。四月の土曜日に。ドミニク・コールの顔を思い浮かべ、語りかけた。やれるだけやったんだ、ドム。ほんとうに。前を向く。ポーリーが息を吸い、動いた。後ろを向き、三メートル歩いて、またこちらを向く。そして一気に突っこんできた。わたしはかわした。すれちがいざまにポーリーの上着が体を打った。遠くから見守っているリチャードとエリザベスの姿が目の隅に映る。ふたりの口はあいていて、剣闘士に〝死に赴く者よ、汝に敬意を〟と言っているかに思える。ポーリーが身を翻し、全力疾走で突っこんできた。

しかし、そこでポーリーは慢心し、わたしは最後に勝つのが自分であることを知った。

ポーリーは武術の真似事をして、わたしにまわし蹴りを入れようとした。これは向かい合っての路上の喧嘩では最も愚かな行為だと言っていい。地面から片足を浮かしたとたん、バランスを失って反撃を受けやすくなる。みずから負けを招くようなものだ。突っこんできたポーリーは、テレビの愚かなカンフー使いのように体をひねった。片足を高くあげ、巨大な靴を地面と平行にして、かかとから打ちこんでくる。命中すればわたしを殺せたのはまちがいない。だが、命中しなかった。わたしはすばやく後ろにかわすと、ポーリーの足を両手でつかみ、引っ張りあげた。百八十キロのベンチプレスができるか、とか言ったな？　さあ、確かめてみようか、くそったれ。ありったけの力をこめてポーリーを地面から浮かし、片足を空中高く引きあげると、頭から落とした。ポーリーは大の字に倒れて動けなくなり、顔をこちらに向けた。路上の喧嘩で何より重要なのは、相手を地面に転がしたらとどめを刺すことだ。躊躇せず、中断せず、遠慮せず、紳士的なふるまいもせずに。必ずとどめを刺す。ポーリーはその鉄則をないがしろにした。わたしはないがしろにしなかった。顔を思いきり蹴る。血が飛び散り、ポーリーは転がって逃げようとした。その右手をかかとで踏みつけ、手根骨と中手骨と指骨をすべて砕いた。もう一度、折れた骨に百十キロの体重をかけて踏みにじった。さらに踏んで手首を折った。前腕も。

ポーリーは人間とは思えなかった。転がって逃げ、左手で体を起こしている。そして立ちあがり、あとずさった。わたしが距離を詰めると、巨大なこぶしで左フックを放ってきたが、わたしはそれを払いのけ、左のショートパンチを折れた鼻に見舞った。のけぞった巨人の股間に膝蹴りを入れる。ポーリーの頭が前に倒れ、そこに右手で二度目のシガレットパンチを放った。今度は頭が後ろに倒れたので、喉を左肘で打った。足の甲を一度、二度と踏みつけ、両目に左右の親指を突っこむ。体ごと顔を背けたところで右のひかがみを蹴ると、膝が崩れ、ポーリーはまた倒れた。左手首を左足で踏みつける。ポーリーの右腕はもう使い物にならない。ばたつかせることしかできない。手のひらを下にしたまま左腕だけで百十キロの重さを垂直に持ちあげられないかぎり、身動きできない。そしてポーリーは持ちあげられなかった。それがステロイドの限界なのだろう。砕けた骨が皮膚を突き破るまで左手を右足で踏みつづけた。それから向きを変えて跳び、みぞおちに靴をめりこませた。体からおりて頭頂部を蹴る。一度、二度、三度。四度目の強烈な蹴りで靴が壊れ、Eメール通信機が飛び出て路面の上を滑っていった。キャデラックからエリザベス・ベックのポケットベルを投げたときとちょうど同じ場所で止まる。ポーリーがそれを目で追い、見つめた。わたしはまたその頭を蹴った。

ポーリーが上半身を起こす。分厚い腹筋の力だけで。腕は左右とも脇に垂れ、役に立たない。わたしはその左手首をつかんで内から外にひねり、肘の関節をはずすと、そのまま折った。ポーリーが折れた右手首を振り、血まみれの手で叩いてくる。左手でそれをつかみ、折れた指の関節を握った。目をのぞきこみながら、砕けた骨を潰す。ポーリーは声をあげない。わたしはそのぬめる手を握ったまま、右の肘を内から外にひねり、両膝をそこに叩きつけた。骨の折れる音が響く。それからポーリーの髪で手のひらを拭い、その場を離れた。門の前で二挺のコルトを拾いあげる。

ポーリーは立ちあがった。ぎこちない動きで。両腕は使えない。足を尻の下に押しこんで前のめりに体を押しあげ、身を起こしている。鼻は潰れ、血が止めどなく流れつづけている。目は赤く、怒りに満ちている。

「歩け」わたしは言った。息を切らしながら。「岩場へ行け」

ポーリーは混乱した雄牛のように突っ立っている。わたしの口の中には血が溜まっている。歯がぐらつく。満足感はない。毛ほども。この男を打ち負かしたわけではない。向こうが自滅しただけだ。あのばかげたカンフーで。殴りかかられたら、わたしは一分以内に死んでいたはずだし、どちらもそれはわかっていた。

「歩け」わたしは言った。「したがわなければ撃つ」

ポーリーはいぶかしげに顎をあげた。

「海にはいってもらう」わたしは言った。

ポーリーは突っ立っている。撃ちたくはない。百八十キロの死体を海まで百メートルも運ぶ羽目になるのはごめんだ。ポーリーは動かず、わたしは運ぶならどうしようかと考えはじめた。門の鎖を足首に巻きつければどうにかなるかもしれない。キャデラックには牽引フックがあっただろうか。わからない。

「歩け」わたしはまた言った。

リチャードとエリザベスがこちらへ向かってきた。大きく迂回して。ポーリーに近づきすぎないようにしながら、わたしの背後にまわりたいようだ。まるでこの巨人が神話に出てくる人物か何かのように。まるで万能であるかのように。気持ちはわかる。ポーリーは腕を二本とも折られているが、わたしは自分の命がかかっているかのように目を光らせている。事実、自分の命がかかっている。もしポーリーが飛びかかってきて、押し倒されたら、膝で潰されて死ぬだろう。コルトはなんの役にも立たないかもしれないと不安になってくる。突進してきたポーリーに十二発をすべて撃ち、命中させたとしても、勢いがまったく止められないさまが目に浮かぶ。

「歩け」わたしは言った。

ポーリーは歩いた。後ろを向き、私道を進んでいく。わたしは十歩後ろからそれを追った。リチャードとエリザベスが遠くの草地にまで離れる。ポーリーとわたしがその横を抜けると、ふたりはわたしの後ろに来た。ここに残るよう言おうかと思った。しかし、それぞれの理由から、このふたりには見届ける権利があると思い直した。

ポーリーは車まわしを歩いた。どこに行かせたいか、わかっているらしい。しかもそれを気にしていない様子だ。独立車庫の横を抜け、館の裏手に行き、岩場に出る。わたしは十歩後ろからそれを追った。右の靴のヒールがはずれているので、足を引きずるようにしながら。風が顔に吹きつけている。周囲の海が騒がしい。荒れ狂っている。ポーリーはハーリーの溝の手前まで行った。そこで足を止め、そのまま立っていたが、振り返ってわたしに顔を向けた。

「おれは泳げねえぞ」と言う。発音が怪しい。わたしに歯を何本か折られ、喉を強打されたからだろう。巨体のまわりで風がうなっている。髪が巻きあげられ、身長がさらに二、三センチは高くなっている。波しぶきがこちらまで飛んでくる。

「泳げなくてもかまわない」わたしは答えた。

胸に十二発撃ちこんだ。全弾が貫通した。弾のあとから脂肪や筋肉の大きな塊が海に飛び散る。ひとりに対して、二挺の銃、十二回のすさまじい銃声、十一ドル四十セントぶんの弾薬。ポーリーは背中から海に倒れこんだ。激しい水しぶきをあげて。海は荒れているが、潮が前とちがう。引き潮ではない。ポーリーはうねる水に落ちて浮かんだままだ。まわりの海水がピンク色に染まっている。死体は動かずに浮いている。が、やがて流されはじめた。大波で上下に激しく揺られながら、ごくゆっくりと沖に流されていく。浮いてから一分が経つ。それが二分になる。三メートル流される。それが六メートルになる。死体は大きな水音を立ててうつ伏せになると、流れに乗ってゆっくりとまわりはじめた。それが速くなる。死体は水面のすぐ下にとらわれている。上着が水を吸い、その中で膨らんだ空気が十二個の貫通銃創から抜けていく。まるで体重などないかのように、海が巨人を上下に揺さぶっている。わたしは弾を撃ち尽くした銃を岩の上に置くと、しゃがんで海に嘔吐した。うずくまって荒い息をつき、浮かぶ死体を眺めた。回転する死体を。沖に流される死体を。リチャードとエリザベスはわたしの六メートル後ろにとどまっている。冷たい海水を手で汲んで顔を洗った。目を閉じて。長いあいだ、目を閉じたままにした。ふたたび目をあけて荒れた海面を見渡すと、死体は消えていた。ようやく沈んだようだ。

そのままうずくまっていた。息を吐く。腕時計に目をやった。まだ十一時だ。しばらく海を眺めた。海面が起伏している。波が砕け、しぶきを浴びせてくる。またキョクアジサシが飛んでいる。巣作りの場所を探しに戻ってきたのだろう。頭の中は真っ白だったが、じきに考えはじめた。いろいろ検討しはじめた。変化した状況を評価しはじめた。まる五分考えたすえに、かなり楽観的な気分になった。ポーリーがこれほど早く退場してくれたおかげで、終局はずっと短く、ずっと楽になったと思った。

それもまちがっていた。

最初の誤算は、エリザベス・ベックがここを離れようとしなかったことだ。リチャードを連れてキャデラックでさっさと逃げろと言っても、行こうとしない。風に髪をなびかせ、服をはためかせながら岩場にそのまま立っている。

「ここはわたしの家よ」エリザベスは言った。

「もうすぐ戦場になる」わたしは言った。

「わたしは残る」

「それは無理な相談だ」

「わたしはここを離れない」エリザベスは言った。「夫といっしょでなければ」

言うべきことばを思いつかなかった。わたしは無言で立ち、体が冷えていくのを感じていた。リチャードが背後から現れ、首をめぐらしながら海を眺めていたが、やがてわたしに視線を向けた。

「すごかったよ」と言う。「あいつを倒すなんて」

「いや、あいつが自滅しただけだ」わたしは言った。

空でカモメが騒いでいる。風に逆らいながら、四十メートルほど沖で旋回している。水面に舞いおりては、波頭にくちばしを突っこんでいる。浮かんでいるポーリーの肉片を食べているのだろう。リチャードはそれをうつろな目で見ている。

「母親と話せ」わたしは若者に言った。「逃げるよう説得しろ」

「わたしはここを離れないわよ」エリザベスは繰り返した。

「ぼくもだ」リチャードは言った。「ここはぼくたちの家だ。ぼくたちは家族だ」

ふたりとも一種のショック状態にある。言い争ってもむだだ。だから代わりに手を動かしてもらおうと思った。三人で私道をゆっくり静かに歩いた。風で服をもぎとられそうだ。わたしは靴のせいで足を引きずるように歩いている。血痕がはじまっているところで足を止め、Eメール通信機を回収した。壊れている。プラスチック製の画面がひび割れているし、電源がはいらない。ポケットにしまった。それからゴム製のヒールを見つけ、地べたにあぐらをかいてもとどおりにはめた。それで歩きやすくなった。門に着くと、鎖をほどいて開き、ジャケットとコートを取り戻して着た。コートのボタンを留め、襟を立てる。キャデラックを運転して門を抜け、門番小屋のドアのそばに停めた。リチャードがふたたび門に鎖を巻きつける。わたしは小屋の中にはいってロシア製の重機関銃のフィード・カバーを開き、弾帯を抜いた。銃本体を鎖からはずす。風が吹く外に運び出し、キャデラックの後部座席に横たえた。小屋に戻り、弾帯を巻いて箱に入れ、鎖を天井のフックからはずし、フックもネジをゆるめて梁からはずした。箱と鎖とフックを運び出し、キャデラックのトランクに入れた。

「何か手伝えることはある？」エリザベスが訊いた。

「弾薬箱があと二十個ある」わたしは言った。「全部要る」

「あの中には行かない」エリザベスは言った。「もう二度と」

「それなら手伝えることはないぞ」

一度にふた箱ずつ運んだので、十往復することになった。まだ体が冷えているし、そこら中が痛む。まだ口の中は血の味がする。トランクと、後部座席の床と、助手席の床に箱を積みあげた。それから運転席に乗りこんで、バックミラーの角度を変えた。唇が裂け、歯茎が血で縁どられている。上の前歯がぐらついている。それには腹が立った。昔からそこは歯並びが悪く、何年か前に先が少し欠けてしまったが、八歳のときに生えてからなじんでいたし、もう生え替わることはない。

「大丈夫？」エリザベスが訊いた。

わたしは後頭部を手探りした。私道に打ちつけたところがさわると痛む。左肩の外側にはひどいあざができている。胸も痛く、息をするのも楽ではない。しかし、全体としては大丈夫だ。健康状態はポーリーよりましで、重要なのはそこだけだ。親指で歯を歯茎に押しこみ、しばらくそのままにした。

「絶好調だ」わたしは言った。

「唇が腫れあがっているわよ」

「死にはしない」

「祝杯をあげるべきね」

わたしは車から出た。

「あんたたちをここから逃がす相談をするべきだ」

エリザベスはそれに対しては何も言わない。門番小屋の中の電話が鳴りはじめた。昔ながらのベルを内蔵しているらしく、気が抜けるような柔らかい音をゆっくりと立てている。風と海の音にまぎれて、遠くでかすかに鳴っているように聞こえる。その音が一度、二度とつづく。わたしはキャデラックのボンネットをまわりこんで小屋の中に行き、受話器を取った。ポーリーの名前を告げ、一拍待つと、十年ぶりにその声が聞こえた。

「やつはもう現れたか？」声は言った。

わたしは間をとった。

「十分前に」と言う。送話口を手で半分覆い、高く明るい声を出した。

「もう死んだか？」

「五分前に」と言う。

「よし、油断するな。きょうは長い一日になる」

そのとおりだ、と思った。通話は切れ、わたしは受話器を戻してまた外に出た。

「だれから？」エリザベスが訊いた。

「クインからだ」わたしは言った。

クインの声をはじめて聞いたのは十年前で、カセットテープを介していた。コールが電話の盗聴を実行していた。そんな権限はなかったが、当時の軍法は文民の手続きよりずっとゆるやかだった。カセットは透明なプラスチック製で、小さく巻かれたテープが透けて見えた。コールは靴箱ほどの大きさのテープレコーダーを持ちこみ、カセットを入れてボタンを押した。わたしのオフィスはクインの声で満たされた。相手は外国の銀行で、金の手配をしている。落ち着いた声だ。軍で人生を過ごすうちに身につける、特徴のない均質化された発音ではっきりと、ゆっくりと話している。口座番号を読みあげ、パスワードを伝え、総額五十万ドルにおよぶ金に関して指示している。その大半をバハマに送金したいようだ。

「クインは現金を郵送しています」コールは言った。「まずグランドケイマン島に」

「安全なのか？」わたしは言った。

コールはうなずいた。「充分に安全です。リスクがあるとすれば、郵便局員に盗まれる恐れがあることくらいでしょう。しかし、宛先は私書箱で、書籍郵便料金で送っています。郵便物から書籍を盗む者はいません。クインはこの方法で当局の目を逃れています」

「五十万ドルは大金だ」

「あの兵器は貴重ですから」

「そうなのか？　そこまで貴重なのか？」

「そうは思わないのですか？」

わたしは肩をすくめた。「わたしにはずいぶんな大金に思える。ローンダーツの見返りにしては」

コールはテープレコーダーを指差した。室内を満たしているクインの声を。「とにかく、それだけの金が払われているのはまちがいありません。だって、ほかにどうやって五十万ドルも稼ぎます？　給与から少しずつ貯金したのでないことは確かです」

「きみはいつ動くつもりだ」

「あす」コールは言った。「あすには動かなければなりません。クインは最後の設計図を入手しました。グロフスキーが言うには、それがすべての鍵だそうです」

「どんな手順でいく？」

「フラスコーニがシリア人に対応します。法務官が見ている前で、現金に印をつけます。それから、すり替える場面を全員で見届けます。クインがシリア人に渡したブリーフケースを、同じ法務官の前で、ただちにあけます。中身を記録しますが、鍵となる設計図がはいっているはずです。その後、クインの確保に向かいます。逮捕し、シリア人がクインに渡したブリーフケースを押収します。のちほど、法務官が見ている前で、こちらのブリーフケースもあけます。印のついた現金がはいっているでしょうから、取引は目撃されているうえに証拠となる記録もあるわけです。クインは刑務所送りになり、長いこと出てこられないでしょう」

「完璧だな」わたしは言った。「よく練られている」

「感謝します」コールは言った。

「フラスコーニは役目を果たせそうか？」

「果たしてくれなければ困ります。わたし自身はシリア人への対応ができないので。シリア人は女に対する態度がおかしいんですよ。さわるのはだめ、見つめるのもだめ、場合によっては話すのもだめで。だからフラスコーニにやってもらわないと」

「わたしがフラスコーニの支援にまわろうか？」

「フラスコーニはあくまでも裏方です」コールは言った。「へまをやっても、そうひどいことにはならないでしょう」

「それでも支援にまわったほうがよさそうだな」

「感謝します」コールはまた言った。

「逮捕の際はフラスコーニをきみに同行させる」

コールは何も言わない。

「きみをひとりで行かせるわけにはいかない」わたしは言った。「それはわかっているだろうに」

　コールはうなずいた。

「だが、捜査主任はきみだとフラスコーニに言っておこう」わたしは言った。「これはきみの事件だと念を押しておく」

「わかりました」コールは言った。

　そしてテープレコーダーの停止ボタンを押した。クインの声がことばの途中で断ち切られる。〝二十万ドル〟の〝ドル〟を言いかけたところで。明るく楽しげだが、気を張っている声だ。いま絶好調で、ゲームの勝利は目前だと承知している男らしく。コールはカセットを取り出し、ポケットに入れた。それからわたしにウィンクをして、オフィスから出ていった。

「クインというのは何者なの？」十年後、エリザベス・ベックが尋ねた。

「フランク・ゼイヴィアーのことだ」わたしは言った。「昔はクインと呼ばれていた。本名はフランシス・ゼイヴィアー・クインだ」

「まさか、あの男を知っているの？」

「わたしがここにいる理由がほかにあるか？」

「あなたは何者なの？」

「フランシス・ゼイヴィアー・クインと呼ばれていたころのフランク・ゼイヴィアーを知っていた男だ」

「あなたは政府のために働いているのね」

わたしは首を横に振った。「これはあくまでも個人的なことだ」

「わたしの夫はどうなるの？」

「わからない」わたしは言った。「それに、どうなろうとあまり興味はない」

ポーリーの小屋に戻り、表口を施錠した。裏口から外に出て、そこも施錠する。つづいて門の鎖を確かめた。固く巻きつけてある。侵入者が来ても、一分から一分半は足止めできそうだ。それだけあればなんとかなるだろう。南京錠の鍵をズボンのポケットにしまった。

「館に戻るぞ」わたしは言った。「悪いが歩いてくれ」

弾薬箱を後ろと横に積んだキャデラックで私道を進んだ。並んで小走りに追いかけてくるエリザベスとリチャードがバックミラーに映っている。町から出たくはないが、ふたりきりにもされたくないのだろう。玄関の前で車を停め、荷をおろしやすいようにバックで寄せた。トランクをあけ、天井のフックと鎖を取り出すと、二階のデユークの部屋へ走った。ここの窓からなら私道の端から端まで見渡せる。銃眼にうってつけだ。コートのポケットからベレッタを抜き、安全装置を解除して天井に一発撃った。五十メートル向こうでエリザベスとリチャードが急に足を止め、また館へと走りだすのが見えた。わたしが料理人を撃ったと思ったのかもしれない。あるいは、自殺したと思ったのかもしれない。椅子の上に立ち、弾痕をこぶしで殴って漆喰を剝がし、木製の梁を見つけた。慎重に狙って二発目を撃ち、梁に直径九ミリのきれいな穴をうがつ。フックをそこにねじこみ、鎖を通して体重をかけてみた。強度は充分だ。

下に戻り、キャデラックの後部座席のドアをあけた。玄関にたどり着いたエリザベスとリチャードに、弾薬箱を運ぶよう指示する。わたしは重機関銃を運んだ。玄関の金属探知機がやかましく鳴り響く。二階に行き、鎖で吊るして、一本目の弾帯を挿入した。銃口をいったん壁に向け、あげさげ窓の下側をあける。銃口をもとに戻し、左右と上下に動かしてみた。遠くの塀の全幅と、車まわしまでの私道の全長が射界にはいる。リチャードが立ってこちらを見つめている。

「箱をすべてここに運べ」わたしは言った。

それからナイトテーブルに歩み寄り、外線電話の受話器を手に取った。モーテルのダフィーに電話をかける。

「まだ手を貸す気はあるか？」と尋ねた。

「ええ」ダフィーは言った。

「それなら、三人全員で館に来てくれ」わたしは言った。「なるべく早く」

三人が来るまでほかにできることはない。窓際で待ち、親指で歯を歯茎に押しこみながら公道を見張った。リチャードとエリザベスは重い箱に苦労している。空を眺めた。正午なのに暗くなりつつある。天候がさらに悪化している。風が強くなっている。四月下旬の北大西洋沿岸。予測がつかない。エリザベス・ベックが部屋にはいってきて、箱を置いた。息を切らし、そのまま立っている。

「これからどうなるの?」と尋ねてきた。

「わからない」わたしは言った。

「この銃はなんのため?」

「用心のためだ」

「何に対しての?」

「クインの手下に対しての」わたしは言った。「背後は海だ。私道で連中を食い止めなければならないかもしれない」

「撃つつもり?」

「必要なら」

「わたしの夫はどうするの?」エリザベスは訊いた。

「気になるのか?」

エリザベスはうなずいた。「ええ、気になるわ」

「あんたの夫も撃つつもりだ」

エリザベスは何も言わない。

「あんたの夫は犯罪者だ」わたしは言った。「身から出た錆だな」

「夫を犯罪者にしている法律は違憲よ」

「そうか？」

エリザベスはまたうなずいた。「憲法修正第二条にはっきりと書かれている」

「そういう話は最高裁判所でやれ」わたしは言った。「いまはそんな話でわたしを煩わせるな」

「人民には武器を保有する権利がある」

「麻薬密売人にはない」わたしは言った。「人口密集地で自動火器を撃ってもかまわないと書いてある修正条項は見たことがない。自動火器の弾丸は煉瓦の壁をいくつも貫通する。そしてなんの罪もない居合わせただけの人の体をいくつも貫通する。赤ん坊や子供の体も」

エリザベスは何も言わない。

「撃たれた赤ん坊を見たことはあるか？」わたしは言った。「弾は皮下注射のようにきれいに突き刺さるわけではない。棍棒のように組織を押し潰しながら進む。押し潰し、引き裂きながら」

エリザベスは何も言わない。

「銃はいいものだなどというたわごとを兵士には言わないことだ」わたしは言った。

「憲法修正第二条にはっきりと書かれているのに」エリザベスは言った。

「だったら全米ライフル協会にでもはいれ」わたしは言った。「わたしはこの現実世界で満足している」

「わたしの夫なのよ」

「刑務所送りになっても自業自得だと言っただろうに」

「言ったわ」エリザベスは言った。「でも、死んでも自業自得だとまでは思えない」

「そうか？」

「わたしの夫なのよ」エリザベスは繰り返した。

「あんたの夫はどうやって商品を売っている？」わたしは尋ねた。

「I‐九五号線を使っている」エリザベスは言った。「安物のラグの中心を切りとり、銃を芯にして巻くのよ。チューブやシリンダーのように。それをボストンやニューヘイヴンに運び、買い手と落ち合っている」

わたしはうなずいた。車庫の床にカーペットの繊維が落ちていたことを思い返す。

「わたしの夫なのよ」エリザベスは言った。

わたしはまたうなずいた。「クインのすぐ隣に立つほど愚かでないかぎりは、大丈夫だろう」

「大丈夫だと約束して。約束してくれたらわたしはここを離れる。リチャードを連れて」

「約束はできない」わたしは言った。

「それならわたしたちもとどまる」

わたしは何も言わなかった。

「組みたくて組んだわけではないのよ」エリザベスは言った。「ゼイヴィアーと。それはどうか理解して」

窓際に来て、息子を見おろしている。リチャードは最後の弾薬箱をキャデラックから運び出している。

「強要されたの」エリザベスは言った。

「それは察しがついている」わたしは言った。

「息子を拉致されて」

「知っている」わたしは言った。

エリザベスはまた動き、わたしをまっすぐに見つめた。

「あなたは何をされたの？」と訊く。

その日、任務の最終段階の準備をしているコールに、もう二度会った。コールはすべてをそつなくこなしていた。チェスプレイヤーのように。何事も二手先を読んでからおこなっている。取引現場を監視するよう頼む法務官は、のちの軍法会議の審理には加われないから、はじめから検察官に嫌われている法務官を選んだこともそうだ。これであとの面倒がひとつ減る。コールは画像による記録を残すために、撮影係も手配した。ヴァージニア州にあるクインの自宅までの所要時間も見積もっている。わたしがはじめに渡したファイルは段ボール箱ふたつを満たすほどになった。二度目に会ったとき、コールはそれを運んでいた。重ねたふたつの箱の重みで二頭筋が張り詰めている。

「グロフスキーの調子はどうだ？」

「よくはありません」コールは言った。「しかし、あすには悪夢も終わりますから」

「きみは有名になるぞ」

「そうならないことを願っています」コールは言った。「この事件は永遠に機密扱いにされるべきです」

「機密扱いの世界で有名になる」わたしは言った。「そういう捜査資料は多くの人が見る」

「それなら、勤務評定をお願いするのがよさそうですね」コールは言った。「あさってあたりに」

「今夜、いっしょに食事をするのもよさそうだ」わたしは言った。「町に出よう。祝い事らしく。いちばんいい店に行くぞ。わたしのおごりだ」

「食料クーポンをもらっていると思っていたのに」

「貯金したのさ」

「機会はいくらでもありましたよね。長い事件だったから」

「亀の歩みだった」わたしは言った。「それがきみの唯一の弱点だ、コール。きみは徹底しているが、遅い」

コールは笑みを浮かべ、箱を引っ張りあげた。

「デートの誘いに応じればよかったんですよ」と言う。「そうしたら、速いより遅いほうがどれだけいいか、教えられたのに」

コールは箱を持ち去り、その二時間後にわれわれは町のレストランで会った。高級店だったから、わたしはシャワーを浴びてきれいな軍服を着ていった。コールは黒のワンピース姿で現れた。前に着ていたものとはちがう。白い点を散らしていない。黒一色だ。美しさを引き立てているが、服の力を借りるまでもない。十八歳くらいに見える。

「参ったな」わたしは言った。「父と娘が食事をしていると思われそうだ」

「叔父で済むかもしれませんよ」コールは言った。「父の弟で」

こういう食事では、料理そのものは重要ではない。その夜のことはほかはすべて覚えているのに、自分が何を注文したかは覚えていない。ステーキだったかもしれない。ラビオリか何かだったかもしれない。食べたのは確かだ。われわれはだれにでも話すわけではないことをたくさん話した。もう少しでわたしは誘惑に負け、モーテルを探さないかと言うところだった。だが、言わなかった。どちらもグラスワインを一杯飲んだあとは、水に切り替えた。翌日に備えなければならないという暗黙の合意があった。わたしが勘定を払い、真夜中に店の前で別れた。深夜でも、コールは輝いていた。生気と活力と集中力に満ちていた。期待に胸を膨らませていた。目がきらめいていた。わたしは路上に立って、コールの車が走り去るのを見送った。

「だれか来る」十年後、エリザベス・ベックが言った。

窓の外に目をやると、はるか遠くに灰色のトーラスが見えた。岩と天候に色が溶けこみ、見分けづらい。距離は三キロほど、公道のカーブを高速で抜けている。ビリャヌエバの車だ。ここに残ってリチャードを見ているようエリザベスに告げ、一階におりて裏口から出た。隠した包みからエンジェル・ドールの鍵束を回収し、ジャケットのポケットに入れる。ダフィーのグロックと予備の弾倉も取り出した。これは無傷で返したい。わたしにとっては重要なことだ。ダフィーはすでに充分に苦しい立場にある。ベレッタとともにコートのポケットにしまい、館の正面にまわってキャデラックに乗った。門まで走らせ、車をおりて死角で待つ。トーラスは門の外で停まり、運転席にビリャヌエバ、助手席にダフィー、後部座席にエリオットの姿が見えた。物陰から出て門の鎖をほどき、門扉を引いた。ビリャヌエバが車をゆっくり進め、キャデラックと向かい合わせに停める。三つのドアが開き、三人とも冷気の中に出てわたしを見つめた。

「いったい何があった？」ビリャヌエバが言った。

わたしは口もとに手をやった。腫れあがっていて、さわると痛い。

「ドアにぶつかった」と言う。

ビリャヌエバは門番小屋を一瞥した。

「それか、門番《ドアマン》にだな」と言う。「ちがうか？」

「大丈夫なの？」ダフィーが訊く。

「門番よりはましだ」わたしは言った。

「わたしたちを呼んだ目的は？」

「プランBのためだ」わたしは言った。「これからポートランドへ向かうが、探し物が見つからなかったら、ここに戻って待たなければならなくなる。だからきみたちのうちふたりはいまからわたしに同行し、もうひとりはここに残って留守を預かる」振り返って館を指差す。「二階中央の窓に重機関銃を据えつけ、進入路を射界に収められるようにしてある。ひとりが配置についてもらいたい」

だれも手をあげない。わたしはビリャヌエバをまっすぐに見つめた。年齢からして、大昔に徴兵された経験があるはずだ。重機関銃を扱ったこともあるかもしれない。

「あんたがやってくれ、テリー」と言う。

「おれはだめだ」ビリャヌエバは言った。「おれはテリーザを見つけるためにあんたに同行する」

頑として譲らない口調だ。

「わかった、わたしがやる」エリオットが言った。

「助かる」わたしは言った。「ヴェトナム戦争の映画を観たことはあるか？　ヘリのドアのそばで機関銃を構える兵士がいただろう？　それがあんただ。連中が来ても、門を通ろうとはしないはずだ。門番小屋の表側の窓からはいって、裏口か裏側の窓から出ようとする。だから出てきたそばから薙《な》ぎ倒せるようにしておけ」

「暗かったら？」

「暗くなる前に戻る」

「わかった。館にはだれがいる？」

「ベックの妻子がいる。料理人も。非戦闘員だが、ここを離れようとしない」

「ベック本人はどうする？」

「ベックはほかの連中といっしょに戻ってくる。混乱にまぎれてベックが逃げても、わたしは悲しまない。だが、混乱にまぎれてベックが撃たれても、やはり悲しまない」

「わかった」

「おそらく連中は来ない」わたしは言った。「そんな暇はないだろう。あくまでもこれは用心のためだ」

「わかった」エリオットは繰り返した。

「キャデラックは置いていく」わたしは言った。「われわれはトーラスを使う」

ビリャヌエバがフォード車に戻り、バックでまた門を抜けた。わたしはダフィーと歩き、外から門を閉めて鎖を巻きつけ、施錠すると、南京錠の鍵をエリオットに投げた。

「またあとで」と言う。

エリオットはキャデラックを方向変換させ、館へ向かった。わたしはダフィーとビリャヌエバのふたりとともにトーラスに乗りこんだ。ダフィーは助手席にすわった。

わたしは後部座席にすわると、グロックと予備の弾倉をポケットから取り出し、ささやかな儀式のようにダフィーのほうに差し出した。

「貸してくれてありがとう」と言う。

ダフィーはグロックをショルダーホルスターに、弾倉をハンドバッグにしまった。

「どういたしまして」と言う。

「まずはテリーザだ」ビリャヌエバは言った。「クインはそのつぎだ。それでいいな？」

「かまわない」わたしは言った。

ビリャヌエバは切り返しながら車をUターンさせ、西へ向かった。

「それで、どこを調べる？」と言う。

「候補は三つある」わたしは言った。「あの倉庫と、街の中心部のオフィスビルと、空港近くのビジネスパークだ。街の中心部のオフィスビルに週末のあいだもだれかを監禁しておくのは無理だろう。そして倉庫は人が多すぎる。大量の荷が届いたばかりで。だからわたしならビジネスパークに票を投じるな」

「I－九五号線とルート一号線のどちらを使う？」

「ルート一号線だ」わたしは言った。

三人とも黙ったまま、車は内陸に二十五キロほど進んでから北に曲がり、ルート一号線でポートランドをめざした。

13

土曜の昼過ぎだから、ビジネスパークは静かだ。雨で洗われて、新鮮な雰囲気がある。灰色の空のもとで金属の建物が曇った白鑞《しろめ》のように鈍く光っている。張りめぐらされた道路網を時速三十キロほどで進んだ。だれもいない。クインの会社は厳重に施錠してあるように見える。その前を通り過ぎながら首をめぐらし、〝ゼイヴィアー・エクスポート社〟の看板をまた眺めた。文字は分厚いステンレス鋼に職人技で刻みこんであるが、特大のXの字は素人が考えたグラフィックデザインに思える。

「どうして輸出《エクスポート》なのかしらね」ダフィーが訊いた。「輸入しているはずなのに」

「どうやってはいる？」ビリャヌエバが訊いた。

「押し入る」わたしは言った。「裏からがいいだろうな」

ビジネスパークの建物は背中合わせに建てられていて、それぞれの正面にこぢんまりとした駐車場がある。ほかにあるのは道路と新しい芝生くらいのもので、両者は現場でコンクリートを打って整えた縁石で区切られている。柵はどこにもない。クインの会社の背後には、〝ポール・キースト・アンド・クリス・メイデン・プロフェッショナル・ケータリングサービス〟という看板を掲げた建物がある。店は閉まっていて、人けはない。そこからクインの会社の裏口まで見通せる。裏口は飾り気のない金属の長方形で、くすんだ赤に塗られている。

「だれもいないわね」ダフィーが言った。

赤いドアの近くの壁に窓がある。石目ガラスが使われている。おそらくトイレの窓だろう。窓の外には鉄格子が取り付けられている。

「警備システムは？」ビリャヌエバが言った。

「これだけ新しい施設だぞ？」わたしは言った。「まずまちがいなく備えている」

「警察に直通だろうか」

「ちがうと思う」わたしは言った。「クインのような男にとって、それは賢明ではない。どこかの子供が窓を割るたびに警察にのぞきまわられたくはないはずだ」

「それなら民間の会社に？」

「そう思う。あるいは、自分の手下だな」

「で、どうやる？」

「大急ぎでやる。侵入し、反応される前に脱出する。かけられる時間は五、六分だろう」

「ひとりが正面に、ふたりが裏口にまわるのか？」

「そのとおりだ」わたしは言った。「あんたは正面を頼む」

トランクをあけるよう言ってから、ダフィーとともに車をおりた。空気は冷たく湿り、風が吹いている。スペアタイヤの下からタイヤレバーを取り出し、トランクを閉め、車が走り去るのを見送った。ダフィーを連れてケータリング店の横を歩き、境界の芝生を抜けて、クインの会社のトイレの窓まで行く。冷たい金属の外壁材に耳を押しつけ、聴覚に神経を集中した。何も聞こえない。そこで窓の鉄格子を眺めた。鉄を浅く四角いかご状に成形してあり、分解できるようにはなってない。四角形の一辺につき二本ずつ、合わせて八本の機械ネジで固定されている。二十五セント硬貨大のフランジを溶接し、そこをネジで留めてある。ネジの頭は五セント硬貨大だ。ダフィーがショルダーホルスターからグロックを抜いた。銃が革にこすれる音でわかる。わたしはコートのポケットの中のベレッタを確かめた。タイヤレバーを両手で持つ。ふたたび外壁材に耳を押しつける。ビリャヌエバの車が建物の正面に停まる音が聞こえた。エンジン音が金属から伝わってくる。運転席のドアを開閉する音が聞こえる。エンジンはかけたままだ。正面の通路を歩くビリャヌエバの足音が聞こえる。

「準備しろ」と言う。

背後でダフィーが動く気配を感じた。ビリャヌエバが正面のドアを騒々しくノックしている。わたしはタイヤレバーの先端で、ネジの一本の隣にある外壁材を突いた。金属に浅いくぼみができる。そこにタイヤレバーを斜めに突っこんで鉄格子の下に入れ、体重をかけた。ネジは抜けない。外壁材の下の鉄骨にまで通っているようだ。タイヤレバーをふたたび突っこみ、もっと強く引いた。一度、二度。ネジの頭がもげ、鉄格子が少し動いた。

結局、六本のネジの頭をもぎとらなければならなかった。三十秒近くかかった。ビリャヌエバはまだノックしている。だれも出てこない。六本目のネジが壊れると、鉄格子を握って扉のように九十度開いた。残った二本のネジが抵抗して甲高い音を立てる。ふたたびタイヤレバーを手に取り、石目ガラスを叩き割った。手を中に突っこんで掛け金を手探りし、窓をあけた。ベレッタを抜き、頭から先にトイレに侵入する。

中は一・八メートル×一・二メートルほどの小部屋になっている。便器がひとつと、フレームレスの小さな鏡を備えたシンクがひとつある。ごみ箱と、予備のトイレットペーパーやペーパータオルを置いた棚も。隅にはバケツとモップが立てかけられている。床は清潔で、リノリウムが敷かれている。消毒薬のにおいが鼻を突く。振り返って窓を調べた。窓枠に小さな開閉センサーがネジ留めされている。だが、建物は静かなままだ。サイレンは鳴っていない。無音警報らしい。いまごろどこかの電話が鳴っているのだろう。あるいは、コンピュータの画面で警告が点滅しているのだろう。

トイレから裏口の廊下に出た。だれもいない。暗い。正面側を向き、裏口のほうへあとずさった。視線を向けずに背後を手探りし、錠をはずす。ドアを引く。ダフィーがはいってきた。

ダフィーは基礎訓練中にクアンティコのFBIアカデミーで六週間の研修を受けたようで、こういうときの動き方が体に染みついている。グロックを両手で持ってわたしの脇を抜け、廊下から建物の残りの部分へと通じるドアのそばに陣どった。肩を戸枠に押しつけながら両肘を曲げて銃口を上に向け、わたしの邪魔にならないようにしている。わたしは進み出てドアを蹴りあけ、駆けこんですばやく左に体を寄せた。ダフィーが後ろで身を翻し、右へ行く。ここも廊下だ。狭い。建物を正面のドアまで貫いている。左右に部屋がある。両側に三つずつ、合わせて六つ。ドアは六つとも閉じられている。

「正面に行く」わたしはささやいた。「ビリャヌエバを入れる」

ふたりで背中合わせになり、ドアを順々に射界に収めながら横向きに歩いた。ドアは閉まったままだ。正面のドアにたどり着くと、解錠してあけ放った。ビリャヌエバが歩み入ってドアをまた閉める。老いて節くれ立った手にグロック17を握っている。使い慣れているように見える。

「警報は？」ビリャヌエバは小声で言った。

「無音だ」わたしは小声で答えた。

「よし、急ごう」

「部屋をひとつずつ調べるぞ」わたしはささやいた。

いやな予感がする。これだけ大きな音を立てたのだから、われわれが侵入したことは、中の人間に当然ばれている。それなのに迂闊に飛び出してこないのなら、賢明にもドアの内側で息を潜め、撃鉄を起こして胸の高さに照準を合わせていることになる。加えて、この中央の廊下は幅が一メートルもない。動ける余地に乏しい。いやな予感がする。ドアはどれも左開きだったので、ダフィーを左側に配置して反対側のドアを見張らせた。三人とも同じ方向を向いているのは避けたい。後ろから撃たれたくない。ビリャヌエバは右に配置した。ドアをひとつずつ蹴りあけるのが役目だ。わたしは真ん中に陣どった。ひと部屋ずつ真っ先に突入するのが役目だ。

正面寄りの左のドアからはじめた。ビリャヌエバがドアを強く蹴る。錠が壊れて戸枠が砕け、ドアが勢いよく開く。わたしは中に飛びこんだ。だれもいない。三メートル×三メートルほどの広さで、窓と机がひとつずつあり、一方の壁際に書類整理棚が並んでいる。即座に部屋から出ると、三人とも向きを変えて反対側の部屋の前に貼りついた。ダフィーが背後を守り、ビリャヌエバがドアを蹴り、わたしが飛びこむ。ここもだれもいない。だが、得をした。隣の部屋とのあいだの仕切り壁が取り払われている。三メートル×六メートルのひと部屋になっている。廊下に面したドアがふたつあり、机が三脚ある。コンピュータや電話が並んでいる。隅にコート掛けがあり、婦人用のレインコートがぶらさがっている。

廊下を横切って四番目のドアへ行った。部屋としては三番目だ。ビリャヌエバがドアを蹴り、わたしは戸枠をまわりこむようにして中にはいった。だれもいない。ここも三メートル×三メートル。窓はない。机が一脚あり、その向こうに大きなコルクボードが掛けられている。何かのリストが画鋲で留めてある。リノリウムの床の大半をオリエンタルカーペットが覆っている。

四つ空振り。残りはふたつ。裏口寄りの右の部屋を選んだ。ビリャヌエバがドアを蹴る。わたしが飛びこむ。だれもいない。三メートル×三メートル、白い塗料、灰色のリノリウム。完全に空っぽだ。中には何もない。血痕を除けば。拭きとってあるが、ずさんだ。床に茶色い渦が残っている。すすぎの足りないモップで塗りたくったせいだろう。壁には血が飛び散っている。拭いてあるものもあれば、見落とされたものもある。レースのような血痕が腰の高さまでつづいている。幅木とリノリウムの境目が赤黒く縁どられている。

「あのメイドだな」わたしは言った。

　ふたりとも返事をしない。われわれはしばらく無言で立ち尽くしていた。それから部屋を出て向きを変え、最後のドアを破った。わたしは銃から先に飛びこんだ。が、足が止まった。

　ここは監房だ。ただし、だれもいない。

　広さは三メートル×三メートル。壁は白く、天井は低い。窓はない。床には灰色のリノリウムが敷かれている。リノリウムにはマットレスが置かれている。マットレスには皺の寄ったシーツが敷かれている。中華料理のテイクアウト容器が何十も散らばっている。空になったミネラルウォーターのペットボトルも。

「テリーザはここにいたのね」ダフィーが言った。

　わたしはうなずいた。「館の地下室とよく似ている」

　中に進み、マットレスを持ちあげた。床に〝ジャスティス〟ということばが指で大きくはっきりと書いてある。その下にはきょうの日付がある。月、日、年を表す六つの数字が。かすれたところは、指先に赤黒い何かをふたたびつけてなぞってある。

「おれたちがきっと捜し出してくれると思ってるんだ」ビリャヌエバが言った。「日ごとに、場所ごとにこれを書きこんでる。賢い子だ」

「血で書かれているの？」ダフィーが言った。

　食べ物の腐臭と口臭が部屋中に漂っている。恐怖と絶望のにおいが嗅ぎとれる。テリーザはメイドの断末魔の声を聞いたはずだ。薄いドア二枚ではたいして音を遮れない。

「海鮮醬《ハイシエンジヤン》だ」わたしは言った。「そう願おう」

「テリーザはいつ移されたの？」

わたしは手近の容器をのぞきこんだ。「二時間ほど前だろう」

「もう少しだったのに」

「行こう」ビリャヌエバが言った。「テリーザを捜しに」

「五分待って」ダフィーは言った。「ATFに渡せるものを手に入れておきたい。この侵入を正当化するために」

「五分も余裕はないぞ」ビリャヌエバは言った。

「二分だ」わたしは言った。「持ち出せるものだけ持ち出して、あとで確かめればいい」

三人で監房から出た。反対側の死体安置所まがいはだれも調べない。ダフィーの先導で、オリエンタルカーペットが敷いてあった部屋に戻った。賢明な選択だ。ここはおそらくクインのオフィスだろう。あの男なら自分用にラグを買いそうだ。ダフィーは机の抽斗から〝未決〟と記された分厚いファイルを取り出し、コルクボードに留められていたリストをすべて引ったくった。

「行こう」ビリャヌエバがまた言った。

トイレの窓を破って侵入してからちょうど四分後に、正面のドアから出た。四時間も経ったように感じられる。灰色のトーラスに乗りこみ、その一分後にはルート一号線に戻っていた。

「このまま北へ行ってくれ」わたしは言った。「街の中心部に向かうぞ」

はじめのうちは三人とも黙っていた。みな視線を合わさず、口も利かない。メイドのことが頭の中を占めていて。わたしは後部座席にすわり、ダフィーは助手席でクインの書類を膝の上に広げている。橋は渋滞している。街に向かう買い物客で。路面は雨と波しぶきでぬめっている。ダフィーは書類をめくっては目を走らせていたが、やがて沈黙を破った。おかげで気がまぎれた。

「暗号だらけね」ダフィーは言った。「XXとかBBとかが使われている」

「ゼイヴィアー・エクスポート社とビザー・バザーだな」わたしは言った。

「BBは輸入している」ダフィーは言った。「XXは輸出している。ただし、両者は明らかにつながっている。同じ事業の表と裏のようなもの」

「どうでもいい」わたしは言った。「わたしの狙いはクインだけだ」

「テリーザも忘れるな」ビリャヌエバが言った。

「第一四半期《しはんき》の売上が記録されている」ダフィーは言った。「今年は二千二百万ドルに達する勢いよ。相当な数の銃を売りさばいているようね」

「安物の拳銃なら二十五万挺」わたしは言った。「エイブラムズ戦車なら四両だな」

「モスバーグ」ダフィーは言った。「この名前に聞き覚えはある？」

「なぜ？」わたしは言った。

「ＸＸが最近そこから荷を受けとっている」

「Ｏ・Ｆ・モスバーグ・アンド・サンズ」わたしは言った。「コネティカット州ニューヘイヴンに本社がある。ショットガンを製造している」

「パースエイダーというのは？」

「ショットガンだ」わたしは言った。「モスバーグＭ５００パースエイダー。準軍事組織向けの銃だな」

「ＸＸはそのパースエイダーをどこかに送ることになっている。二百挺も。インボイス価格は総額六万ドル。おおむね、ＢＢが受けとることになっているものと交換する形になっている」

「輸入と輸出」わたしは言った。「そういう仕組みになっている」

「でも、価格があがっていない」ダフィーは言った。「ＢＢが得ることになっている荷のインボイス価格は七万ドル。つまりＸＸは一万ドルの得をしている」

「資本主義の魔法だな」わたしは言った。

「いえ、待って、ほかの品があった。これで損得なしになる。価格を合わせるために、モスバーグ・パースエイダー二百挺に一万ドルのボーナス品を加えている」

「どんなボーナス品だ」わたしは言った。

「ここには書いていない。一万ドルの価値がありそうなものというと？」

「どうでもいい」わたしはまた言った。

ダフィーはさらに書類をめくった。

「キースト・アンド・メイデン」と言う。「どこかで見た名前ね」

「クインの会社の裏にあった」わたしは言った。「ケータリング店だ」

「その店はクインから仕事をもらっている」ダフィーは言った。「きょう、何かを配達することになっている」

「どこに？」

「書いていない」

「何かとは？」

「書いていない。五十五ドルの品が十八個。ほぼ千ドルの価値があるわね」

「この先は？」ビリャヌエバが言った。

トーラスは橋を渡って北西にまわりこんでいるところで、左に公園がある。

「二番目の交差点を右に曲がれ」わたしは言った。

宣教館の地下駐車場にそのまま車を入れた。しゃれた制服姿の警備員が詰所にいて、ろくに注意を払わずに入館記録をつけた。そこでビリャヌエバがＤＥＡのバッジを見せ、動かずにおとなしくしているようにと言った。だれにも連絡しないように、とも。詰所の先の駐車場は静かだ。駐車スペースは八十ほどあるが、十台ほどしか停まっていない。ただし、そのうちの一台は、けさベックの倉庫の外で見かけた灰色のグランドマーキーだ。

「わたしはここであの写真を撮った」ダフィーが言った。

駐車場の奥に車を進め、隅に停めた。車をおり、エレベーターで一階上のロビーに行く。古くさい大理石の装飾が施された場所で、案内板があった。ゼイヴィアー・エクスポート社は、ルイス・ストレンジ・アンド・グレヴィル法律事務所と四階を共用している。これはありがたかった。四階にはエレベーターホールがあるということになるからだ。エレベーターをおりたとたん、クインのオフィスに踏みこんでいたということにはならない。

エレベーターに戻って４のボタンを押した。前を向く。ドアが閉まり、モーターがうなる。四階に着いた。話し声が聞こえる。エレベーターがチンという音を鳴らし、ドアが開いた。ホールは弁護士でいっぱいだ。左にマホガニー材のドアがあり、〝ルイス・ストレンジ・アンド・グレヴィル法律事務所〟と記された真鍮のプレートが留められている。ドアはあいていて、そこから三人が出てきたところだ。ひとりがドアを閉めようとしていて、ふたりがそれを待っている。男がふたりに、女がひとり。服装はくだけている。三人ともブリーフケースを携えている。三人とも上機嫌だ。弁護士たちはそろって首をめぐらし、こちらを見た。われわれはエレベーターをおりた。三人は微笑して会釈してきた。狭いホールで見知らぬ人といっしょになったときにそうするように。あるいは、何かの法的問題について相談に訪れたとでも思ったのかもしれない。ビリャヌエバが微笑を返し、顎でゼイヴィアー・エクスポート社のドアを示した。〝目当てはあんたたちじゃなくて、こっちなんだよ〟というふうに。女の弁護士が目をそらし、われわれの脇を抜けてエレベーターに乗りこんだ。同僚たちが戸締まりを終えて追いつく。エレベーターのドアが閉まり、かごがおりていく音が聞こえた。

「目撃された」ダフィーが小声で言った。「まずい」

ビリャヌエバがゼイヴィアー・エクスポート社のドアを指差した。「おまけに、中にだれかいるぞ。土曜のこんな時間に来たのに、あの弁護士たちは怪訝そうにしてなかった。ということは、中にだれかがいるのを知ってるにちがいない。約束をしてあるとでも思ったのかもしれない」

わたしはうなずいた。「駐車場に停まっていた車の一台が、けさベックの倉庫に来ていた」

「クインかしら」ダフィーは言った。

「心からそう願っている」

「決めただろう、まずはテリーザだ」ビリャヌエバは言った。「クインはそのつぎだ」

「その計画は変更する」わたしは言った。「わたしはどこにも行かない。中にクインがいるのなら。みすみす好機を取り逃がすわけにはいかない」

「でも、中にははいれないわよ」ダフィーは言った。「目撃されたんだから」

「いや、きみたちははいれない」わたしは言った。「わたしははいれる」

「まさか、ひとりでやるつもりなの？」

「望むところだ。一対一でやる」

「入館記録が残っている」

「だからきみたちはさっさとここを離れるんだ。駐車場に戻って立ち去れ。警備員が退館記録をつけてくれる。五分後にこのオフィスに電話をかけろ。きみたちがここにいたときは何も起こらなかったことが入退館記録と通話記録に残る」

「でもあなたは？　あなたをここに置いていったことは記録に残る」

「それはどうだろうな」わたしは言った。「あの警備員はそこまで注意を払わなかったと思う。人数を数えたりはしなかっただろう。車のナンバーを書き留めただけだ」

ダフィーは何も言わない。

「記録に残ってもかまわない」わたしは言った。「わたしを見つけるのはむずかしい。それをもっとむずかしくしてやるつもりだ」

ダフィーは法律事務所のドアを見つめた。それからゼイヴィアー・エクスポート社のドアを。それからエレベーターを。それからわたしを。

「わかった」と言う。「あなたに任せる。任せたくはないけれど、任せざるをえないから。それは理解している？」

「完全に」わたしは言った。

「テリーザも中でクインといっしょにいるかもしれない」ビリャヌエバが小声で言った。

わたしはうなずいた。「もしいたら、連れていく。通りの端で会おう。あんたたちが電話をかけてから十分後に」

ふたりはためらっていたが、ダフィーがエレベーターの下のボタンを押した。機械の作動音がシャフトから聞こえる。

「気をつけて」ダフィーは言った。

チンという音が鳴り、ドアが開いた。ふたりが乗りこむ。ビリャヌエバがわたしを一瞥してからロビー階のボタンを押し、劇場の幕のようにドアが閉まってふたりを呑みこんだ。わたしはその場を離れ、クインの会社の向かい側の壁に寄りかかった。やはりひとりのほうが性に合う。ポケットの中でベレッタのグリップを握りながら待った。ダフィーとビリャヌエバがエレベーターからおり、車へと歩くところを想像する。駐車場から出ていく。警備員に目撃される。角で車を停め、番号案内に電話をかける。クインの番号を聞き出す。わたしは首をめぐらしてドアを見つめた。ドアの向こうで、クインが机を前にしてすわっているところを想像する。机には電話が置かれている。その姿を透視できるかのように、ドアに目を凝らした。

クインをはじめて見たのは逮捕の当日だ。シリア人にはフラスコーニがうまく対応し、完全な協力を引き出した。フラスコーニはこういう状況だととても役に立つ。時間と明確な目標を与えれば、期待に応えてくれる。シリア人は大使館から現金を持ち出し、われわれは法務官の前にすわって金額を数えた。五万ドルあった。分割払いの最後の一回だろう。紙幣の一枚一枚に印をつけた。ブリーフケースにも。ヒンジの近くに透明なマニキュアで法務官のイニシャルを書いた。法務官は軍法会議に提出する宣誓供述書を書き、フラスコーニはシリア人をそばで見張り、コールとわたしは監視地点に移動した。撮影係は、カフェから通りをはさんで二十メートル南にあるビルの二階の窓際ですでに待機している。十分後、法務官が合流した。われわれが利用したのは縁石に寄せて停めた小型トラックだ。小窓が設けられているのだが、そのガラスは内側からしか見通せないようになっている。FBIからコールが借りてきた。コールは偽装を完璧なものにするために兵士も三人集めた。三人は電力会社の作業着を着て、路面を実際に掘削している。

われわれは待った。ことばは交わさずに。トラックの中は息が詰まりそうだ。気温はまた高くなっている。四十分後、フラスコーニがシリア人を行かせた。シリア人は北から視界にはいってきた。われわれの存在を明かしたらどうなるかは警告してある。コールが台本を書き、フラスコーニが伝えた。いくらわれわれでも、あの脅しを実行に移すことはないだろう。しかし、シリア人はそれを知らない。シリアで人々がどんな目に遭っているかを考えれば、ありうる話だと思ってしまうはずだ。

シリア人は歩道のテーブルにすわった。われわれからは三メートル離れている。そしてテーブルの真横の地面にブリーフケースを置いた。ふたり目の客のように。ウェイターが歩み寄り、注文を聞く。一分後、エスプレッソを持って戻った。シリア人は煙草に火をつけた。半分ほど吸ったところで、灰皿に押しつけて消す。

「シリア人は待っている」コールが静かに言った。テープレコーダーをまわしている。裏づけとするために、リアルタイムの音声記録を残すというのは当人の発案だ。コールは逮捕に備えて正装している。その姿もよく似合っている。

「確認した」法務官が言った。「シリア人は待っている」

シリア人はコーヒーを飲み終え、ウェイターに手を振って二杯目を注文した。また煙草に火をつけている。

「いつもあんなに煙草を吸うのか?」わたしは尋ねた。

「どうして?」コールは言った。

「クインに来るなと警告しているのでは?」

「いいえ、いつも煙草を吸っています」コールは言った。

「そうか」わたしは言った。「だが、中止の合図は決めてあるはずだ」

「合図は出しませんよ。フラスコーニがさんざん脅しましたから」

待った。シリア人は二本目の煙草を吸い終えた。左右の手のひらをテーブルに置いている。指先を小刻みに打ちつけている。問題はなさそうに見える。待ち人が少し遅れているだけに見える。また煙草に火をつけた。

「この煙草はどうも気に食わない」わたしは言った。

「大丈夫ですよ、いつもああいう感じです」コールは言った。

「おかげで緊張しているように見える。クインが怪しむかもしれない」

「これがふつうです。中東の人間ですから」

待った。客がしだいに増える。そろそろ昼時だ。

「クインが接近中」コールは言った。

「確認した」法務官が答える。「クインが接近中」

わたしは南に視線を向けた。身なりのいい男が視界にはいる。こざっぱりとして体は引き締まっている。百八十五センチ、九十キロ弱ほどか。四十手前に見える。髪は黒く、もみあげに白いものが少し混じっている。白いシャツにくすんだ赤のネクタイを締め、青いスーツを着ている。ワシントンDCではまったく目立たないが、悠然としている。動作にむだがない。壮健で、運動神経もいいのは明らかだ。歩みは速い。十中八九、ジョギングを日課にしている。ゼロハリバートンのブリーフケースを携えている。シリア人のそれと瓜ふたつだ。陽光を受けてかすかに金色を帯びている。

シリア人が煙草を灰皿に置き、手を振った。やや不安げだが、無理もない。敵国の首都の中心部で本格的なスパイ活動は戯れにはできない。クインが気づき、歩み寄る。シリア人が立ちあがり、ふたりはテーブル越しに握手を交わした。わたしは笑みを浮かべた。やり方が賢い。ジョージタウンではあまりにありふれた光景で、目につかない。コーヒーカップと灰皿の置かれたテーブル越しに、外国人と握手を交わすスーツ姿のアメリカ人。ふたりは腰をおろした。クインは身じろぎして楽な姿勢をとると、すでに置いてあるブリーフケースのすぐそばに自分のブリーフケースを並べた。一瞥したただけでは、ふたつでひとつの大きなブリーフケースに見える。

「ブリーフケースは隣り合っている」コールはマイクに吹きこんだ。

「確認した」法務官が言う。「ブリーフケースは隣り合っている」

ウェイターがシリア人の二杯目のエスプレッソを持ってきた。クインが何か言い、ウェイターが立ち去る。シリア人がクインに何か言う。クインが笑みを浮かべる。純粋に自信にあふれている笑みだ。純粋に満足している笑み。シリア人がまた何か言う。自分の役目を果たしている。これも自分が助かるためだと思っている。クインは首を伸ばしてウェイターを捜している。シリア人はまた煙草を手に取り、顔を背けてわれわれのほうに煙を吐いた。そして灰皿で煙草を揉み消した。ウェイターがクインの飲み物を持って戻った。大きなカップだ。おそらくクリーム入りのコーヒー。シリア人がエスプレッソをひと口飲む。クインがコーヒーを飲む。会話はしていない。

「ふたりとも緊張していますね」コールは言った。

「興奮しているんだ」わたしは言った。「首尾よく片づきそうで。会うのもこれで最後だ。終わりが見えている。両方にとって。さっさと済ませたいのだろう」

「ブリーフケースに注目」コールは言った。

「注目している」法務官が答えた。

クインがソーサーにカップを置く。椅子を後ろに引く。右手を前に伸ばす。シリア人のブリーフケースをつかんだ。

「クインがシリア人のケースを持った」法務官が言った。

クインは立ちあがった。最後に何か言い、向きを変えて去っていく。弾んだ足どりで。その姿が見えなくなるまで見送った。勘定書きとともに残されたシリア人が金を払い、北へ歩きだしたが、フラスコーニが戸口から出てきてその腕をつかみ、われわれのほうに連れてきた。コールがトラックのリアドアをあけ、フラスコーニがシリア人を中に押しこむ。五人もトラックの中にいるので狭苦しい。

「ケースをあけたまえ」法務官が言った。

近くからだと、ガラス越しよりもシリア人はずっと緊張しているように見える。汗をかいていて、ややにおう。シリア人は床にブリーフケースを倒して置き、その前にしゃがみこんだ。われわれを順々に見てから、留め金をはずして蓋を開く。

中は空だった。


ゼイヴィアー・エクスポート社のオフィスで電話が鳴っている。ドアは重厚で、呼び出し音はくぐもっていてかすかにしか聞こえない。だが、確かに電話の音だし、ダフィーとビリャヌエバが駐車場を出てからちょうど五分後に鳴っている。二度の呼び出し音のあとにだれかが出た。話し声はまったく聞こえない。ダフィーはまちがい電話のふりをするはずだ。通話記録がはっきり残る程度に長引かせようとするだろう。一分待つことにした。迷惑電話を六十秒以上つづける者はいない。

ポケットからベレッタを出し、ドアを引いてあけた。歩み入った先は広々とした受付エリアになっている。ダークウッドが使われ、カーペットが敷かれている。左側にオフィスがあり、ドアは閉ざされている。右側にもオフィスがあり、ドアは閉ざされている。正面には受付カウンターがある。カウンターの向こうにひとりいて、電話を切ろうとしている。クインではない。女だ。歳は三十がらみ。金髪。青い目。女の前には木製の額に差しこまれた合成樹脂製の名札があり、〝エミリー・スミス〟と記されている。後ろにはコート掛けがある。レインコートがそこにぶらさがっている。クリーニング店のビニール袋に入れたままの、ワイヤーハンガーに掛けた黒のカクテルドレスも。左手で背後を探り、ホールに通じるドアを施錠した。エミリー・スミスの目を見つめる。わたしをまっすぐに見返している。視線は動かない。左右のオフィスのドアには向けられない。ということは、おそらくひとりきりだ。視線はハンドバッグやカウンターの抽斗にも向けられない。ということは、おそらく武器は持っていない。

「あんたは死んだはずなのに」女は言った。

「そうなのか？」

女は茫然とうなずいた。いま自分が見ているものを理解できないかのように。

「リーチャーね」女は言った。「始末したとポーリーが言っていたのに」

わたしはうなずいた。「なるほど、それならわたしは幽霊だな。電話にさわるな」

進み出て、カウンターをのぞきこんだ。武器は置かれていない。電話は複数の回線に対応している複雑な代物で、ボタンだらけだ。左手を伸ばしてコードをコンセントから引き抜いた。

「立て」と言う。

女は身を起こした。黙って椅子を後ろに押し、まっすぐに立つ。

「ほかの部屋も調べるぞ」わたしは言った。

「ここにはだれもいないわよ」女は言った。声に恐怖がある。ということは、おそらく事実を言っている。

「それでも調べる」わたしは言った。

女はカウンターの後ろから出てきた。わたしより三十センチは背が低い。黒っぽい色のスカートと黒っぽい色のシャツを身につけている。上等な靴はカクテルドレスに着替えても同じくらい合いそうだ。ベレッタの銃口をその背骨に押しつけ、左手でシャツの後ろ襟をつかんで前に歩かせた。小柄で、華奢に感じられる。髪がわたしの手に掛かっている。清潔なにおいがする。左側のオフィスを先に調べた。女にドアをあけさせ、中に突き飛ばすと、横にずれて戸口の脇に移動した。受付エリアの向こうから背中を撃たれたくない。

よくあるオフィスだ。広さはほどほど。だれもいない。オリエンタルカーペットが敷かれ、机が一脚置いてある。トイレも備えている。便器とシンクがあるだけの小部屋だ。そこもだれもいない。女の向きを変え、受付エリアを歩かせて右側のオフィスに連れていった。同じしつらえだ。似たようなカーペットに、似たような机。無人だ。だれもいない。トイレは備えていない。女の襟をしっかり握ったまま、受付エリアの中央に押しやった。カウンターのすぐ横で立ち止まらせる。

「だれもいないな」わたしは言った。

「そう言ったじゃない」女は言った。

「ほかの面々はどこにいる?」

女は答えない。答えないことが大それた行為だったかのように、体をこわばらせている。

「特に、テリーザ・ダニエルはどこにいる?」わたしは言った。

返事はない。

「ゼイヴィアーはどこにいる?」わたしは言った。

返事はない。

「どうしてわたしの名前を知っている？」

「ベックがゼイヴィアーに伝えた。あんたを雇っていいかと許可を求めたときに」

「ゼイヴィアーはわたしのことを調べあげたのか？」

「できるかぎり」

「そのうえでベックに許可を与えたのか？」

「そうみたいね」

「だったらなぜ、けさポーリーをわたしにけしかけた？」

女はまた体をこわばらせた。「状況が変わったのよ」

「けさ？　なぜ？」

「新しい情報がはいったの」

「どんな情報だ」

「よく知らない」女は言った。「車に関することだった」

サーブのことか？　メイドの消えたメモのことか？

「ゼイヴィアーは推論を重ねた」エミリー・スミスは言った。「いまはあんたのことをすべて知ってる」

「ことばの綾だな」わたしは言った。「わたしのことをすべて知っている人間などいない」

「あんたがATFと連絡をとってたことは知ってる」

「いま言ったように、何かをほんとうに知っている人間などいない」

「あんたがずっと何をしてたかも知ってる」

「ゼイヴィアーが？　おまえは？」

「あたしは聞かされてない」

「おまえの役割は？」

「運営マネージャーよ」

シャツの襟を握る左手に力をこめ、ベレッタの銃口を動かして、打撲傷のせいで突っ張っている頬の皮膚を掻いた。エンジェル・ドールや、ジョン・チャップマン・デユークや、名前も知らないふたりのボディガードや、ポーリーのことを考える。犠牲者のリストにエミリー・スミスを加えたところで、この広い宇宙にとってはたいした損害にはならない。銃をエミリー・スミスの頭に押しつけた。空港を離陸した飛行機の音が遠くから聞こえる。爆音を響かせながら、一キロ半ほどのところを飛んでいる。つぎの飛行機を待って、引き金を引けばいい。だれかに聞きとがめられることはないだろう。それに、おそらくこの女はそうされても仕方がないことをしている。あるいは、していないかもしれない。

「ゼイヴィアーはどこにいる？」わたしは言った。

「知らない」

「ゼイヴィアーが十年前に何をしたかは知っているか？」

生死の分かれ目だ、エミリー。知っているのなら、そう答えるだろう。まちがいなく。プライドや、仲間意識や、自尊心から。隠してはおけない。そして知っているのなら、死んでも自業自得だ。知っていながらクインに協力しているのだから当然だろう。

「いいえ、聞かされてない」エミリー・スミスは言った。「十年前は知り合ってない」

「ほんとうか？」

「ほんとうよ」

そのことばを信じた。

「ベックのメイドがどうなったかは知っているか？」わたしは言った。

正直な者だってもちろん否定することはあるが、まずは考えをめぐらすものだ。訊き返すときもある。それが人間の性《さが》だ。

「だれ？」エミリー・スミスは言った。「知らないけど、なんのこと？」

わたしは息を吐いた。

「いいだろう」と言う。

ベレッタをポケットにしまうと、エミリー・スミスの襟から手を放し、こちらを向かせ、その両手首を左手でまとめてつかんだ。右手で電話から電源コードを引き抜く。腕を伸ばしてエミリー・スミスを左側のオフィスに押しやり、そのままトイレまで連れていった。中へと突き飛ばす。

「隣の弁護士たちは帰った」と言う。「月曜日の朝まで、このビルにはだれもいない。だから好きなだけ叫んだりわめいたりしていいが、だれの耳にも届かない」

エミリー・スミスは何も言わない。わたしはその目の前でトイレのドアを閉めた。電源コードをノブにきつく縛りつける。オフィスのドアを目いっぱい開き、コードの反対の端をそのノブに縛りつけた。これで週末のあいだいくら中からドアを引いても、トイレからは出られない。電源コードを引きちぎれる者はいない。一時間もしたらエミリー・スミスもあきらめ、すわってシンクの蛇口から水を飲んだり用を足したりしながら時間を潰そうとするだろう。

受付カウンターの椅子にすわった。運営マネージャーなら興味深い書類を持っていてもおかしくない。だが、何もない。キースト・アンド・メイデンへの注文書があったくらいだ。例のケータリング店。〝五十五ドル×十八〟。さらに、だれかがいちばん下に鉛筆で書きこんでいる。女の筆跡だ。おそらくエミリー・スミスが書いたのだろう。〝ポークではなくラムで！〟とある。椅子を回転させ、コート掛けのビニール袋入りのドレスを見つめた。それから椅子の向きを戻し、腕時計に目をやった。十分が経っている。

エレベーターで駐車場におり、奥の非常口から出た。警備員の目を避けて。そのブロックをまわりこんでダフィーとビリャヌエバの背後に出た。車は角に停められ、ふたりは前部座席にすわってフロントガラスの向こうを見つめている。ふたり連れが通りを歩いてくるよう願っているのだろう。わたしがドアをあけて後部座席に滑りこむと、どちらも振り返って落胆の表情になった。わたしは首を横に振った。

「どちらもいなかった」と言う。

「だれかが電話に出た」ダフィーが言った。

「エミリー・スミスという女だ」わたしは言った。「運営マネージャーらしい。口は割らなかった」

「その女をどうしたの？」

「トイレに閉じこめた。月曜日まで出番はないだろうな」

「拷問してやればよかったのに」ビリャヌエバが言った。「爪を剝がしてやればよかったんだ」

「わたしの流儀ではない」わたしは言った。「だが、やりたいのならどうぞ。遠慮は無用だ。女はまだあそこにいる。トイレから出られずに」

ビリャヌエバは無言でかぶりを振り、そのますすわっていた。

「これからどうする？」ダフィーが訊いた。


「これからどうします？」コールが訊いた。

われわれはまだ小型トラックの中にいた。コールと、法務官と、わたしは。フラスコーニはシリア人を連れていった。コールとわたしは懸命に考え、法務官はこの件から手を引こうとしている。

「わたしがここに来たのは立ち会うためにすぎない」法務官は言った。「法的な助言は与えられない。与えるのは適切ではない。どのみち、率直なところ、なんと言えばいいのかわからない」

われわれを一瞥し、リアドアから出て去っていく。振り返らずに。これが嫌われ者を立会人に選ぶことの難点なのだろう。意図せざる結果の法則だ。

「どうしてこんなことに？」コールは言った。「あれはいったいどういうことです？」

「可能性はふたつしかない」わたしは言った。「ひとつ、クインはシリア人を食い物にしていた。単純明快だな。昔からある信用詐欺だ。重要でない何かを小出しに与えておいて、最後に与えるはずのものは与えない。ふたつ、クインはまっとうな情報将校として仕事をしていた。正式に任務を受けて。グロフスキーが秘密を守れないこと、シリア人が見返りに大金を払う意思があることを証明するために」

「クインはグロフスキーの娘を誘拐したんですよ」コールは言った。「そんな方法が正式に許可されるわけありません」

「もっとあくどい方法が使われたことだってあるぞ」わたしは言った。

「クインはシリア人を食い物にしていたと考えるべきです」

わたしはうなずいた。「わたしもそう思う。クインはシリア人を食い物にしていた」

「それなら、われわれにできることは？」

「ない」わたしは言った。「シリア人をだまして金儲けをしているとクインを問い詰めたところで、ちがうと一蹴されるだけだ。そんなことはしていない、実は囮捜査をおこなっている、嘘だと言うなら証明してみろ、と言われる。情報機関の仕事に首を突っこむなと、あまり穏やかではない警告をされるだろう」

コールは何も言わない。

「それに、わかっているか？」わたしは言った。「たとえクインがほんとうにシリア人を食い物にしていたとしても、それがなんの罪になるのか、わたしは知らない。統一軍事裁判法は、新鮮な空気の詰まったブリーフケースと交換で外国の愚か者から金をもらうことを禁じているのか？」

「知りません」

「わたしもだ」

「しかし、シリア人が激怒するのは確かです」コールは言った。「当然でしょう？　五十万ドルも払ったのだから。このままにしておくはずがない。沽券にかかわります。たとえほんとうにまっとうな情報将校だったとしても、クインは大きな危険を冒したことになります。五十万ドルもだましとるという危険を。シリア人はクインを追うでしょう。クインは行方をくらますわけにもいきません。職務をつづけなければなりませんから。つまりまな板の鯉です」

わたしは間をとった。コールを見つめる。「行方をくらますつもりがないのなら、なぜ金をすべて移した？」

コールは何も言わない。わたしは腕時計に目をやった。あれではなく、これ。あるいは、もしかしたら、今回にかぎっては、〝これでもあれでもある〟のかもしれない。

「五十万ドルは額が多すぎる」と言う。

「どういう意味で？」

「シリア人が払うにしては、という意味で。あの設計図にそこまでの価値はない。もうじき見本ができるはずだ。そして試作品がいくつか作られる。数ヵ月もしないうちに、完成品が百発は武器科に渡っている。おそらく一万ドルも出せばひとつ買える。

賄賂の効くどこかの伍長が売ってくれるだろう。金を払わずにひとつ盗み出すことだってできる。それを分解して設計を調べればいい」

「なるほど、シリア人は商売に関しては無能なのでしょう」コールは言った。「しかし、クインの通話をテープで聞きましたよね。クインは銀行に五十万ドルを預けています」

わたしはまた腕時計に目をやった。「わかっている。それはまぎれもない事実だ」

「それなら？」

「それでも額が多すぎる。シリア人が格別無能ということはない。しゃれたローンダーツに五十万ドルもの値をつける者はいない」

「しかし、その額をシリア人が払ったことはわかっています。あなたもそれはまぎれもない事実だと同意したばかりです」

「ちがう」わたしは言った。「わかっているのは、クインが銀行に五十万ドルを預けてあることだけだ。それは事実にほかならない。だからといって、シリア人がその五十万ドルを払ったとはかぎらない。その部分は推測だ」

「え？」

「クインは中東が専門だ。頭の切れる悪党だ。きみは観察を早く切りあげすぎたのだと思う」

「なんの観察を？」

「クインの。あの男がどこへ行き、だれと会っているかの。中東にたちの悪い政権はどれだけある？　最低でも四つか五つはある。クインが同時にそのふたつか三つとよろしくやっているとしたら？　あるいはそのすべてと？　相手のほうは取引先は自分だけだと思いこんでいたら？　クインが同じ信用詐欺を三つも四つも重ねているとしたら？　それなら、どの取引先にとっても五十万ドルもの価値はない品なのに、クインが五十万ドルも銀行に預けてある理由を説明できる」

わたしはまた腕時計に目をやった。

「クインは相手をまとめて食い物にしていると？」

「その可能性はある」と言う。「そのひとつとはほんとうに取引をしている可能性もある。はじまりはそんなふうだったのかもしれない。クインは得意客のひとつとほんとうに取引をするつもりだったのかもしれない。しかし、望んでいたほどの大金は得られなかった。それで稼ぎを何倍にも増やそうと決めた」

「もっと多くのカフェを見張るべきだったんですね」コールは言った。「シリア人でやめるべきではなかった」

「おそらくクインは順路のようなものを決めている」わたしは言った。「いくつもの密会を順々にこなしている。郵便配達人のように」

コールは腕時計に目をやった。

「なるほど」と言う。「それならいまごろはシリア人の金を自宅に持ち帰っているところですね」

わたしはうなずいた。「持ち帰ったら、つぎの相手と会うためにまたすぐに出かけるだろう。だからきみはフラスコーニを連れて、さらに監視をおこなえ。街に戻ってくるクインを捜し出せ。だれかとブリーフケースをすり替えたら、相手を確保しろ。空のブリーフケースばかりで終わるかもしれないが、空でないものがひとつあるかもしれない。それなら任務を再開できる」

コールはトラックの中を見まわした。テープレコーダーに視線を落とす。

「それは忘れろ」わたしは言った。「利口に立ちまわっている時間はない。現場に出られるのはきみとフラスコーニだけだ」

「倉庫だ」わたしは言った。「あそこも調べなければならないだろう」

「応援が要る」ダフィーが言った。「連中が全員集まっているはずよ」

「望むところだ」

「危険すぎる。こちらは三人しかいないのよ」

「実際には、連中は全員で別の場所に移動中だと思う。もう倉庫を離れている可能性がある」

「どこに向かっているの？」

「あとで話す」わたしは言った。「一度にひとつずつこなそう」

ビリャヌエバが路肩からトーラスを出した。

「待ってくれ」わたしは言った。「つぎの交差点を右に曲がれ。先に確かめておきたいことがある」

二ブロック走ってから曲がって一ブロック進み、エンジェル・ドールをリンカーンのトランクに入れたまま置いてきた屋内駐車場に行った。ビリャヌエバが消火栓のそばにトーラスを停め、わたしは外に出た。車両入口を歩いて抜け、目を薄闇に慣れさせる。リンカーンを停めたスペースに行った。車が停めてある。だが、エンジェル・ドールの黒のリンカーンではない。メタリックグリーンのスバル・レガシィだ。アウトバックのモデルで、ルーフレールと大きなタイヤを装備している。後部座席の窓に星条旗のステッカーが貼られている。運転しているのは愛国者だ。もっとも、アメリカ車を買うほどの愛国者ではないらしい。

念を入れて、隣接する二本の通路も歩いてみたが、念を入れるまでもなかった。エミリー・スミスが話していたのは、サーブではなくリンカーンのことだ。メイドの消えたメモではなくエンジェル・ドールの止まった心臓のことだ。〝いまはあんたのことをすべて知ってる〟。暗がりでひとりうなずいた。だれかのことをすべて知ってい る人間などいない。だが、いまやクインは、わたしのことを知りすぎるほどに知って いる。来た道を引き返した。入口の傾斜路をのぼり、陽光のもとに出る。空は灰色に 曇って薄暗く、高層ビルが影を落としているが、サーチライトで照らされたように感 じた。トーラスに乗りこみ、ドアを静かに閉めた。

「問題はない？」ダフィーが尋ねた。

わたしは答えなかった。ダフィーが助手席から振り返り、わたしに顔を向ける。

「問題はない？」とまた言う。

「エリオットを館から逃がさないとまずい」わたしは言った。

「どうして？」

「エンジェル・ドールが発見された」

「だれに？」

「クインの手下に」

「どうして？」

「わからない」

「確かなの？」ダフィーは言った。「ポートランド市警に発見されたのかもしれな い。不審な車両が長時間駐車されていたから」

わたしは首を横に振った。「ポートランド市警ならトランクをあけたはずだ。その場合、いまごろは駐車場全体が犯行現場として扱われている。立入禁止にされている。警官だらけになっている」

ダフィーは何も言わない。

「この状況は完全に想定外だ」わたしは言った。「エリオットに連絡しろ。携帯電話に。館から逃げるよう指示するんだ。ベック親子と料理人も連れていかせろ。キャデラックで。必要なら銃を突きつけて逮捕してもかまわない。別のモーテルを見つけて身を潜めるよう言え」

ダフィーはハンドバッグの中に手を突っこみ、ノキアを取り出した。短縮ダイヤルのボタンを押し、待つ。わたしは頭の中で呼び出し音を数えた。一回。二回。三回。四回。ダフィーが不安げなまなざしをわたしに向ける。そこでエリオットが出た。ダフィーは息をつき、切迫した声ではっきりと指示を出した。そして電話を切った。

「問題はないか?」わたしは言った。

ダフィーはうなずいた。「とても安心した様子だった」

わたしもうなずいた。それも当然だ。何が来るかも、いつ来るかもわからないいま、背後を海にさえぎられた場所で機関銃にしがみつき、灰色の地形を見張っているというのは楽しいものではない。

「よし、行こう」わたしは言った。「倉庫に」

ビリャヌエバがふたたび路肩から車を出した。道順は知っているようだ。エリオットとともに二度、倉庫を監視したからだろう。まる二日にわたって。街を南東に進み、北西から港に近づいた。三人とも黙ってすわっている。ことばは交わさずに。わたしは損害評価を試みた。大失敗だ。取り返しがつかない。だが、解放感もあった。すべてが明確になった。もう正体を偽る必要はない。偽装工作は無に帰した。いまやわたしは連中の敵にほかならない。そして連中はわたしの敵だ。束縛は解かれた。

ビリャヌエバは巧みに運転している。役目をそつなくこなしている。倉庫から三ブロックの距離を保ちながら、その四方を囲むように車を走らせている。倉庫は路地の向こうや建物の隙間に見え隠れしている。四方から倉庫を四度のぞき見た。車は停まっていない。巻きあげ式のシャッターは閉ざされている。窓に明かりは映っていない。

「連中はどこへ行ったの？」ダフィーが言った。「大事な週末を迎えているはずだったのに」

「実際、大事な週末を迎えている」わたしは言った。「それもきわめて大事な週末だろうな。連中の行動は完全に筋が通ると思う」

「いったいどんな行動が？」

いるかも」

「あとで話す」わたしは言った。「パースエイダーを確認しにいこう。何と交換して
建物をふたつはさんで、倉庫の北東に車を停めた。そばの建物のドアには、〝ブライアン高級輸入剝製〟と記されている。ビリャヌエバがトーラスを施錠した。三人で南西に歩いてから遠まわりし、窓のない死角からベックの倉庫に近づいた。倉庫内の小部屋に通じる通用口は施錠されている。奥の事務室の窓から中をのぞいた。だれもいない。角をまわりこみ、事務員用のオープンスペースものぞいた。だれもいない。ペンキが塗られていない灰色のドアの前で足を止めた。ここも施錠されている。

「どうやって中にはいる？」ビリャヌエバが訊いた。

「これを使う」わたしは言った。

エンジェル・ドールの鍵束を出し、錠をはずした。ドアをあける。侵入警報が鳴りはじめた。中に歩み入って、掲示板に留められたメモ用紙をめくり、暗証番号を見つけて入力する。赤いライトが緑に変わり、警報が止まって倉庫は静かになった。

「連中はいない」ダフィーが言った。「家捜ししている時間はない。テリーザを捜しにいかないと」

わたしはすでにガンオイルのにおいを嗅ぎとっていた。ラグに使われているウールの原毛のにおいに混じって漂っている。

「五分待て」と言う。「それできみたちはATFから勲章をもらえる」

「あなたは勲章をもらってもおかしくないですよ」コールは言った。

ジョージタウン大学のキャンパスにある公衆電話から、わたしに電話をかけている。

「そうか？」

「尻尾をつかみました。引導を渡してやれます。あの男はおしまいです」

「相手はだれだった？」

「イラク人です」コールは言った。「信じられます？」

「筋は通るな」わたしは言った。「叩きのめされたばかりで、雪辱に燃えているのだろう」

「無謀にもほどがありますね」

「どんな手口だった？」

「これまでと同じです。ゼロハリバートンではなくサムソナイトでしたが。レバノン人とイラン人から押収したケースは空でした。そのあと、イラク人で大当たりを引いたというわけです。本物の設計図がはいっていました」

「確かなのか？」

「まちがいありません」コールは言った。「グロフスキーに連絡したところ、下の隅に記された図面番号で本物だと確認してくれました」

「だれがすり替えを目撃した？」

「われわれふたりです。わたしとフラスコーニ。それから、何人かの学生と教員も。すり替えは大学のコーヒーショップでおこなわれたので」

「教員というと？」

「法学の教授に協力を頼みました」

「教授は何を見た？」

「一部始終を。しかし、すり替えがおこなわれたと断言はできないそうです。手品並みに巧妙でしたから。ブリーフケースは瓜ふたつでした。これで充分ですか？」

ちがう答を返せばよかったとわたしが後悔することになる問い。イラク人はどこから流出した設計図をもとから持っていたのだと、クインが主張することはありうる。イラク人はそれを肌身離さず持っていたかったのだと、クインが強弁することはありうる。すり替えなどしていないと、クインが否定することはありうる。しかし、シリア人とレバノン人とイラン人の存在がある。クインが銀行に預けた金の存在も。食い物にされた被害者たちは憤慨するだろう。非公開の審理で証言する気になるかもしれない。国務省がそれになんらかの見返りを与えられるかもしれない。さらに、イラク人に渡ったブリーフケースにはクインの指紋が付着しているはずだ。クインは密会の場に手袋をはめていかなかっただろう。それは怪しすぎる。これらを考え合わせれば、充分だ。手口は明らかにしたし、クインの銀行口座には説明のつかない金があるし、アメリカ陸軍の極秘の設計図をイラク人のスパイが所持していたし、憲兵ふたりと法学の教授ひとりが経緯を証言できるし、ブリーフケースの取っ手には指紋が付着している。

「充分だ」わたしは言った。「逮捕に向かえ」

「どこに行けばいい？」ダフィーが言った。

「案内する」わたしは言った。

ダフィーを追い越し、事務員用のオープンスペースを抜け、奥の事務室に行く。そのドアから倉庫内の小部屋にはいった。エンジェル・ドールのコンピュータが以前のままに机の上に置いてある。椅子も以前のままに詰め物がそこら中からはみ出ている。正しいスイッチを見つけ、倉庫の照明を点灯した。ガラスの仕切り越しにすべてが見える。ラグを積んだ棚があるのも以前のままだ。フォークリフトがあるのも。だが、床の中央に、頭の高さまで積まれた木箱の山が五つある。山はふたつと三つに分けられている。巻きあげ式のシャッターから遠い位置にある三つの山は板が古び、どの木箱も見慣れない外国のアルファベットがステンシルで刷り出されている。その大半はキリル文字だが、アラビア語とおぼしき乱雑な文字が右から左に重ね書きされている。ビザー・バザーが輸入した品だろう。ドア寄りにあるふたつの山は木箱が新しく、〝モスバーグ・コネティカット〟という英語が印字されている。ゼイヴィアー・エクスポート社が発送する荷だろう。輸入と輸出、純然たる物々交換。公正な交換は強奪にあらず、とリオン・ガーバーなら言いそうだ。

「たいした量ではないのね」ダフィーは言った。「箱の山が五つだけ？　合わせて十四万ドルぶんの荷でしょう？　大きな取引だと思ったのに」

「大きな取引だと思うぞ」わたしは言った。「量ではなく、重要性という面では」

「見てみよう」ビリャヌエバが言った。

倉庫内に移動した。ビリャヌエバとわたしでいちばん上のモスバーグの木箱をおろした。重い。左腕はまだ力がはいりにくい。胸の中心もまだ痛い。歯を食いしばっても、殴られた口はまったく感覚がない。

ビリャヌエバがテーブルの上に釘抜き付きハンマーを見つけ、それを使って木箱の蓋から釘を抜き、蓋をはずして床に置いた。木箱にはピーナッツ状の発泡スチロールが詰まっている。わたしは中に両手を突っこみ、パラフィン紙に包まれた長い銃を取り出した。紙を破く。M500パースエイダーだ。クルーザー・モデル。ショルダーストックはない。ピストルグリップだけだ。十二番径、銃身長は約四十七センチ、機関部は約七・五センチ、装弾数は六発、ブルー仕上げ、合成樹脂製の黒いフォアエンド、照準器はない。物騒で野蛮な、近距離での市街戦用の武器だ。ポンプ・アクションの動作を確かめてみた。絹のようになめらかに動く。引き金を引いてみた。ニコンのシャッターボタンのように静かに落ちる。

「弾薬はあるか？」わたしは言った。

「ここにあるぞ」ビリャヌエバは言った。ブリネッキ・マグナムのスラッグ弾の箱を持っている。その後ろの段ボール箱があけられていて、同じ箱が何十も詰まっている。わたしは箱をふたつあけ、六発の装弾を装塡すると、一発を薬室に給弾し、七発目を装塡した。それから安全装置を掛けた。このブリネッキ弾は鳥撃ち用のバードショットではないからだ。重さが一オンスもある銅製の一粒弾で、パースエイダーから撃ったときの初速は時速一千七百キロに達する。ブロック塀を撃てば、くぐり抜けられるほどの穴が空く。銃をテーブルに置き、包みをもうひとつあけた。そちらも弾薬を装塡し、安全装置を掛け、一挺目の隣に置いた。ダフィーの視線に気づいた。

「銃はこのためにある」わたしは言った。「弾がはいっていない銃は無用の長物だ」

空になったブリネッキ弾の箱を段ボール箱に戻し、蓋を閉めた。ビリャヌエバはビザー・バザーの木箱を見つめている。書類を手にして。

「これがカーペットに見えるか？」と言う。

「あまり見えないな」わたしは言った。

「税関にはそう見えるらしい。テイラーという男がリビアから届いた手織りのラグだと確認のサインをしている」

「その情報は使えそうだ」わたしは言った。「テイラーとかいう男のことをATFに教えればいい。銀行口座を調べてくれるだろう。あんたたちに対する好感度が少しはあがるかもしれない」

「ほんとうは何がはいっているの？」ダフィーが言った。「リビアで何を作っているの？」

「何も作っていない」わたしは言った。「ナツメヤシを育てているくらいだ」

「これはすべてロシア製だな」ビリャヌエバは言った。「オデッサを二度通ってる。まずリビアに運びこまれ、とんぼ返りでここに輸出されてる。二百挺のパースエイダーと交換で。トリポリの通りでだれかが強そうに見せたいんだろうな」

「ロシアではいろいろなものが作られているわね」ダフィーは言った。

わたしはうなずいた。「それが何か、確かめよう」

九つの木箱が三つの山に分けられている。わたしが最寄りの山のいちばん上にあった木箱をおろし、ビリャヌエバが釘抜き付きハンマーを忙しく動かした。蓋をあけると、鉋《かんな》くずの中に何挺ものＡＫ－74が収められていた。基本型のカラシニコフのアサルトライフルで、使いこまれている。見飽きた銃で、どこで売るかにもよるが、末端価格は一挺二百ドルほどだろう。流行があるような品ではない。ザ・ノース・フェイスのジャケットを着た男たちがこれと美しいマットブラックのＨ＆Ｋを取り替えるはずがない。

　ふたつ目の木箱はひとつ目より小さい。鉋くずとＡＫＳ－74Ｕが詰まっている。ＡＫ－74の派生型で、銃身を切り詰めたショートカービンモデルだ。取りまわしはいいが、不恰好に見える。こちらも中古品だが、よく手入れしてある。興奮するような銃ではない。半ダースはある西側の同等の銃と変わらない。北大西洋条約機構《ＮＡＴＯ》はこの銃が気になって一睡もできなくなるということはなかった。

　三つ目の箱には九ミリ拳銃のマカロフが詰まっている。ほとんどは傷だらけで古い。デザインは無骨で野暮ったく、大昔のワルサーＰＰの模造品だ。ソ連の軍では拳銃の文化が栄えなかった。拳銃を使うのは石を投げるのと同じだと思われていた。

「どれもがらくただ」わたしは言った。「最善の活用法は、溶かして船の錨にすることだろうな」

　ふたつ目の山に取りかかったが、その最初の木箱にずっと興味深いものを見つけた。Ｖａｌ消音狙撃銃だ。存在は秘されていたが、一九九四年にペンタゴンが一挺を鹵獲（ろかく）した。黒一色に塗られ、すべて金属製で、スケルトンストックを備えている。特殊な九ミリ口径の弾丸を亜音速で発射する。性能試験により、五百メートルの距離からあらゆるボディアーマーを撃ち抜けることがわかっている。当時はかなりの大騒ぎになったことをわたしも覚えている。それが十二挺ある。ふたつ目の箱にも十二挺。優秀な武器だ。それに、見た目もいい。ザ・ノース・フェイスのジャケットにもよく合うだろう。特に表が黒、裏が銀のジャケットには。

「これは値が張るのか？」ビリャヌエバが訊いた。

わたしは肩をすくめた。「なんとも言えない。買い手による。だが、ヴァイメやSIGの同等の銃の新品をアメリカで買ったら、五千ドル以上する」

「これだけであのインボイス価格になるな」

わたしはうなずいた。「これは上等な武器だ。だが、ロサンゼルスのサウス・セントラルではあまり使い道がない。だから末端価格はずっと安いかもしれない」

「もう行かないと」ダフィーが言った。

わたしは後ろにさがってガラスの仕切りから奥の事務室の窓まで見通した。午後の半ばだ。薄暗いが、まだ陽が差している。

「あと少しだ」と言う。

ビリャヌエバがふたつ目の山の最後の木箱をあけた。

「これはいったいなんだ？」と言う。

わたしは歩み寄った。鉋くずが詰まっている。その中に細く黒い筒が一本ある。肩にあてがう短い木製の部分を備えている。筒の先に中央が膨らんだロケット弾が装塡されている。二度見して、ようやく正体を確信した。

「ＲＰＧ－７だ」と言う。「対戦車擲弾《てきだん》発射器。歩兵が携帯する肩撃ち式の武器だ」

「ＲＰＧはロケット推進《プロペルド》グレネードの略だな」ビリャヌエバは言った。

「英語ではそれで通っている」わたしは言った。「ロシア語ではルチノーイ・プラチヴァターンカヴィイ・グラナタミョートの略で、携帯式対戦車擲弾発射器を意味する。グレネードといっても使用するのは手榴弾ではなくロケット弾だ」

「棒状貫通弾のようなもの？」ダフィーが言った。

「そんなところだ」わたしは言った。「だが、こちらは爆発する」

「戦車を吹き飛ばすということ？」

「それを意図している」

「そんなものをだれがベックから買うの？」

「わからない」

「麻薬密売人？」

「可能性はある。家屋に対して非常に有効だからだ。装甲リムジンに対しても。商売敵が防弾仕様のＢＭＷを買ったら、これが必要になるだろうな」

「それか、テロリストの可能性もある」ダフィーは言った。

わたしはうなずいた。「極右武装組織《ミリシア》の変人かもしれない」

「これはゆゆしき事態よ」

「ＲＰＧ‐７は狙いにくい」わたしは言った。「ロケット弾は大きくて遅い。十発中九発は、横風が少し吹いただけで的をはずす。巻き添えを食った人にとってはなんの慰めにもならないが」

ビリャヌエバがつぎの蓋をこじあけた。

「もう一挺ある」と言う。「同じ武器だ」

「ＡＴＦに連絡する必要がある」ダフィーは言った。「たぶんＦＢＩにも。いますぐ」

「あと少しだ」わたしは言った。

ビリャヌエバが最後のふたつの木箱をあけた。釘がきしり、木が裂ける。

「もっと妙な代物だぞ」と言う。

わたしは中をのぞいた。どちらの木箱にも、明るい黄色に塗られた太い金属の筒がはいっている。電子機器が下側にボルト留めされている。わたしは目をそらした。

「グレイルだ」と言う。「ＳＡ‐７グレイル。ロシアの地対空ミサイルだ」

「赤外線誘導式の？」

「飛行機を撃ち落とすための兵器よね？」ダフィーが言った。

「そのとおりだ」

　わたしはうなずいた。「ヘリコプターにもきわめて有効だ」

「射程は？」ビリャヌエバが訊いた。

「三千メートル近くもある」わたしは言った。「定期旅客機を撃墜できるぞ」

　わたしはうなずいた。

「空港の近くで」と言う。「離陸直後を狙えば。イーストリヴァーに船を出して撃てばいい。ラガーディア空港を飛び立った飛行機に命中するところを想像してみろ。それがマンハッタンに墜落するところを想像してみろ。九・一一の再来だ」

　ダフィーは黄色い筒を見つめた。

「信じられない」と言う。

「もう麻薬密売人の事案ではなくなったな」わたしは言った。「連中は市場を拡大した。これはテロ事案だ。そうとしか考えられない。この一度の荷だけでテロリストの細胞まるごとひとつが武装できる。これだけの武器があればなんでもできる」

「だれがこれを勇んで買おうとしているのか、突き止めないといけない。なぜほしがるのかも」

そのとき、戸口のほうから足音が聞こえた。オートマチック拳銃の薬室に給弾する音も。声も。

「なぜほしがるのかなんて、いちいち訊かないな」声は言った。「訊くわけがない。金を払ってくれればそれでいい」

14

声の主はハーリーだ。山羊ひげの上の口はぎざぎざの穴のようになっている。黄ばんだ歯が見える。右手にパラ・オーディナンスP14を持っている。コルト1911のカナダ製のコピー品で、信頼性は高いが、ハーリーには重すぎる。ハーリーの手首は細くて貧弱だ。ダフィーが持っているグロック19のほうが使いやすいだろう。

「明かりがついてたのが見えたんでな」ハーリーは言った。「様子を確かめようと思ったんだよ」

わたしを見据える。

「ポーリーはしくじったのか」と言う。「ポーリーのふりをしてミスター・ゼイヴィアーからの電話に出たんだな」

わたしは引き金に掛けられた指を見つめている。いつでも引ける位置にある。半秒ほど、ハーリーの闖入《ちんにゅう》を許した自分に腹を立てた。それから頭を切り替え、この男を始末する方法を考えた。テリーザのことを訊かずに始末してしまったら、ビリャヌエバに怒鳴りつけられそうだ。

「おれのことを紹介してくれないのか？」ハーリーは言った。

「この男はハーリーだ」わたしは言った。

だれも何も言わない。

「このふたりは何者だ？」ハーリーはわたしに訊いた。

わたしは何も言わなかった。

「わたしたちは連邦捜査官よ」ダフィーが言った。

「ここで何をしてる？」ハーリーは尋ねた。

ほんとうに興味を持っているかのように尋ねている。この前とはちがうスーツを着ている。色はつやのある黒だ。銀色のネクタイを締めている。シャワーを浴び、髪を洗ってある。ポニーテールはふつうの茶色いゴムバンドで縛っている。

「仕事をしている」ダフィーは言った。

ハーリーはうなずいた。「おれたちが政府の女をどんな目に遭わせてるか、リーチャーは見たぜ。目の当たりにした」

「さっさと逃げ出したほうがいいぞ、ハーリー」わたしは言った。「おまえが乗っている船は沈みかけている」

「そうか？」

「事実だ」

「コンピュータを調べたかぎりじゃ、そんなふうには思えないな。おまえらとおれの友人は、何も伝えないまま納体袋入りになった。ATFはあの女の最初の報告をまだ待ってる。それどころか、最近はあの女のことなんかまるきり忘れちまってるように見える」

「われわれのことはコンピュータに記録されていない」

「なおさら都合がいいな」ハーリーは言った。「おまえらはフリーランスのスパイで、ここにいることはだれも知らないってわけだ。そしておれはおまえらに銃を突きつけてる」

「ポーリーもわたしにそうしたな」わたしは言った。

「銃を突きつけたのか？」

「しかも二挺も」

ハーリーは一瞬だけ視線を下に落とした。また上に戻す。

「おれはポーリーよりも賢い」と言う。「頭の後ろで両手を組め」

われわれは頭の後ろで両手を組んだ。

「リーチャーはベレッタを持ってるな」ハーリーは言った。「ちゃんと知ってるぞ。この部屋にはグロックも二挺あるはずだ。おおかた17と19だろう。全部床に置け。一度に一挺ずつ、ゆっくりやれ」

だれも動かない。ハーリーはP14をダフィーに向けた。

「その女からだ」と言う。「人差し指と親指を使え」

ダフィーは左手をジャケットの下に入れ、グロックを人差し指と親指で持って引き抜いた。床に落とす。わたしは片腕を動かし、ポケットに手を入れようとした。

「待て」ハーリーは言った。「おまえは信用できない」

進み出て手を上に伸ばし、P14の銃口をわたしの下唇に押しつけた。ちょうどポーリーに殴られたところに。それから左手を下に伸ばしてわたしのポケットを探った。ベレッタを引っ張り出す。ダフィーのグロックの隣にそれを落とした。

「つぎはおまえだ」ビリャヌエバに言う。P14は動かさずに。銃口は冷たくて硬く、ぐらつく歯を押している。ビリャヌエバはグロックを床に落とした。ハーリーは銃を三挺とも自分の背後に蹴って寄せた。そして後ろにさがった。

「よし」と言う。「こっちの壁際まで来い」

われわれを歩かせて奥の壁際に一列に並ばせ、自分は木箱の横に立った。

「仲間はもうひとりいる」ビリャヌエバが言った。「ここには来てないが」

よせ、とわたしは思った。ハーリーは笑みを浮かべただけだ。

「それなら電話しろ」と言う。「ここに来るよう言え」

ビリャヌエバは何も言わない。状況は追いこまれていたが、さらに墓穴を掘ってしまっている。

「電話しろ」ハーリーは繰り返した。「さっさとしないと、撃つぞ」

だれも動かない。

「電話しないと、この女の太腿を撃つ」

「電話は彼女が持ってる」ビリャヌエバは言った。

「ハンドバッグの中よ」ダフィーが言う。

「ハンドバッグはどこだ」

「車の中」

うまい答だ、とわたしは思った。

「車はどこだ」ハーリーは訊いた。

「近くに置いてある」ダフィーは言った。

「ぬいぐるみ屋の前に停まってたトーラスか？」

ダフィーはうなずいた。ハーリーはためらっている。

「事務室の電話を使え」と言う。「もうひとりに電話しろ」

「番号を知らない」ダフィーは言った。

ハーリーは無言でダフィーを見据えた。

「短縮ダイヤルに登録してある」ダフィーは言った。「覚えていない」

「テリーザ・ダニエルはどこにいる?」わたしは尋ねた。

ハーリーは笑みを浮かべただけだ。それが答なのだろう。

「無事なのか?」ビリャヌエバが言った。「無事でなかったらただでは済まさないぞ」

「元気さ」ハーリーは言った。「新品同様だ」

「電話を取りにいけばいいの?」ダフィーが尋ねた。

「全員で行く」ハーリーは言った。「この木箱をもとどおりに積んだあとで。散らかしやがって。よけいなことをしてくれたな」

ダフィーのそばに行き、銃口をこめかみに押しつける。

「おれはここで待つ」と言う。「この女もおれといっしょにここで待つ。おれ個人の生命保険のようなものだ」

ビリャヌエバが視線を送ってくる。わたしは肩をすくめた。ふたりで武器科の仕事をやるよう指名されたらしい。進み出て、床からハンマーを拾いあげた。ビリャヌエバはグレイルを収めていたひとつ目の木箱の蓋を持ちあげた。また視線を送ってくる。わたしは伝わる程度にかぶりを振った。ハーリーの頭にハンマーを叩きこみたいのはやまやまだ。あるいはその口に。あの歯科疾患を永遠に解決してやれる。しかし、人質の頭に銃を突きつけている相手にハンマーは通用しない。それに、もっといい案を思いついた。そのためには従順な態度が鍵だ。だからハンマーを持ったまま、ビリャヌエバが太い黄色のミサイル発射器に蓋をもとどおりにかぶせるのをおとなしく待った。手のひらの付け根で蓋を叩き、釘と釘穴の位置を合わせる。それからハンマーで釘を打ちこみ、身を起こしてまた待った。

グレイルのふたつ目の木箱も同じようにした。木箱を持ちあげ、ひとつ目の上に重ねる。つづいてRPG－7に取りかかった。蓋を釘で留め、もとどおりに積みあげる。そのあとはVal消音狙撃銃だ。ハーリーはわれわれに目を光らせている。とはいえ、少し気を抜いている。われわれが従順だからだろう。ビリャヌエバはこちらの狙いに気づいた様子だ。すみやかに察してくれたようで、マカロフの木箱の蓋を見つけ、かぶせようとしたところで手を止めた。

「こんなものに買い手がつくのか？」と言う。

完璧だ。話しかける口調で、少し困惑もしている。いかにも本物のATF捜査官らしく、職業柄の興味を持ったように言っている。

「なぜ買い手がつかないと思うんだ？」ハーリーは言った。

「がらくただからだ」わたしは言った。「これを撃ってみたことはあるか？」

ハーリーは首を横に振った。

「見せてやる」わたしは言った。「かまわないな？」

ハーリーはダフィーのこめかみに銃口を押しつけたままだ。「何を見せる気だ」

わたしは木箱に手を突っこみ、マカロフを一挺取り出した。鉋くずを吹いて飛ばし、銃を構える。古く、傷だらけだ。使いこまれている。

「動作機構が実に粗雑だ」わたしは言った。「原型になったワルサーの設計を簡略化している。というより、台無しにしている。ワルサーと同じくダブルアクションだが、まともに引き金が引けない」

銃を天井に向けて引き金に人差し指を掛け、反動を誇張するために親指だけをグリップの後ろ側にあてた。手ではさみこむようにして引き金を引く。古い車の固いシフトレバーのような耳障りな音とともに、銃が手の中で暴れた。

「がらくただ」と言う。

もう一度引き金を引いて耳障りな音を響かせ、銃を人差し指と親指のあいだで暴れさせた。

「救いようがない」と言う。「的が目の前にないかぎり、あたるわけがない」

木箱に銃を投げこんだ。ビリャヌエバが蓋を戻す。

「よく考えたほうがいいぞ、ハーリー」ビリャヌエバは言った。「こんながらくたを売りさばいたら、あんたの評判はがた落ちになる」

「おれの問題じゃない」ハーリーは言った。「おれの評判じゃない。おれは雇われてるだけだ」

わたしは釘をハンマーで打ちこんだ。疲れたように、時間をかけて。つづいてAKS‐74Uの木箱に取りかかった。古いショートカービン。それからAK‐74に。

「映画会社になら売れるぞ」ビリャヌエバは言った。「歴史ドラマ向けに。それくらいしか使い道がない」

わたしは釘をハンマーで打ちこみ、ビリャヌエバとふたりで木箱を積みあげて、ビザー・バザーの輸入品をすべてもとどおりに整然と分けて置いた。ハーリーはまだわれわれに目を光らせている。まだダフィーの頭に銃を突きつけている。しかし、手首が疲れていて、人差し指はもう引き金に押しつけていない。フレームの下側にずらして、重みを支えている。ビリャヌエバがモスバーグの木箱をわたしのほうに押しやり、蓋を見つけた。こちらはひとつしかあけていない。

「もうすぐ終わる」わたしは言った。

ビリャヌエバが蓋をかぶせた。

「待ってくれ」わたしは言った。「テーブルに一挺置いたままだ」

歩み寄り、一挺目のパースエイダーを手に取る。そしてそれを見つめた。

「見ろ」ハーリーに言う。安全装置を指さしながら。「安全装置をかけたまま運んでいる。こんなことをしたらだめだ。撃針が傷む」

安全装置を解除し、パラフィン紙で銃をくるむと、ピーナッツ状の発泡スチロールの中にうずめた。二挺目を取りにいく。

「これも同じだ」と言う。

「あんたたちは確実に失業するな」ビリャヌエバが言った。「品質管理がなっていない」

わたしは安全装置を解除し、木箱のほうへ戻った。ダブルプレイを試みる二塁手のように右足で床を蹴って身を翻し、引き金を引いてハーリーの腹を撃ち抜いた。ブリネッキ弾は爆弾が炸裂したような音を響かせ、巨大なスラッグ弾がハーリーを文字どおり真っぷたつにした。そこに立っていたのに、つぎの瞬間には消えている。ハーリーはふたつの大きな肉塊と化して床に転がり、倉庫は硝煙で満たされ、血と消化器官の生々しいにおいが漂った。真横に立っていた男がいきなり爆発したので、ダフィーは悲鳴をあげている。わたしは耳鳴りに襲われている。ダフィーは悲鳴をあげつつ、足もとに広がる血溜まりから慌てて離れた。ビリャヌエバが駆け寄ってその体を抱き留めた。わたしはパースエイダーのフォアエンドを引き、さらなる奇襲がある場合に備えてドアを見張った。だが、だれも来ない。倉庫の躯体の反響が収まり、聴覚が戻ると、静寂とダフィーの荒くせわしない息遣いだけが残った。

「わたしはあの男の真横に立っていたのよ」ダフィーは言った。

「いまは真横に立っていない」わたしは言った。「そこが肝心だ」

ビリャヌエバはダフィーの体を放すと、少し歩いてかがみこみ、ハーリーが蹴り飛ばしたわれわれの拳銃を拾いあげた。わたしは装塡済みのパースエイダーの二挺目を木箱から出し、また包みをあけて安全装置を掛けた。

「気に入った」と言う。

「役に立つようだな」ビリャヌエバは言った。

わたしは二挺のショットガンを片手で持ち、ベレッタをポケットにしまった。

「車をまわしてくれ、テリー」と言う。「いまごろだれかが警察に通報しているだろう」

ビリャヌエバは正面のドアから出ていき、わたしは窓越しに空を眺めた。雲が多いが、まだかなり明るい。

「これからどうする？」ダフィーは言った。

「場所を変えて待つ」わたしは言った。

わたしは机を前にしてすわり、電話を見つめながらコールからの連絡を一時間以上も待っていた。コールはマクリーンまでの所要時間は三十五分と見積もっていた。ジョージタウン大学のキャンパスからなら、交通状況しだいで五分から十分はよけいにかかるだろう。クインの自宅の状況評価にさらに十分。逮捕は一分もかからない。手錠をはめて車に乗せるのにさらに三分。はじめから終わりまで、五十九分。それなのに、まる一時間が過ぎても連絡がない。

七十分が過ぎると、わたしは心配しはじめた。八十分が過ぎると、ひどく心配しはじめた。ちょうど九十分後、共用車を借りてみずからも現場へ向かった。

テリー・ビリャヌエバは、事務所の前のひび割れたアスファルトの一角にトーラスを停めた。エンジンは切っていない。

「エリオットに連絡しよう」わたしは言った。「どこに行ったかを聞き出す。合流して待つ」

「何を待つの？」ダフィーは言った。

「暗くなるのを」わたしは言った。

ダフィーはアイドリング中の車に行き、ハンドバッグを持って戻った。電話を出し、ボタンを押す。わたしは頭の中で呼び出し音を数えた。一回。二回。三回。四回。五回。六回。

「出ない」ダフィーは言った。

そこでダフィーの顔が明るくなった。が、すぐにまた暗くなった。

「ボイスメールに切り替わった」と言う。「おかしい」

「行こう」わたしは言った。

「どこに？」

腕時計に目をやった。窓の外の空を見る。早すぎる。

「沿岸の道路に」と言う。

照明を消し、ドアを施錠してから倉庫を離れた。あけたままにしてだれでもはいれるようにしておくには貴重品が多すぎる。ビリャヌエバが運転した。ダフィーは助手席にすわっている。わたしは後部座席にすわり、隣にパースエイダーを置いている。港湾地区を出た。ベックが青いトラックを置いていた駐車場の前を通り過ぎる。ハイウェイに乗り、空港の脇を抜け、街を出て南へ向かった。


ハイウェイをおり、見慣れた沿岸の道路を東へ向かった。ほかに車は見当たらない。空は雲が低く垂れこめ、海からの風はトーラスのフロントピラーに吹きつけてうなるほど強い。空中を水滴が飛んでいる。雨粒かもしれない。強風で何キロも内陸に飛ばされた波しぶきかもしれない。まだあまりに明るすぎる。早すぎる。

「もう一度エリオットに連絡してみろ」わたしは言った。

ダフィーは電話を出した。短縮ダイヤルのボタンを押す。耳に電話を押しあてる。

呼び出し音がかすかに六回聞こえたあと、ボイスメールの応答音声が小さく聞こえた。ダフィーは首を横に振った。ふたたび電話を切る。

「だめか」わたしは言った。

ダフィーは座席の上で体をひねった。

「連中が館に集まっているというのはまちがいないの？」と言う。

「ハーリーのスーツに気づいたか？」わたしは言った。

「黒のスーツだった」ダフィーは言った。「安物の」

「なるべくタキシードに近いものを選んだのさ。あいつなりの夜会服というわけだ。エミリー・スミスも職場に黒のカクテルドレスを用意していた。着替えるつもりで。靴は上等なものをすでに履いていた。晩餐会が開かれるのだと思う」

「キースト・アンド・メイデン」ビリャヌエバが言った。「例のケータリング店か」

「そのとおり」わたしは言った。「晩餐会の食事だ。ひとり五十五ドルで十八人ぶん。今夜配達する。エミリー・スミスは注文書にメモを書きこんでいた。ポークではなく、ラムで、と。ポークではなくラムを食べるのは？」

「ユダヤ教の食物の清浄規定を守ってる人だ」

「アラブ人もそうだ」わたしは言った。「リビア人もそうだろうな」

「連中の輸入先だな」

「そのとおり」わたしはふたたび言った。「輸入先と輸入元で商売上の関係を深めようとしているのだと思う。木箱にはいっていたロシア製の品はすべて、象徴的な意味合いがあるのだろう。意思表示のようなものだ。パースエイダーも同じだな。互いに対して、自分たちなら期待に応えられると証明しているのさ。そしてこれから食事をともにして、本格的な商売をはじめるつもりだ」

「あの館で？」

わたしはうなずいた。「印象に残る場所だからな。人里から離れていて、ドラマに出てきそうだ。おまけに、大きなダイニングテーブルがある」

ビリャヌエバはフロントガラスのワイパーを作動させた。ガラスに縞模様ができる。大西洋から波しぶきが横殴りに吹きつけている。塩分を大量に含んでいる。

「ほかにも言っておくことがある」わたしは言った。

「というと？」

「テリーザ・ダニエルも取引の一部だと思う」わたしは言った。

「なんだって？」

「連中はショットガンに加えてテリーザ・ダニエルも売るつもりだと思う。アメリカ人のブロンドの美女だ。一万ドルのボーナス品はそれだと思う」

だれも何も言わない。

「ハーリーの台詞に気づいたか？　新品同様だと言っていた」

だれも何も言わない。

「連中はテリーザ・ダニエルに食事を与えて生かし、手も出していないはずだ」テリーザ・ダニエルを好きにできたら、ポーリーもエリザベス・ベックにまとわりつきはしなかっただろう。エリザベスには失礼な話だが。

だれも何も言わない。

「おそらくいまごろ身ぎれいにさせている」わたしは言った。

だれも何も言わない。

「テリーザ・ダニエルはトリポリに連れていかれるだろう」わたしは言った。「取引の一部として。賄賂のようなものだ」

ビリャヌエバはアクセルペダルを踏みこんだ。フロントピラーとドアミラーに吹きつけてうなる風の音が大きくなる。二分後、ボディガードたちを待ち伏せした場所に着き、ビリャヌエバは速度を落とした。館まで八キロ。上階の窓からもうこの車が見えてもおかしくない。道路の中央に車を停め、三人で首を前に伸ばして東に目を凝らした。

オリーブグリーンのシボレーを飛ばし、二十九分後にマクリーンに着いた。クインの自宅の二百メートル手前で、道路の中央に車を停める。高級住宅地だ。閑静な地区で、緑が多く、水が撒かれ、陽光にあぶられている。家々は広々とした敷地の中にあり、生い茂った常緑樹の植木の陰に半ば隠れている。私道は漆黒だ。鳥の声と、遠くでスプリンクラーがゆっくりとまわっているシャーという音が聞こえる。回転角の六十度ぶんは濡れた歩道にさらに水を撒いているようだ。太ったトンボが何匹も飛んでいる。

ブレーキペダルから足を浮かし、百メートルほど徐行した。クインの家は黒っぽい色のシーダー材の板が外壁に使われている。石敷の小道があり、膝までの高さの石塀が丈の低いトウヒとツツジを所狭しと植えた庭を囲っている。小さな窓がいくつかあり、屋根の庇と外壁のてっぺんが接している様子は、家がこちらに背を向けてうずくまっているように見える。

私道にフラスコーニの車が停まっている。わたしが乗っているのと瓜ふたつの、オリーブグリーンのシボレーだ。車内にはだれもいない。フロントバンパーがクインの車庫のシャッターに押しつけられている。車庫は三台用で横に長い。シャッターは閉ざされている。鳥の鳴き声とスプリンクラーの音と虫の羽音以外に物音はしない。

フラスコーニの車の後ろに駐車した。熱くなった路面にタイヤがこすれて音を立てる。車をおり、ホルスターからベレッタをゆっくりと抜いた。安全装置を解除し、石敷の小道を歩いていく。玄関のドアは施錠されている。家は静まり返っている。廊下の窓から中をのぞきこんだ。高価な賃貸物件に置かれていそうな、没個性の重厚な家具が見えただけだ。

裏にまわった。石敷のパティオがあり、バーベキューグリルが置かれている。風雨にさらされて灰色になりつつあるチーク材の四角いテーブルが一脚に、椅子が四脚。灰色がかった白のキャンバス地のパラソル。芝生があり、手のかからない常緑樹の低木が何本も植えられている。家の外壁と同じ黒っぽい色に染めたシーダー材の塀が、隣家からの視線をさえぎっている。

キッチンのドアを試した。施錠されている。窓から中をのぞいた。目につくものは何もない。家の裏側に沿って移動した。つぎの窓も目につくものは何もない。そのつぎの窓から、仰向けに倒れているフラスコーニが見えた。

場所はリビングルームの中央だ。ソファが一脚と肘掛け椅子が二脚あり、どちらも変色しにくい褐色のカバーで覆われている。床はカーペットが敷き詰められ、フラスコーニの軍服のオリーブ色と似た色をしている。フラスコーニは額に一発撃ちこまれている。九ミリ口径の弾丸を。致命傷だ。窓越しでも、血がこびりついた射入口と皮膚の下のくすんだ象牙色の頭蓋骨が見える。頭の下は血の海だ。血はカーペットに染みこみ、すでに乾きかけて黒ずんでいる。

一階から侵入するのは避けたい。クインがまだいるのなら、戦術的に有利な二階で待ち構えているはずだ。そこでパティオのテーブルを車庫の裏まで引きずり、その上に乗って屋根にのぼった。屋根を歩いて二階の窓の脇に行く。肘でガラスを割った。足から先にゲストルームらしき部屋にはいる。かびくさく、使われていない。ゲストルームから二階の廊下に出た。静かに立って耳をそばだてる。何も聞こえない。家は人っ子ひとりいないように思える。死の静寂に包まれている。音が何ひとつ聞こえない。人の気配がしない。

だが、血のにおいはする。

二階の廊下を横切り、主寝室でドミニク・コールを見つけた。ベッドの上で仰向けになっている。全裸だ。服はむしりとられている。意識が朦朧とするまで顔を殴られたあと、惨殺されている。乳房が左右とも大きなナイフで切りとられている。そのナイフが見える。顎の下の柔らかい肉から口蓋を抜けて脳にまで突き刺さっている。

そのときまでにわたしは人生でさまざまなものを見てきた。テロ攻撃を受けて跳ね起きると、だれかの顎骨の一部が腹に突き刺さっていたこともあった。そのときは這って逃げるためにまずそのだれかの肉を目から拭って、まわりが見えるようにしなければならなかった。それからちぎれた手足のあいだを二十メートル這い、ちぎれた頭を膝で押しのけた。自分の腸が飛び出ないように両手で腹をきつく押さえながら。殺人の現場も、事故の現場も見たことがある。戦闘で機関銃の弾を浴びた男も、爆発物でピンク色のペーストにされた人たちも、黒くゆがんだ塊となった焼死体も。しかし、ドミニク・コールの惨殺死体ほどひどいものは見たことがなかった。床に嘔吐し、二十数年ぶりに泣いた。


「どうする?」十年後、ビリャヌエバが訊いた。

「わたしひとりで侵入する」わたしは言った。

「おれもいっしょにいく」

「言い争っている暇はない」わたしは言った。「もう少し近くまで行ってくれ。ごくゆっくりと」

灰色の日に灰色の車だし、動きの遅い物体は動きの速い物体より目につきにくい。ビリャヌエバはブレーキペダルから足を浮かし、アクセルペダルを軽く踏んで、車を時速十五キロほどで進めた。わたしはベレッタと予備の弾倉を確かめた。もとは四十五発あったが、デュークの部屋の天井に二発撃ちこんでいる。パースエイダーも確かめた。もとは十四発あったが、ハーリーの腹に一発撃ちこんでいる。合計で五十六発、相手は十八人未満。招待客のリストにだれが載っているのかはわからないが、エミリー・スミスとハーリーが無断欠席するのはまちがいない。

「ひとりでやるのは無茶だ」ビリャヌエバは言った。

「いっしょにやるほうが無茶だ」わたしは言い返した。「接近するのは命懸けになる」

ビリャヌエバは答えない。

「あんたたちはここで待機するほうがいい」

ビリャヌエバはそれに対しても何も言わない。わたしの背中を守ってテリーザを取り戻したいのだろうが、日が沈みきっていないのに、孤立して建つ要塞のような館に徒歩で接近するのはけっして楽ではないのも理解している。だから黙って車をゆっくり進めている。やがてアクセルペダルから足を離し、セレクトレバーをニュートラルレンジに入れ、車を惰性で進めてから停めた。靄の中にブレーキライトが光る危険を冒したくないのだろう。館までは四百メートルほどだ。

「あんたたちはここで待て」わたしは言った。「けりがつくまで」

ビリャヌエバは目をそらした。

「一時間くれ」わたしは言った。

ふたりがうなずくまで待つ。

「それからATFに連絡しろ」わたしは言った。「一時間経ってもわたしが戻ってこなかったら」

「いま連絡するべきかもしれない」ダフィーが言った。

「だめだ」わたしは言った。「その前にこの一時間が必要だ」

「ATFがクインを逮捕してくれる」ダフィーは言った。「取り逃がすはずがない」

わたしは過去に見た光景を思い返し、無言でかぶりを振った。

わたしは捜査規範の規則をすべて破り、手順をすべて無視した。犯行現場から立ち去り、報告を怠った。つぎつぎに司法妨害をおこなった。コールは寝室に、フラスコーニはリビングルームに置き去りにした。ふたりの車も私道に置き去りにした。ひたすら車を飛ばしてオフィスに戻ると、中隊の武器庫からサプレッサー付きのスターム・ルガー・スタンダード22を借り出し、コールが箱に収めたファイルを探しにいった。わたしの直感だと、クインはバハマへ行く前に一ヵ所寄り道をする。非常時に持ち出す品をどこかに隠しているはずだからだ。それは偽の身分証かもしれないし、札束かもしれないし、荷造りしたバッグかもしれないし、その三つすべてかもしれない。職場には隠さない。借家の自宅にも。プロフェッショナルだから、用心深いからそんなところには隠さない。遠くの安全な場所に隠したがる。鉄道作業員の父と専業主婦の母から相続したというカリフォルニア州北部の家に賭けた。となれば所番地を調べなければならない。

コールの字はきれいだ。ふたつの段ボール箱にはコールのメモが詰まっている。いろいろと几帳面に書いている。それを見ると胸が潰れそうになった。コールが用意した八ページの略歴にカリフォルニアの所番地を見つけた。ユリーカの郵便区画にある道路の名が記され、五桁の住居番号も記されている。おそらく人里から遠く離れた場所だろう。中隊の事務員の席に行き、旅行許可証に自分でサインした。支給されているベレッタと、サプレッサー付きのスターム・ルガーをキャンバス地のバッグに入れ、空港に車を走らせた。装塡済みの火器を機内に持ちこむための書類にサインした。貨物室に預けようとはしなかった。クインが同じ便に乗る可能性は高いと踏んでいたからだ。ゲートや機内にクインがいたら、その場でただちに殺すつもりだった。だが、クインはいなかった。わたしが乗ったのはサクラメント行きの便で、離陸後に通路を歩いて乗客全員の顔に目を走らせたが、クインはいなかった。それで到着するまで席にすわって動かなかった。無言で宙を見つめながら。客室乗務員はわたしに近づこうとしなかった。

サクラメント空港でレンタカーを借りた。I-五号線を北に進んでから、ルート二九九号線で北西へ向かった。この道路は観光道路に指定されていて、山々を抜けて走っている。わたしは前方の黄色い線しか見なかった。時間帯を三つ越えたので時刻は三時間戻っているが、それでもユリーカの街はずれに着いたときには暗くなりつつあった。クインの家がある道路を見つけた。ルート一〇一号線を見おろす丘陵地帯の高所を、曲がりくねりながら南北に走っている。ルート一〇一号線ははるか下だ。北へと連なるヘッドライトが見える。南へと連なるテールライトも。下のどこかに鉄道が通っているはずだ。近くに駅や停車場があって、クインの父親は職場にかよいやすかったのかもしれない。

家を見つけた。速度をゆるめずに、その前を通過する。一階建ての粗末な小屋だ。古い大型の牛乳缶を郵便受けに流用している。正面の庭は雑草だらけになって十年は経っている。五百メートル南で切り返しながらUターンし、ヘッドライトを消して二百メートル引き返した。屋根が崩れている廃業したダイナーの裏に駐車した。車をおり、丘を三十メートルほどのぼった。北へ三百メートル歩き、家の裏手に出る。夕闇の中に、小さな裏口ポーチが見えた。そのそばの一角は草がまだらで、ここなら車を停められる。正面玄関ではなく裏口を使うたぐいの家であるのは明らかだ。中に明かりは灯っていない。窓がいくつかあり、日焼けした埃まみれのカーテンが半ば閉まっている。無人の空き家のように見える。南北は何キロも先まで見通せるが、道路に車は一台も走っていない。

ゆっくりと丘をくだった。家をひとめぐりする。窓があるたびに耳を澄ましながら。中にはだれもいない。クインは裏に車を停めて裏口からはいってくるだろうか ら、玄関から押し入ることにした。ドアは薄くて古く、強く押すだけで内側の戸枠がぐらつきはじめたので、錠の上に掌底を叩きつけた。木が裂け、ドアがあく。中に踏みこみ、ドアを閉め、椅子をあてがってあかないようにした。外からは不自然に見えないだろう。

中はかびくさく、外よりゆうに五度は気温が低い。暗くて様子はよく見えない。キッチンで冷蔵庫が動いている音はするので、電気は来ている。壁は古びた壁紙が貼られている。色褪せ、黄ばんでいる。部屋は四つしかない。ダイニングキッチンとリビングルーム。寝室がふたつ。寝室のひとつは狭く、もうひとつはもっと狭い。もっと狭いほうはクインが子供のころに使っていたのだろう。寝室のあいだにバスルームがひとつだけある。白い設備が錆で汚れている。

部屋が四つにバスルームがひとつというのは、たいていの家より捜索しやすい。探し物はすぐさま見つかった。リビングルームに敷いてあるラッグラグをめくると、床板に四角いハッチが切りとられていた。廊下にあったら床下点検口だと思っただろう。だが、これはリビングルームにある。キッチンからフォークを取ってきて、梃子にしてあけた。ハッチの下には、浅い木箱が根太のあいだに取り付けられていた。木箱の中には、乳白色のビニールシートで包んだ靴箱が置かれている。靴箱の中には、三千ドルの現金と二本の鍵があった。貸金庫か手荷物を預けるロッカーの鍵だろう。現金だけ取って鍵はそのままにした。ハッチを戻し、ラグをもとどおりにすると、適当な椅子に腰をおろして待った。ベレッタはポケットに入れたまま、スターム・ルガーを膝の上に置いて。

「気をつけて」ダフィーが言った。

わたしはうなずいた。「わかっている」

ビリャヌエバは何も言わない。わたしはベレッタをポケットに入れたまま、パースエイダーを左右の手に一挺ずつ持って、車をおりた。道路を突っ切って路肩に行き、岩場をできるかぎりおりて、東へ慎重に歩きはじめた。雲の向こうはまだ明るいが、服も銃も黒いし、道路にいるわけでもないので、勝算はあるだろう。風は強い向かい風で、水滴を飛ばしている。前方に海が見えた。大荒れだ。潮は引きつつある。遠くで波が打ち寄せ、戻り流れが砂や小石を巻きこみながら長々と引いていく音が聞こえる。

ゆるやかな湾曲部を抜けると、点灯している塀のライトが見えた。薄暗い空を背にして、青白く輝いている。電灯とそれを包む夕闇との明暗差により、近づけば近づくほどわたしの姿は見えにくくなるはずだ。そこで岩場をのぼって道路に戻り、走りだした。できるだけ近づいてからまた岩場をおり、岸沿いを進んでいく。足もとは海だ。潮気と海藻のにおいがする。岩は滑りやすい。波が寄せてしぶきを浴びせ、水が恐ろしげに渦巻いている。

足を止めた。息を吸う。泳いで塀をまわりこむことはできない。今回は。それは狂気の沙汰だ。海の荒れ方が度を越している。見こみはない。毛ほども。コルクのように揉まれ、岩に叩きつけられて死ぬのが落ちだろう。先に戻り流れにつかまって沖に引きずり出され、深みに呑みこまれて溺死するのでなければ。まわりこむことはできないし、乗り越えることもできない。それなら、通り抜けるしかない。

また岩場をのぼり、門からなるべく離れて光線の中に踏みこんだ。基礎が海に落ちこんでいるところまで行って。そこから塀に貼りつくようにして、その前を歩いた。まともに光を浴びている。しかし、わたしと館とのあいだには塀があり、塀はわたしより高いので、東側の人間にはわたしの姿は見えない。そして西側の人間は味方だ。地面に埋めこまれたセンサーを踏んでしまうことだけ心配していればいい。なるべく足に体重をかけず、これほど近くにまでセンサーが埋めこまれていないことを祈った。

どうやら祈りは通じたようで、門番小屋まで無事にたどり着いた。表側の窓のカーテンの隙間から思いきってのぞいてみると、明るく照らされたリビングルームでポーリーの後釜が潰れたソファにすわってだらけていた。知らない顔だ。年齢も体格もデュークと同じくらい。四十手前で、わたしより少し細いだろう。少し時間をかけて、正確な身長を見積もった。それが重要になる。おそらくわたしより五センチ低い。ジーンズに白いTシャツ、デニムのジャケットを身につけている。舞踏会に出ないのは明らかだ。いわばシンデレラ役で、ほかの面々がパーティーを楽しんでいるあいだ、門番を命じられている。門番がこの男だけなら都合がいい。最小限の人数だけを働かせているのなら都合がいい。とはいえ、それに賭ける気にはなれない。少しでも注意を引いたら、館の玄関にふたり目が出てくるかもしれないし、デュークの部屋の窓に三人目が現れるかもしれない。何せ、連中はポーリーが仕事をやり遂げられなかったことを知っている。わたしがいまもどこかにいることを知っている。

銃声が響くから、新しい門番を撃つわけにはいかない。波の音はうるさいし、風もうなっているが、どちらもベレッタの銃声を掻き消せないだろう。そしてどんなものもパースエイダーがブリネッキ・マグナム弾を放つ銃声は掻き消せない。だから数メートル後退してパースエイダーを地面に置き、コートとジャケットを脱いだ。さらにシャツを脱いで、左のこぶしにきつく巻きつけた。裸の背中を壁に押しつけ、窓の端まで横歩きで進む。右手の爪で、カーテンが掛かっているガラスの下の隅を静かに叩いた。ネズミが天井を走りまわるときのように、間をはさみながらパラディドルのリズムを小さく連打する。それを四度おこない、五度目をやろうとしたところで、窓に映る明かりが急に暗くなるのを目の隅でとらえた。新しい門番がソファから立ちあがり、ガラスに顔を押しつけて、外でどんな小動物が騒いでいるのかを確かめようとしているということだ。そこでわたしは高さを合わせることに神経を集中しながら、体を半回転させ、布を巻きつけた左のこぶしを大きく振って、まず窓を殴り、一ミリ秒後に新しい門番の鼻を殴った。男は窓枠の下にくずおれ、わたしは自分のあけた穴に手を入れて観音開きの窓の掛け金をはずし、窓を引きあけて中にはいった。男は床に尻餅をついている。鼻血を流し、ガラスで顔を切っている。朦朧としている。ソファの上に拳銃がある。男は銃から二メートル半ほど離れている。電話からは三メートル半ほど離れている。男は意識をはっきりさせるために首を振り、わたしを見あげた。

「リーチャーだな」と言う。口に血が溜まっている。

「正解だ」わたしは答えた。

「おまえに勝ち目はない」男は言った。

「そうか？」

男はうなずいた。「射殺しろと命令されてる」

「わたしを？」

男はまたうなずいた。

「だれが？」

「全員が」

「ゼイヴィアーの命令か？」

男はまたうなずいた。手の甲を鼻の下にあてている。

「仲間はそういう命令にしたがうのか？」わたしは尋ねた。

「当然だ」

「おまえは？」

「おれはしたがわねえよ」

「約束するか？」

「するさ」

「いいだろう」わたしは言った。

間をとり、もっと尋問しようかと考えた。なかなか口を割らないかもしれない。だが、少し痛めつければ、この男に答えられることはすべて聞き出せるだろう。とはいえ、そういう情報はさほど重要ではないと結論した。館に敵が十人いようが、十二人いようが、十五人いようが、どんな武器を持っていようが、たいしたちがいはない。射殺命令。やらなければ、やられる。だから後ろにさがり、この男をどうするか決めようとしたが、男がわたしの代わりに決めてくれた。約束を破ることで、立ちあがってソファの拳銃に飛びつこうとした男の喉に、とっさに左を叩きこんだ。強烈な一撃になったが、ラッキーパンチだ。しかし、相手にとってはそうではなかった。喉頭が潰れている。男はまた床に倒れ、窒息した。かなり早かった。一分半ほどだ。どうしようもなかった。わたしは医者ではないのだから。

一分ほど、身じろぎせずに立っていた。それからシャツをまた着ると、窓から出てショットガンとジャケットとコートを回収し、中に戻って部屋を横切り、裏側の窓から館を眺めた。

「くそ」と言い、目をそらした。

車まわしにキャデラックが停まっている。エリオットは逃げ出していない。エリザベスも、リチャードも、料理人も。つまり三人の非戦闘員が交ざっていることになる。非戦闘員がいると、どんな襲撃も百倍はむずかしくなる。この襲撃はただでさえむずかしいのに。

改めて館を眺めた。キャデラックの隣に黒のリンカーン・タウンカーが停まっている。その隣に、ダークブルーのサバーバンが二台。ケータリング店のトラックは見当たらない。館をまわりこんだ裏口のそばに停めてあるのかもしれない。あとから来るのかもしれない。あるいは、そもそも来ないのかもしれない。晩餐会など開かれないのかもしれない。わたしは大失敗をしでかして、状況をまるきり読み誤ったのかもしれない。

塀から放たれるまばゆい光線の向こうの、館を囲む薄闇に目を凝らした。玄関前に見張りはいないようだ。とはいえ、この寒さと雨では、まともな神経の持ち主なら廊下から窓越しに外を見張ろうとするだろう。デュークの部屋の窓にもだれもいないようだ。だが、部屋を出たときのままに窓はあけ放たれている。NSVもおそらくまだあそこで鎖に吊られている。

もう一度車を見つめた。タウンカーに四人は乗れる。サバーバンは一台に七人ずつ。最大で十八人。上役が十五、六人で、護衛が二、三人だろう。あるいは、三人だけが自分で運転してきたのかもしれない。わたしは完全にまちがっているのかもしれない。

確かめる方法はひとつしかない。

そしてそれこそが最も困難な部分だ。ライトが照らす中を抜けなければならない。スイッチを見つけてライトを消そうかとも考えた。だが、それをやれば館にいる連中は即座に早期警戒体制をとるだろう。ライトが消えた五秒後には、門番に電話をかけて、状況を確かめようとする。門番は死んでいるので電話に出られない。結果として、十五人以上が薄闇の中に飛び出してくる。その大半を避けるのはたやすい。しかし、だれを避け、だれをつかまえるかを見極めなければならない。今夜クインを取り逃がしたら、二度と見つけられないのはまちがいないからだ。

となれば、ライトが煌々と輝いている状態でやらなければならない。選択肢はふたつ。ひとつは館へまっすぐ走るというもの。照らし出される時間を最短にできる。しかし、それは高速運動をともない、高速運動は目を引く。もうひとつは塀沿いに海まで行くというもの。六十メートルほど、ゆっくりと。苦しい行程になるだろう。だが、おそらくこちらのほうが見こみがある。

なぜなら、ライトは塀のてっぺんに据え付けられ、塀の先を向いているからだ。塀と光線の後ろ端とのあいだには暗いトンネルができる。細い三角形のトンネルが。塀の基部に沿って、その中を這っていけばいい。ゆっくりと。ＮＳＶの射界を横切って。

裏口のドアを静かにあけた。門番小屋にはライトはない。六メートル右の、門番小屋の壁が塀と一体化するところからライトの列ははじまっている。半歩外に出て、かがんだ。九十度右を向き、トンネルを探す。あった。地面の高さで幅は九十センチもない。上に行くほど狭まって、頭の高さで消えている。加えて、あまり暗くない。光が地面に乱反射しているし、向きがずれているライトがたまにあるし、ライト本体の後ろ側からも光が漏れている。トンネルの明るさは漆黒の闇と燦々たる光の中間くらいだろう。

膝を突いて少し進み、後ろに手を伸ばしてドアを閉めた。パースエイダーを左右の手に一挺ずつ持ち、腹這いになって右肩を塀の基部に押しつける。そして待った。ドアが動くのを見たように思っただれかが、気のせいかと思い直すまで。それから這いはじめた。ゆっくりと。

三メートルほど進んだ。そこで止まった。慌てて。公道を走る車の音が聞こえたからだ。セダンではない。もっと大きな車だ。別のサバーバンかもしれない。わたしは後戻りした。つま先を地面に打ちこみながら、後ろ向きに裏口に這い戻る。膝立ちになり、ドアをあけて門番小屋に滑りこみ、立ちあがった。パースエイダーを椅子の上に置き、ポケットからベレッタを出す。門の向こう側で大きなV型八気筒エンジンがアイドリングしている音が聞こえる。

決断のときだ。門の向こう側にいる者は、門番が役目を果たすことを期待している。そして賭けてもいいが、わたしが本物の門番でないことは露見する。だから這って館に近づくのはあきらめなければならない。音を立てるやり方でいくしかない。門の向こう側にいる者を撃ち、車を奪い、NSVの射撃手が狙いをつける前に、全速力で館に行く。そしてその後の混乱に一か八か賭ける。

また裏口から出た。ベレッタの安全装置を解除し、息を吸う。最初はわたしが有利だ。これから自分が何をするか承知している。わたし以外の者はまず反応しなければならない。それには時間が一秒よけいにかかる。

だがそこで、門柱にカメラがあったのを思い出した。監視モニターがある。相手を見てとれる。人数もわかる。警戒は軍備なり、ということわざもある。モニターに歩み寄った。白っぽいモノクロ映像が表示されている。映っているのは白いパネルバンだ。側面に文字が書かれている。〝キースト・アンド・メイデン・ケータリング〟。息を吐いた。この業者が門番を知っているわけがない。ベレッタをポケットに戻した。コートとジャケットを脱ぐ。門番の死体からデニムのジャケットを剝ぎとって着た。きついし、血がついている。だが、充分にそれらしく見える。ドアから出た。館を背にして、身長が五センチ低く見えるように努めた。門まで歩く。ポーリーがやってきたように、握りこぶしを下から打ちつけてかんぬきをはずした。門扉を引いてあける。白いトラックはわたしの真横に進んだ。助手席の男が窓をおろした。タキシードを着ている。ハンドルを握る男もタキシード姿だ。非戦闘員が追加された。

「どこに行けば？」助手席の男は言った。

「館の右に行ってくれ」わたしは言った。「まわりこんだ先に裏口がある」

窓があがった。トラックはわたしの脇を抜けていった。わたしは手を振った。門を閉める。小屋に戻り、窓からトラックを観察した。館へ直進し、車まわしで右に曲がっている。ヘッドライトがキャデラックとタウンカーと二台のサバーバンを照らし出し、ブレーキライトが光ったのち、トラックは見えなくなった。

二分待った。もっと暗くなるように念じながら。それから自分のジャケットとコートをまた着て、椅子の上に置いたパースエイダーを手に取った。ドアを静かにあけて忍び出ると、ドアを閉めて腹這いになった。塀の基部に肩を押しつけ、ゆっくりとした匍匐前進を再開した。館から顔を背けながら。体の下は砂地で、小石が肘や膝に食いこむのを感じる。だが、何より感じるのは背筋の寒気だ。五〇口径の弾丸を毎秒十二発発射できる武器がこちらを向いている。おそらく屈強な男がそのハンドルを軽く握って構えている。最初の連射をはずしてくれるよう祈った。おそらくはずしてくれる。最初の連射は下か上に大きくそれるはずだ。そうなったら狙いを修正される前に跳ね起き、ジグザグに走って暗闇に飛びこむしかない。

少しずつ進んだ。十メートル。十五メートル。二十メートル。ごく遅い速度を保つ。顔は塀に向けつづける。明暗の境で、ぼやけた不明瞭な影のように見えることを祈った。本能には完全に反している。跳ね起きて走りだしたい強烈な欲求に逆らっている。心臓が早鐘を打つ。寒いのに汗をかいている。風が吹きつけている。海から押し寄せ、塀にぶつかって潮流のように流れ落ち、最も明るく照らされた場所にわたしを押し出そうとしている。

進みつづけた。半分ほど来た。およそ三十メートルが終わり、あとはおよそ三十メートル。肘が痛い。パースエイダーを地面から浮かしているので、腕にその負担がかかっている。止まってひと息入れた。地面に体を押しつけただけだ。岩のふりをしながら。首をめぐらし、思いきって館に目をやった。静まり返っている。前に目をやった。後ろにも。もう引き返せない。這いはじめた。遅い速度を保たなければならない。進むほどに背筋の寒気がひどくなってくる。呼吸が荒い。パニックに陥りかけている。アドレナリンが体内で沸騰し、走れ、走れと叫んでいる。あえぎ、息を切らし、腕と足を無理やり連動させつづけた。必死に速度を抑えた。やがて端まで十メートルを切り、やり遂げられそうだと思いはじめた。止まった。息を吸う。もう一度。また這いはじめた。じきに地面がくだり坂になり、頭から先にそれをたどった。水辺に着いた。体の下に濡れた汚泥の感触がある。小さい荒波が寄せ、しぶきを浴びせてくる。九十度左に向きを変え、動きを止めた。館からの視界のずっと端にいるが、ここからは明るい光の中を十メートル近くも突っ切らなければならない。ゆっくり進むのはあきらめた。頭を低くして腰をかがめ、ひたすら走った。

　経験したことがないほど明るい光に照らされていた時間は四秒ほどだ。人生四度ぶんにも感じた。目がくらむ。闇の中に駆けこみ、しゃがんで耳を澄ました。荒々しい海の音以外には何も聞こえない。視界に浮かぶ紫の点以外は何も見えない。つまずきながら岩場をもう十歩進み、足を止めた。後ろを振り返る。潜入した。暗闇の中で笑みを浮かべた。クイン、これからおまえを仕留めにいくぞ。

15

十年前、わたしはクインを十八時間待った。クインが来ないかもしれないとはまったく考えなかった。肘掛け椅子にすわり、スターム・ルガーを膝の上に置いて待った。一睡もせずに。瞬きさえもろくにせずに。ただすわっていた。夜のあいだもずっと。夜明けのあいだも。翌朝のあいだも。正午が近づき、過ぎた。わたしはただすわってクインを待っていた。

クインは午後二時に来た。道路で車が減速する音が聞こえたので、立ちあがって窓から距離をとり、曲がってくる車を観察した。わたしのと似たレンタカーだ。赤のポンティアック。フロントガラス越しに、クインの姿がはっきりと見える。こざっぱりと身なりを整えている。髪も梳かしてある。青いシャツを着て、襟もとをくつろげている。顔には笑みを浮かべている。車は家の横を通り過ぎて、キッチンの外の土がむき出しになった一角に停まった。わたしは廊下に行った。キッチンに通じるドアの脇に貼りつく。

鍵で錠をあける音が聞こえた。ドアをあける音も。蝶番が抵抗してきしむ。クインはドアをあけたままにした。外で車はアイドリングしている。エンジンを切っていない。ここに長くとどまるつもりはないようだ。キッチンのリノリウムの床の上を歩く足音が聞こえる。歩調は速く、軽く、自信に満ちている。ゲームの勝利は目前だと思っている男の足音だ。クインはドアを抜けた。わたしはその側頭部に肘打ちを浴びせた。

クインは仰向けに床に倒れ、わたしは手を広げてその喉を押さえこんだ。スターム・ルガーを脇に置き、身体検査をおこなう。武器は持っていない。首から手を放すと、クインが頭を起こしたので、掌底をその顎の下に叩きこんだ。クインは後頭部を床に打ちつけ、白目をむいた。わたしはキッチンを突っ切ってドアを閉めた。戻ってクインの両手を持ち、リビングルームへ引きずっていく。床にその体を転がし、頬を二度張った。スターム・ルガーを顔の中心に向け、目があくのを待った。

目があき、まず銃に、つづいてわたしに焦点が合う。わたしは制服を着ていて、階級章や部隊章だらけだったから、わたしが何者でなぜここにいるかをクインが察するのに時間はかからなかった。

「待ってくれ」クインは言った。

「何を？」

「おまえは勘ちがいしている」

「そうなのか？」

「誤解だ」

「そうなのか？」

クインはうなずいた。「あいつらは賄賂を要求していたんだ」

「あいつらとは？」

「フラスコーニとコールだ」

「そうなのか？」

クインはまたうなずいた。「そして、フラスコーニがコールをだまそうとした」

「どうやって？」

「起きあがってもかまわないか？」

わたしは首を横に振った。銃を動かさずに。

「だめだ」と言う。

「わたしは囮捜査をおこなっていた」クインは言った。「国務省と協力して。敵性国家の大使館員を相手に。網を張っていた」

「グロフスキーの子供の件は？」

クインは苛立たしげにかぶりを振った。「あの子供は無事だったろうが。ばかだ

な　グロフスキーは台本どおりにしただけだ。狂言だったんだよ。敵が確かめるかもしれないから。われわれはそこまで作りこむ。疑いを持たれる場合に備えて、筋が通った話にしなければならない。デッド・ドロップなどもそのまま実行した。監視されているかもしれなかったから」

「フラスコーニとコールの件は？」

「あいつらは優秀だった。すぐさまわたしに目をつけた。わたしがまっとうな捜査をおこなっているとは思っていなかった。それはうれしかったね。わたしが自分の役割を上手に演じていたことになるわけだから。だが、あいつらは邪な考えをいだいた。わたしに接触して、金を払えば捜査の手をゆるめると言ってきた。高飛びする時間をやると。それがわたしの望みだと思いこんでいた。わたしは応じるふりをしようと思った。どんな悪党が網にかかるかはやってみなければわからないだろう？　それに、悪党が多いほどやりがいがあるだろう？　だから利用してやることにした」

わたしは何も言わなかった。

「捜査はなかなか進まなかったよな？」クインは言った。「おまえもそれには気づいたはずだ。何週間もかかった。やけに遅かった」

〝亀の歩みだった〟。

「そしてきのうが訪れた」クインは言った。「わたしはシリア人とレバノン人とイラン人の尻尾をつかんだ。イラク人の尻尾も。あいつが大物だった。そこでわたしは、おまえの部下もつかまえる頃合いだと思った。あいつらは最後の支払いを求めてやって来た。大金だったよ。だがフラスコーニがそれをひとり占めしようとして、わたしの頭を殴りつけた。意識を取り戻すと、コールが切り刻まれていた。断言するが、あの男はいかれていた。わたしは抽斗から銃を出してあの男を射殺した」

「だったらおまえはなぜ逃亡した？」

「恐くなったからだよ。わたしはペンタゴンの人間だ。血なまぐさい場面は一度も見たことがなかった。それに、ほかにだれがぐるかわからなかった。まだいるかもしれないと思った」

〝フラスコーニとコール〟。

「おまえはとても優秀だな」クインはわたしに言った。「すぐにここまでたどり着いた」

わたしはうなずいた。コールのきれいな字で書かれた八ページの略歴を思い返す。両親の職業、子供時代の住居。

「だれが思いついた？」わたしは言った。

「最初に？」クインは言った。「もちろん、フラスコーニだ。彼女の上官だったから

「彼女の名前は？」

　クインの目が泳ぐ。

「コールだ」クインは言った。

　わたしはふたたびうなずいた。コールは正装で逮捕に向かった。〝コール〟と記された黒い合成樹脂製の名札を右胸に付けて。性別はそれだけではわからない。〝女性下士官の制服においては、名札は各人の体形に合わせつつ、右胸中央の、上着のいちばん上のボタンから二・五センチないし五センチ上の位置に水平に着用するものとする〟。コールがドアからはいってきたとたん、クインは名札を見てとったはずだ。

「ファーストネームは？」

　クインは口ごもった。

「覚えていない」と言う。

「フラスコーニのファーストネームは？」

〝男性士官の制服においては、名札は右胸ポケットのフラップの中央の、縫い目とボタンの中間の位置に着用するものとする〟。

「覚えていない」と言う。

「思い出せ」わたしは言った。

「思い出せない」クインは言った。「そんな細かいところは」

「十点満点で三点だ」わたしは言った。「評価は不可だな」

「なんだって？」

「おまえの成績だよ」わたしは言った。「落第点だ」

「なんだって？」

「おまえの父親は鉄道作業員だった」わたしは言った。「母親は専業主婦だった。おまえのフルネームはフランシス・ゼイヴィアー・クインだ」

「だから？」

「捜査とはそういうものだ」わたしは言った。「だれかをつかまえるつもりなら、まずその人物のことを一から十まで調べあげる。おまえはあのふたりを何週間も泳がせていたくせに、ファーストネームも調べなかったのか？　服務記録も見なかったのか？　メモもとらなかったのか？　報告書も出さなかったのか？」

　クインは何も言わない。

「それに、フラスコーニは人生で一度も何かを思いついたことがない」わたしは言った。「だれかに言われなければくそもしない。あのふたりとかかわりがある者なら、〝フラスコーニとコール〟とはけっして言わない。〝コールとフラスコーニ〟と言う。おまえは根っからの卑劣漢で、あのふたりがおまえを逮捕するために自宅を訪れる瞬間まで、わたしの部下こは一度も会ったことがなかった。そしてふたりともおまえが殺した」

クインは反撃を試みることでわたしが正しいことを証明した。わたしは待ち構えていた。身を起こそうとしたクインを殴り倒した。やりすぎなほど力をこめて。ポンティアックのトランクにほうりこむときも、クインはまだ意識を失っていた。廃業したダイナーの裏で自分のレンタカーのトランクに移すときも、まだ意識を失っていた。

わたしはルート一〇一号線を少し南に行ってから右に曲がり、太平洋へ向かった。砂利を敷いた待避所で車を停める。絶景だ。時刻は午後の三時で、太陽が輝き、青い大海原が広がっている。待避所には膝までの高さのガードレールが設けられ、その向こうは砂利が半メートルほどつづいてから、切り立った崖が波打つ海まで垂直に落ちこんでいる。車通りはとても少ない。数分に一台程度だろう。この道路はハイウェイの脇道で、気まぐれにしか利用されない。

トランクをいったんあけてから、叩きつけるようにまた閉めた。意識を取り戻したクインが、飛びかかってこようとした場合に備えて。だが、まだ意識は取り戻していない。窒息しかけ、朦朧としている。その体を引きずり出し、ふらつく足で立たせ、歩かせた。目撃者の有無を確かめる少しのあいだ、海を眺めさせてやる。だれもいない。こちらを向かせた。五歩さがる。

「彼女の名前はドミニクだ」わたしは言った。

撃った。頭に二発、胸に一発。その場で砂利の上に倒れこむだろうから、近づいて四発目を眼窩に撃ちこんだうえで、海に投げこむつもりでいた。しかし、クインはその場で砂利の上には倒れこまなかった。後ろによろめき、ガードレールに足を取られてその向こうに転び、アメリカ本土の最後の半メートルに肩をぶつけたあと、そのまま崖から転落した。わたしは片手でガードレールをつかみながら身を乗り出して下を見た。クインは岩場に激突している。波がそこに寄せた。姿は見えなくなった。まる一分間、わたしはそこにとどまっていた。頭に二発、胸に一発、三十数メートル下の海に落下。助かるはずがない。

空薬莢を拾った。「テン・エイティーン、ドム」とつぶやき、歩いて車に戻った。

十年後、闇が一気に深まる中、わたしは独立車庫の裏の岩場を進んでいた。右で海がうねり、打ち寄せている。風が顔に吹きつけている。だれも外をうろついてはいないはずだ。館の脇や裏はなおさら。だから頭をあげ、警戒しながら、左右の手にパースエイダーを一挺ずつ持って、足早に歩いた。おまえを仕留めにいくぞ、クイン。

独立車庫の裏を抜けると、館の裏の角に停まっているケータリング店のトラックが見えた。ベックのメイドをトランクから出すためにハーリーがリンカーンを停めたのとちょうど同じ場所だ。トラックのリアドアがあいていて、運転席に乗っていた男と助手席に乗っていた男が行き来しながら中身を出している。アルミ箔で覆った料理を運び入れるたびに裏口の金属探知機が鳴っている。腹が減った。熱い料理のにおいが風に乗って漂ってくる。男たちはふたりともタキシード姿だ。悪天候のせいでうつむいている。自分の仕事以外には注意を払っていない。それでも充分に距離をとった。岩場の端から離れず、大まわりした。ハーリーの溝を跳び越え、さらに進んだ。

できるかぎりケータリング業者から離れると、岩場を出て、館の反対側の裏の角へ向かった。気分は爽快だ。音を立てない透明人間になった気がする。何かの太古の力が海から流れこんでいるかのように。足を止め、ダイニングルームの窓を探した。あった。中の照明がついている。近づき、思いきってガラスの向こうをのぞきこんだ。

最初に見えた人物はクインだ。ダークスーツ姿で、背筋を伸ばして立っている。飲み物を持って。髪は全体が白髪交じりになっている。額の傷跡は小さく、ピンク色に光っている。少し腰が曲がっている。かつてより少し肉がついている。十歳老けたということだ。

つぎに見えたのはベックだ。同じくダークスーツを着ている。飲み物を持って、ボスと並んで立っている。ふたりは三人のアラブ人と向かい合っている。アラブ人は背が低く、黒い髪は油で撫でつけてある。服装はアメリカ人ふうだ。ライトグレーと青の、シャークスキンのスーツ。やはり飲み物を持っている。

その後ろにリチャード・ベックとエリザベス・ベックが寄り添って立ち、何か話している。一同は巨大なダイニングテーブルの端に固まって、成り行きでカクテルパーティーを開いているらしい。テーブルには十八人ぶんの席が設けられている。ずいぶん本格的だ。それぞれの席にはグラスが三つと、一週間ぶんはありそうな食器類が置かれている。料理人が飲み物のトレーを持って部屋の中を忙しく動きまわっている。シャンパン用のフルートグラスとウィスキー用のタンブラーが見える。料理人も黒っぽいスカートを穿き、白のブラウスを合わせている。カクテルウェイトレスに格さげされたようだ。中東料理は専門外なのかもしれない。

テリーザ・ダニエルの姿は見当たらない。あとでケーキの中から登場させるつもりなのかもしれない。ほかに部屋にいるのは男ばかりだ。三人いる。クインの側近だろう。三人は共通点がない。背格好はまちまちだ。険しい顔をしているが、危険度はおそらくエンジェル・ドールやハーリーと同じくらいだろう。

席は十八人ぶんあるのに、出席者は十人しかいないことになる。欠席者が八人。デューク、エンジェル・ドール、ハーリー、エミリー・スミスで四人。ポーリーの後釜として門番小屋に送られた男が五人目だろう。となると、所在を確認できない者が三人。おそらく、ひとりは玄関に、ひとりはデュークの部屋の窓際に、ひとりはテリーザ・ダニエルのそばにいる。

外にとどまったまま、観察をつづけた。わたしもカクテルパーティーや本格的な夕食会には何度も行ったことがある。勤務地にもよるが、それは基地の生活で大きな部分を占めていた。この者たちは最低でも四時間はここにいるだろう。用を足すために席をはずすとき以外は、部屋から出ないはずだ。クインが話している。三人のアラブ人といちいち目を合わせながら。長々としゃべっている。笑みを浮かべ、手ぶりを交え、笑い声をあげている。ゲームの勝利を目前にしている男のように見える。だが、実際にはちがう。クインのもくろみは瓦解した。十八人の晩餐会は十人の夕食会になった。わたしがまだ生きているせいで。

姿勢を低くして窓の下を抜け、キッチンに忍び寄った。膝を突いたまま、コートを脱いで二挺のパースエイダーを包み、あとで見つけやすい場所に置く。それから立ちあがって、キッチンに歩み入った。金属探知機がポケットのベレッタに反応して鳴る。中にはケータリング業者がいた。アルミ箔で何かをしている。ここの住民のようにふたりにうなずきかけ、廊下に直行した。分厚いラグが足音を殺してくれている。ダイニングルームからカクテル片手の騒々しい会話が聞こえる。玄関に男がひとりいる。こちらに背を向け、窓の外を見つめている。窓の額縁の端に肩をもたせかけながら。遠くの塀のライトに照らされ、髪のまわりが青く光っている。わたしは背後からまっすぐ近づいた。射殺命令。やらなければ、やられる。一秒だけ間をとった。腕を伸ばし、右手で男の下顎をつかむ。左手の指の付け根をうなじにあてがう。右手を後ろに引きあげながら、左手を前に押しさげて、第四頸椎で男の首を折った。男はわたしに倒れかかり、わたしはその腋の下に手を入れてエリザベス・ベックの客間に運び、ソファにすわらせた。サイドテーブルの上に、まだ『ドクトル・ジバゴ』が置かれている。

ひとり倒した。

客間のドアを閉め、階段へ向かった。早足で静かにのぼる。デュークの部屋の前で足を止めた。戸口の向こうでエリオットが手足を投げ出して倒れている。死んでいる。仰向けで。ジャケットの前が開き、シャツが血でこわばって穴だらけになっている。体の下のラグも、血が乾いて固まっている。近づき、ドアの陰に隠れたまま、室内を一瞥した。なぜ死んだかわかった。NSVが給弾不良を起こしたせいだ。エリオットはダフィーからの連絡を受けて部屋を出ようとしたが、その際に公道をこちらに向かってくる車列を目撃したにちがいない。それで重機関銃に飛びついた。引き金を引いたが、給弾不良で撃てなかった。それではただのがらくただ。整備工が床に銃をおろして分解し、その上にかがみこんで、弾帯による給弾機構を修理しようとしている。仕事に夢中だ。近づくわたしの姿が目にはいっていない。足音も耳に届いていない。

射殺命令。やらなければ、やられる。

ふたり倒した。

整備工の死体は重機関銃の上に倒れこんだままにした。体の下から突き出た銃身が三本目の腕のように見える。窓からの眺めを確かめた。塀のライトはいまも煌々と照っている。腕時計に目をやった。与えられた一時間のうち、ちょうど三十分が過ぎている。

一階に戻った。廊下を抜ける。幽霊のように。地下室に通じるドアへ行った。照明がついている。階段をおりた。ジムを抜ける。洗濯機の前を通り過ぎる。ポケットからベレッタを出す。安全装置を解除する。銃を前に構え、角を曲がって、ふたつある部屋へ突き進んだ。ひとつは無人で、ドアがあけたままになっている。もうひとつはドアが閉められ、若い痩せた男がその前で椅子にすわっている。椅子をドアに寄りかからせて。男はわたしを凝視した。目が見開かれる。口が開く。声は発しない。たいした脅威のようには見えない。〝デル〟と書かれたTシャツを着ている。この男がコンピュータに精通しているというトロイかもしれない。

「死にたくなかったら口をつぐんでいろ」わたしは言った。

男は口をつぐんでいる。

「おまえがトロイか？」

男は口をつぐんだまま、うなずいた。

「よし、トロイ」わたしは言った。

ここはダイニングルームの真下のようだ。一同の足の真下にある石造りの地下室で、銃を撃つ危険は冒せない。だからベレッタをポケットにしまい、トロイの首根っこをつかんで頭を壁に二度叩きつけ、気絶させた。頭蓋骨を砕いたかもしれないし、砕いていないかもしれない。どちらでもかまわない。この男のキーボード操作があのメイドを死に追いやったのだから。

三人倒した。

トロイのポケットに鍵がはいっていた。それで錠をはずし、ドアをあけると、マットレスの上にテリーザ・ダニエルがすわっていた。首をめぐらし、わたしを見つめている。十一日目の早朝、モーテルの部屋でダフィーが見せてくれた写真のままだ。健康そのものに見える。髪は洗って梳かしてある。純白のドレスを着ている。白いパンティーストッキングに白い靴。肌は青白く、目は青い。生贄にされる人間を思わせる。

わたしはためらい、少しのあいだただ立っていた。どう反応されるか読めない。自分が何をやらされるか、テリーザには見当がついているはずだ。そしてテリーザはわたしを知らない。当人にしてみれば、わたしは連中のひとりであり、祭壇に連れていこうとしているとしか思えない。加えて、テリーザは訓練を受けた連邦捜査官だ。ついてくるよう言ったら、抵抗するかもしれない。いったんそれは控えて好機を待つかもしれない。とにかく、音は立てたくない。いまはまだ。

だがそこで、テリーザの目をふたたび見つめた。片方の瞳孔が大きく開いている。もう片方は小さい。やけに落ち着いている。やけに静かだ。鈍重で、茫然としている。薬漬けにされているようだ。変わった薬物を使われているのかもしれない。なんの薬物だろうか。デートレイプ・ドラッグ？　ロヒプノールだったか。ロフィノールだったか。名前を思い出せない。わたしの専門分野ではない。エリオットなら知っていただろう。ダフィーやビリャヌエバも知っているだろう。その薬を飲まされると、無気力、従順、言いなりになるという話だ。寝てばかりになって、言われたとおりに食べたり飲んだりするようになる。

「テリーザか？」わたしはささやいた。

「無事か？」わたしはささやいた。

テリーザは答えない。

テリーザはうなずいた。

「元気よ」と言う。

「歩けるか？」

「ええ」テリーザは言った。

「ついてくるんだ」

テリーザは立ちあがった。足もとがおぼつかない。筋肉が衰えているのだろう。九週間も監禁されていたのだから。

「こちらだ」わたしは言った。

テリーザは動かない。その場に立っている。わたしは手を差し出した。テリーザは手を伸ばしてわたしの手を握った。肌は温かく、乾いている。

「行こう」わたしは言った。「床に倒れている男は見るな」

ドアのすぐ外で、いったん立ち止まらせた。手を放し、トロイを部屋の中に引きずりこむと、外に出てドアを閉め、施錠した。ふたたびテリーザの手を取り、歩きだした。テリーザはまったく逆らわない。実に従順だ。前方に視線を固定し、わたしについてくる。角を曲がり、洗濯機の前を通り過ぎた。ジムを抜ける。テリーザのドレスはなめらかで、レースがあしらわれている。本人はデートでもしているかのようにわたしの手を握っている。卒業パーティーに行く気分だ。並んで階段をのぼった。いちばん上の段に着く。

「ここで待つんだ」わたしは言った。「ひとりでどこかに行くな。わかったか?」

「わかった」テリーザはささやいた。

「いっさい音を立てるな。わかったか？」

「わかった」

わたしはドアを閉めた。階段のいちばん上の段で手すりを軽く握り、裸電球に背後から照らされているテリーザを残して。入念に廊下の様子を確かめてから、キッチンへ向かった。ケータリング業者がまだ忙しく働いている。

「あんたたちはキーストとメイデンか？」わたしは言った。

近くにいたほうがうなずいた。

「ポール・キーストです」と言う。

「クリス・メイデンです」相棒が言う。

「あんたたちのトラックを移動させたい、ポール」わたしは言った。

「どうして？」

「邪魔だからだ」

男はわたしを見つめた。「あなたがあそこに停めろと言ったのに」

「ずっと停めていいとは言っていない」

男は肩をすくめ、カウンターの上を探って鍵を手に取った。

「ご自由にどうぞ」と言う。

わたしは鍵を受けとって外に出ると、トラックの荷室を調べた。左右に金属製の棚が備えつけられている。料理のトレーを置くためだ。中央は細い通路になっている。窓はない。使えそうだ。リアドアをあけたまま、運転席に乗りこんでエンジンをかけた。バックで車まわしまで行き、方向変換して後部を裏口に寄せた。これで進行方向に正面が向いた。エンジンを切ったが、鍵は差したままにした。キッチンに戻る。金属探知機が鳴った。

「どんな料理を出すんだ？」わたしは尋ねた。

「ラムのケバブです」メイデンが言った。「ライスとクスクスとホムスを添えて。最初はブドウの葉で具を包んだものを出します。デザートはバクラヴァ。それとコーヒーです」

「それはリビア料理か？」

「ありふれた料理ですよ」メイデンは言った。「どこでも食べられてます」

「昔は一ドルで買えたのに」わたしは言った。「あんたたちは五十五ドルも取るんだな」

「どこで？　まさかポートランドで？」

「ベイルートだ」わたしは言った。

キッチンから出て、廊下の様子を確かめた。静まり返っている。地下室に通じるドアをあけた。テリーザ・ダニエルは自動人形のように待っていた。わたしは手を差し出した。

「行こう」と言う。

テリーザは進み出た。わたしはドアを閉めた。キッチンに連れていく。キーストとメイデンが目をまるくしている。それを無視して、キッチンを突っ切った。裏口を抜ける。トラックに歩み寄る。テリーザは寒さで震えている。手を貸して荷室に乗せた。

「ここで待っていてくれ」と言う。「おとなしく。いいな？」

テリーザは無言でうなずいた。

「リアドアを閉めるぞ」わたしは言った。

テリーザはふたたびうなずいた。

「すぐにここから連れ出してやる」わたしは言った。

「ありがとう」テリーザは言った。

わたしはリアドアを閉め、キッチンに戻った。静かに立って耳を澄ます。ダイニングルームから話し声が聞こえる。いかにも親睦を深めているらしく聞こえる。

「食事はいつからはじまる？」と言う。

「二十分後です」メイデンが言った。「飲み物の時間が終わったら。五十五ドルの中にはシャンパン代も含まれてるんですよ」

「そうか」わたしは言った。「気を悪くしないでくれ」

腕時計に目をやった。四十五分が過ぎた。あと十五分。

ショータイムだ。

また冷気の中に出た。ケータリング店のトラックに乗りこみ、エンジンをかけた。静かに車を出し、館の角をゆっくりとまわって、車まわしをゆっくりと進み、私道をゆっくりと走った。館をあとにして。門を抜けた。公道に出る。アクセルペダルを踏んだ。カーブをつぎつぎに抜ける。ビリャヌエバのトーラスの真横で急停止した。飛びおりる。ビリャヌエバとダフィーが即座に車から出てきた。

「荷室にテリーザがいる」わたしは言った。「無事だが、薬漬けにされている」

ダフィーは左右のこぶしを上下に振ると、わたしに飛びついてきつく抱き締めた。ビリャヌエバはリアドアの取っ手をひねって開いた。テリーザがその腕の中に倒れこむ。ビリャヌエバはその体を子供のようにかかえておろした。するとダフィーがテリーザに抱きつき、ビリャヌエバがわたしを抱き締める番になった。

「病院に連れていったほうがいい」わたしは言った。

「モーテルに連れていく」ダフィーは言った。「記録上は存在しない作戦であることに変わりはないから」

「それでいいのか？」

「あの子なら大丈夫だ」ビリャヌエバは言った。「どうやらルーフィーを飲まされたようだな。知り合いの麻薬密売人から手に入れたんだろう。だが、効果は長くつづかない。すみやかに体外に排出される」

ダフィーは姉妹のようにテリーザを抱き締めている。ビリャヌエバもわたしをまだ抱き締めている。

「エリオットは死んだ」わたしは言った。

いまの雰囲気にまさしく水を差す台詞になった。

「モーテルからATFに連絡しろ」わたしは言った。「わたしから連絡がなかったら」

ふたりはそろってわたしを見つめた。

「わたしはいまから戻る」わたしは言った。

トラックを方向変換させ、引き返した。前方に館が見える。窓が黄色く照らされている。靄の中で塀のライトが青く輝いている。トラックは風に逆らって進んだ。プランBでいこう、と決めた。クインはわたしの獲物だが、ほかの連中もATFの頭痛の種になりうる。

車まわしの端でいったん車を停め、バックで館の脇を進んだ。裏口のそばに駐車する。車をおりて館の裏に行き、コートを見つけた。パースエイダーを出す。コートを着る。コートは必要だ。寒い夜だし、五分後にはまた路上に戻っているはずだから。

中を見ようと、ダイニングルームの窓に近寄った。カーテンが閉められている。それも当然だろう。今夜は風が吹き荒れている。カーテンを閉めたほうがダイニングルームは見栄えがいい。暖かな雰囲気になる。床にはオリエンタルラグ、壁には鏡板、リネンのテーブルクロスには銀の食器という具合に。

パースエイダーを持ち、キッチンに戻った。金属探知機が騒々しく鳴る。ケータリング業者はブドウの葉で具を包んだ料理を十皿、カウンターの上に並べ終えている。葉は黒っぽく、油光りして、嚙み切りにくそうに見える。空腹だったが、食べたくても食べられなかっただろう。いまの歯の状態では無理だ。ポーリーのおかげで、一週間はアイスクリームを食べつづけることになりそうだ。

「料理を出すのを五分遅らせてくれ。いいな?」わたしは言った。

キーストとメイデンはショットガンを見つめている。

「鍵を返すよ」わたしは言った。

ブドウの葉の隣にそれを置く。もうこの鍵は必要ない。ベックから渡された鍵束がある。玄関からキャデラックで走り去ることになるだろう。あの車のほうが速いし、乗り心地がいい。木製のナイフブロックからナイフを一本抜いた。コートの右ポケットの内側に、パースエイダーの銃身が裏地の中にちょうどはいる程度の切れこみを入れる。ハーリーを殺した一挺をそこに収めた。もう一挺は両手で持つ。息を吸った。廊下に出る。キーストとメイデンがわたしを見送った。まずおこなったのは、トイレをのぞくことだ。クインがダイニングルームにいなかったら、せっかく劇的な登場をしても意味がない。だが、トイレは無人だった。用を足すために席をはずしている者はいない。

ダイニングルームのドアは閉まっている。もう一度息を吸った。さらにもう一度。それからドアを蹴り、中に踏みこんで、天井にブリネッキ弾を二発撃ちこんだ。音響手榴弾のようだ。すさまじい銃声が二度響く。漆喰や木片が降り注ぐ。埃と煙が室内を満たす。みな彫像さながらに凍りついている。クインの胸に銃を向けた。反響がしだいに収まる。

「わたしを覚えているか？」わたしは言った。

突然の沈黙の中で、エリザベス・ベックが悲鳴をあげた。

わたしはクインに銃口を向けたまま、もう一歩踏みこんだ。

「わたしを覚えているか？」と繰り返す。

一秒。二秒。クインの口が動きはじめた。

「ボストンで見た」と言う。「路上で。土曜日の夜だ。二週間ほど前に」

「不合格だ」わたしは言った。

　クインの顔は困惑しきっている。わたしを覚えていない。〝記憶喪失だと医者は診断した〟とダフィーは言っていた。〝負傷の経緯については確かに記憶を失っていると。十中八九はそうなるものだから。事件とその前日や前々日の記憶はほんとうにないようだと医者は判断した〟。

「わたしはリーチャーだ」わたしは言った。「思い出してくれなければ困る」

　クインは途方に暮れてベックに目をやった。

「彼女の名前はドミニクだ」わたしは言った。

　クインはわたしに視線を戻した。見つめている。その目が大きく見開かれる。わたしが何者か、ようやくわかったようだ。顔つきが変わっている。血の気が引き、怒りが湧きあがっている。恐怖も。二二口径で撃たれたふたつの傷跡が真っ白になっている。そのちょうど中間を狙おうかと思った。むずかしい射撃になりそうだが。

「逃げおおせることができるとでも思っていたのか？」わたしは言った。

「話し合わないか？」クインは言った。口が乾いているような声だ。

「だめだ」わたしは言った。「おまえはもう十年もよけいに話している」

「われわれは全員武装している」ベックが言った。怯えた声で。三人のアラブ人はわたしを見つめている。髪の油に漆喰の粉がこびりついている。

「それなら全員に撃つなと言え」わたしは言った。「死ぬのはひとりで充分だ」

一同が少しずつわたしから離れていく。テーブルの上には埃が積もっている。落下した天井の板でグラスがひとつ割れている。わたしは一同とともに動きながら向きを変え、悪人たちが部屋の端に集まるように配置を調整した。同時に、エリザベスとリチャードと料理人を反対の端に集めようとした。窓際のそこなら安全だろう。身ぶりだけでそうした。向きを変えながら少しずつ進み、テーブルに邪魔されながらも、一同を狙いどおりの位置に移動させた。小集団は八人と三人の組におとなしく分かれた。


「全員、ミスター・ゼイヴィアーから離れたほうがいいぞ」わたしは言った。

全員がそうした。ベックを除いて。ベックはクインの隣に立ったままだ。わたしはベックを見据えた。が、クインがその腕をつかんでいることに気づいた。肘のすぐ上をしっかり握っている。そして引っ張っている。強く。人間の盾にするために。

「このスラッグ弾は直径二センチほどだ」わたしはクインに言った。「おまえの体が二センチでも見えていれば、そんなことをしてもたいして効果はないぞ」

クインは言い返さない。黙って引っ張りつづけている。ベックは抵抗している。その目にも恐怖が浮かんでいる。ふたりしてささやかで緩慢な力比べをしている。だが、クインが勝ちそうだ。十秒経たないうちに、ベックの左肩がクインの右肩に重なった。ふたりとも力を振り絞り、体を震わせている。パースエイダーにストックはなく、ピストルグリップがあるだけだが、それでもわたしはショットガンを肩の高さに掲げて慎重に狙った。

「まだおまえの体が見えるぞ」と言う。

「撃たないで」背後からリチャード・ベックが言った。

その声の何かが引っかかった。

若者に目をやった。すばやく首をめぐらして。一瞬だけ。すぐに戻した。リチャードはベレッタを持っている。わたしのポケットにはいっているのとまったく同じ銃を。それをわたしの頭に向けている。電灯が銃を照らし出し、存在を強調している。何分の一秒か見ただけだが、スライドに彫りこまれた優美な文字まで見てとれた。〝ピエトロ・ベレッタ〟。新しいガンオイルでつやめいているのも見えた。安全装置が解除されていることを示す小さな赤い点も見えた。

「銃をしまえ、リチャード」わたしは言った。

「父さんがそこにいるうちはしまわない」リチャードは言った。

「ベックを放せ、クイン」わたしは言った。

「撃たないで、リーチャー」リチャードは言った。「先にあんたを撃つよ」

もうクインはベックの後ろにほぼ隠れている。

「撃たないで」リチャードは繰り返した。

「銃をおろせ、リチャード」わたしは言った。

「いやだ」

「銃をおろせ」

「いやだ」

リチャードの声を注意深く聞いた。若者は動いていない。そこに立ったままだ。場所は正確にわかる。どれくらいの角度を振り返ればいいかもわかる。頭の中で予行演習した。振り返る。撃つ。給弾する。振り返る。撃つ。わたしなら一と四分の一秒以内にふたりとも仕留められる。速すぎてクインは反応できない。息を吸った。

だがそのとき、リチャードの姿が頭に浮かんだ。妙な髪形、欠損した耳。長い指。ブリネッキの大型スラッグ弾によってその体が貫かれ、潰され、ひしがれ、巨大な運動エネルギーによって引き裂かれるところが頭に浮かんだ。わたしには撃てない。

「銃をしまえ」わたしは言った。

「いやだ」

「頼む」

「いやだ」

「おまえはあいつらを助けているんだぞ」

「ぼくは父さんを助けてる」

「おまえの父親にはあてない」

「そんな賭けはできない。ぼくの父さんなんだよ」

「エリザベス、説得してくれ」

「いやよ」エリザベスは言った。「わたしの夫なのよ」

手詰まりだ。

手詰まりよりもひどい。まったく何もできないからだ。リチャードを撃つことはできない。撃つ気にはなれない。したがって、クインを撃つこともできない。クインを撃たないと言うこともできない。言ったら八人の男たちはすぐさまわたしに銃を向けるだろう。何人かは倒せるだろうが、いずれだれかに倒される。クインをベックから引き離すこともできない。クインがベックを放し、わたしとともに部屋から出ていくはずがない。手詰まりだ。

プランCでいくしかない。

「銃をしまえ、リチャード」わたしは言った。

耳を澄ませ。

「いやだ」

やはり動いていない。もう一度予行演習した。振り返る。撃つ。息を吸った。すばやく振り返って撃った。リチャードの三十センチ右の窓を。スラッグ弾はカーテンを撃ち抜き、窓枠にあたってそれを吹き飛ばした。わたしは三歩走ってその穴に頭から飛びこんだ。破れたカーテンにくるまりながら二度転がり、立ちあがって走った。岩場へとまっすぐに。

二十メートル先で足を止めて振り返った。残ったカーテンが風を受けて膨らんでいる。穴を出たりはいったりしている。生地がはためく音が聞こえる。その後ろから黄色い光が差している。背後から照らされた人影が割れたガラスの向こうに集まっている。何もかも動いている。カーテンも、人も。カーテンが翻りながら出入りするたび、明かりが暗くなったり明るくなったりしている。わたしを狙った銃撃がはじまった。拳銃を撃っている。最初は二挺だったのが、四挺になり、五挺になった。さらに増えている。弾丸がうなりをあげてわたしのまわりを飛んでいく。岩にあたって火花を散らし、跳弾する。石の破片がそこら中に飛び散る。銃声は静かだ。鈍く、取るに足らない音に聞こえる。風がうなる音と波が砕ける音に掻き消されているせいで。わたしは両膝を突いた。パースエイダーを構える。そのとき、銃声がやんだ。わたしは発砲を思いとどまった。カーテンがなくなっている。だれかが引きちぎったようだ。光がわたしのほうにあふれてくる。窓際で、リチャードとエリザベスが男たちの前に押し出された。手を後ろにねじりあげられて。リチャードの肩越しにクインの顔が見える。わたしに銃をまっすぐ向けている。

「さあ、撃ってみろ」クインは怒鳴った。

風で声はろくに聞こえない。七回に一回の波が打ち寄せる音が背後から聞こえた。波しぶきがあがり、風に乗ってわたしの後頭部に打ちつけてくる。エリザベスの後ろにはクインの手下のひとりがいる。頭は重なっている。エリザベスの顔は苦痛でゆがんでいる。その肩に手下の右手首が置かれている。窓枠に残ったガラス片を叩き落として取り去った。別の銃がグリップから先に突き出され、その膝が窓枠にあたる。手下は銃を持っている。クインが外までその体を押し出した。リチャードが前に突き飛ばされた。

「さあ、撃ってみろ」クインはまた怒鳴った。

その後ろで、エリザベスもかかえあげられて窓の外に出された。太い腕が腰に巻きついている。エリザベスは必死に脚をばたつかせている。が、地面におろされ、盾にするために後ろに引き寄せられた。暗闇にその顔が青白く浮かびあがっている。苦痛でゆがんでいる。わたしはあとずさった。男たちがさらに出てくる。群れをなして、ひと塊になり、くさび形を作っている。リチャードとエリザベスが並んでその頂点にいる。くさび形はこちらに向かってきた。動きはそろっていない。銃は五挺見える。

わたしはあとずさった。くさび形がさらに迫る。また銃撃がはじまった。わたしはあとずさ

命中させるのが目的ではない。わたしを追い立てるのが目的だ。

った。銃声を数えながら。五挺の銃に全弾装塡してあれば、全部で少なくとも七十五発はある。もっとあるかもしれない。撃ったのは二十発ほどだろう。弾切れになるのはほど遠い。しかも、銃撃は統制されている。ただ撃ちまくっているわけではない。わたしの左右を狙い、岩場へと追いこむべく、数秒間隔の一定の頻度で撃っている。くさび形は機械のごとく近づいてくる。人間を装甲に使った戦車のように。わたしは身を起こし、あとずさった。くさび形がなおも迫る。

リチャードは右に、エリザベスは左にいる。リチャードの右斜め後ろにいる男を選び、狙いをつけた。男はそれを見てとり、仲間との距離を詰めた。くさび形が押し潰される。いまや細い柱になっている。それが迫ってくる。これではどうしようもない。わたしは一歩また一歩とあとずさった。

左のかかとがハーリーの溝の端に来た。

水が泡立ちながら流れこみ、靴にかかった。波の音が聞こえる。小石が転がり、吸い出されていく。右足を左足と並べた。端でバランスを保つ。クインが笑みを向けている。暗闇の中で歯がきらめいている。

「さあ、お別れだな」クインは怒鳴った。

生き延びろ。つぎの展開を見極めろ。

柱が腕を生やした。六、七本の腕が伸び、銃ごと前を向いた。狙いをつけている。

命令を待っている。七回に一回の波が足もとに押し寄せてとどろいた。足首を越え、三メートル先まで流れこんでいる。そして一瞬だけとどまってから引いていく。メトロノームのごとく機械的に。わたしはエリザベスとリチャードを見つめた。ふたりの顔を見つめた。深く息を吸う。やらなければ、やられる。パースエイダーを捨て、背中から海に飛びこんだ。

まず冷たさで心臓が止まりそうになり、つづいてビルから転落しているかのように感じた。ただし、自由落下ではない。凍てつくなめらかな筒の中に落ち、一定の急角度で奥へと吸いこまれているかのようだ。速度が増していく。わたしは上下逆さまになっていて、頭から先に吸いこまれている。背中から飛びこんだ瞬間は何も感じなかった。氷のように冷たい水が耳や目や鼻にはいりこんだだけだ。唇にもしみている。水面の三十センチほど下にいる。逃げ場がない。浮上するのは危険だ。クインたちの目の前の水面に出てしまう。連中は溝の端に群がり、海に銃を向けているだろう。だがそのとき、髪が逆立つのを感じた。やさしい感触だ。だれかに櫛で髪を立てられ、引っ張られているかのように。そして頭が握られるのを感じた。屈強な男の大きな両手で顔をはさまれ、引っ張られているかのように。最初はごくやさしかったが、じきに少し強くなった。さらに強くなる。首でそれを感じる。背が伸びているかのように錯覚した。胸と肩でもそれを感じる。自由に動かせていた腕が、いきなり頭上にねじりあげられた。そしてビルからの転落がはじまった。背中を下にして、完璧な飛びこみの姿勢をとっている。体を反らしているだけなのに、加速していく。空中を自由落下するよりずっと速い。巨大なゴム紐で引き寄せられているかのようだ。

何も見えない。目をあけているのか、つぶっているのかもわからない。水は痺れるほど冷たく、体にかかる圧力が均一なので、感覚もなくなっている。物理的な力は感じない。完全な流体に包まれている。SFの転送装置のようだ。ビームで移動している。液体と化している。体が引き伸ばされている。にわかに身長が十メートル、体の幅が二、三センチになったかのように。どこも暗くて冷たい。息を止めた。全身から力が抜け、首を反らすと水が頭皮を撫でた。つま先を伸ばす。背筋を弓なりに曲げる。腕を頭のずっと先に差し出す。指を広げ、そのあいだに流れる水を感じた。とても安らかな気分だ。弾丸になっている。気に入った。

だがそこで、胸の鼓動がいきなり激しくなり、自分が溺れかけていると悟った。だからあらがいはじめた。宙返りすると、コートが頭にまとわりついた。凍てつく筒の中で前後左右に回転しながら、むしりとるようにコートを脱いだ。コートは顔を叩いてから勢いよく遠ざかっていった。ジャケットも脱いだ。それもどこかに消えた。急に身を切るような冷たさを感じた。まだかなりの速さで沈みつづけている。シューという音が耳に響く。ゆっくりと宙返りしている。経験したことのない速さで下へ下へと引きずりこまれながら、糖蜜に落ちこんだかのように縦に横に回転している。

筒の太さはどれくらいだろう。わからない。まわりの水を必死に蹴ったり掻いたりした。流砂にはまったかのようだ。沈むのはまずい。水を蹴ってあらがい、筒の端を見つけようとした。自分に言い聞かせながら。集中しろ。端を見つけろ。事態を好転させろ。冷静さを保て。十五メートル沈むあいだ、三十センチごとに横に移動しろ。一秒ほど動きを止め、落ち着いてから、まともに泳ぎはじめた。懸命に。筒はプールの平らな水面で、いまそこで競泳に出場しているかのように。勝者には女の子と飲み物とパティオの椅子が待っているかのように。

飛びこんでからどれくらい経ったのだろう。わからない。十五秒くらいか。一分程度なら息はもつ。だから落ち着け。懸命に泳げ。端を見つけろ。端は必ずある。海全体はこんなふうに動いていない。動いているわけがない。動いていたら、ポルトガルは海中に没している。スペインの半分も。水圧のせいで耳鳴りがしている。

どちらを向いているのだろう。どうでもいい。この流れから出さえすればいい。泳ぎつづけた。流れにあらがって。流れは恐ろしく強い。前は穏やかだったのに、いまはわたしを引きちぎろうとしている。反抗するというわたしの決断に憤っているかのように。歯を食いしばって水を蹴った。千トンの煉瓦を背負って床の上を這っているかのようだ。肺が膨れ、焼けるように痛む。唇のあいだから少しずつ息を吐いた。水を蹴りつづけた。前の水を掻いた。

三十秒。溺れかけている。それはわかる。力がはいらなくなっている。肺が空っぽだ。胸が潰れている。上には十億トンもの水がある。顔が苦痛でゆがんでいる。耳鳴りがひどい。胃が締めつけられる。ポーリーに殴られた左肩がうずく。ハーリーの声が頭の中に響いた。〝ひとりも戻ってきたことはないんだぜ〟。水を蹴った。

四十秒。事態は好転していない。深みに落ちこみつつある。このままだと海底に着いてしまう。水を蹴った。流れを掻いた。五十秒。シューという音が耳に響く。頭が破裂しそうだ。唇を引き結んだ。激しい怒りに駆られた。クインは海から生還した。なぜ自分にできない？

必死に水を蹴った。一分。指がかじかみ、引きつっている。目が痛い。もう一分以上経っている。手足を激しく動かした。ばたつきながら水中を進んだ。水を蹴り、あらがった。そのとき、流れの変化を感じた。端を見つけた。猛スピードで走る列車から電柱をつかむのに似ている。筒の表面をこぶしで突き破ると、新しい流れが両手をとらえ、頭にぶつかった。乱流が体に打ちつけたかと思うと、静かで澄んだ氷のように冷たい水の中で、宙返りしながら浮遊していた。

さあ、考えろ。上はどちらだ。自制心を振り絞り、あらがうのをやめた。ただ浮かぶ。方向を判断しようとする。泳がずに。肺が空っぽだ。唇は固く閉じている。息ができない。中性浮力を保っている。動いていない。水中に静止している。一辺が一キロもある黒い海の立方体の中で。目をあけた。周囲に目を凝らした。上に、下に、横に。体をひねり、首をめぐらした。何も見えない。大気圏外にいるかのようだ。漆黒の闇に包まれている。光はいっさいない。〝ひとりも戻ってきたことはないんだぜ〟。

胸にわずかな圧力を感じる。背中に感じる圧力のほうが弱い。うつ伏せで水中を漂っている。背中から先に、ごくゆっくりと浮上しつつある。意識を集中した。その感覚を頭に刻みつけた。自分の体勢も。上体を反らす。両手で水を搔く。両足で水を下に蹴る。両腕を水面に向かって伸ばす。よし、行け。息をするな。

がむしゃらに水を蹴った。腕を大きく振って水を搔く。唇を引き結ぶ。空気が残っていない。真っ先に口が水面に出るように、首を曲げた。水面までどれくらいあるのだろう。頭上は黒い。何もない。一キロも沈んだかのようだ。空気が残っていない。死にかけている。唇を開いた。水が口に流れこんでくる。吐き出したが、飲みこんだ。さらに蹴る。視界が紫色に染まりつつある。頭の中が雑音で満たされている。体が熱っぽい。燃えているかのように、凍えているかのように。分厚い羽毛のキルトに包まれているかのように。キルトは柔らかい。何も感じない。

蹴るのをやめた。死んだと確信したからだ。それで息を吸おうと口をあけた。吸いこんだのは海水だ。胸が痙攣し、咳きこんで海水を吐き出した。吸いこんでは吐き出すことをもう二度繰り返した。ただの水を吸いこんでいる。もう一度蹴った。これで限界だ。最後のひと蹴り。大きく蹴った。それから目を閉じ、漂いながら冷たい水を吸いこんだ。

半秒後、水面に出た。顔にあたる空気を恋人の愛撫のように感じた。口をあけると、胸が波打って水を高く噴き出し、それが落ちてくる前に空気を飲みこんだ。そして冷たく甘い酸素の中に顔を出しておこうと無我夢中になった。水を蹴り、あえぎ、呼吸し、吸っては吐き、咳きこみ、えずいた。

両腕を大きく広げて脚を浮かべ、頭を後ろに倒して口を大きくあけた。胸が上下に動くのを繰り返している。空になったり満たされたりしている。その動きは驚くほど速い。疲労を覚えた。安らぎも。頭が働いていない感じも。脳に酸素がまわっていない。まる一分間、水に揺られながらただ呼吸していた。視界が晴れてきた。重たげな雲が上空に広がっている。頭の中も晴れてきた。さらに呼吸した。吸って、吐いて、吸って、吐いて。唇をすぼめ、蒸気機関車のように息をついた。頭が痛くなりはじめた。立ち泳ぎをしながら地平線を探した。見つからない。執拗にうねる速い波に持ちあげられては落とされている。一度に三メートルから四メートル半も上下している。少し泳いで、つぎの波がいちばん上まで持ちあげてくれる瞬間を狙った。前方に目を凝らす。何も見つからないうちに波の谷に落とされた。

自分がどこにいるのか、見当もつかない。向きを九十度変え、つぎの波に乗ってまた目を凝らした。右側に。どこかに船でも浮かんでいるかもしれない。ない。何もない。大西洋の真ん中でひとりきりだ。漂流している。〝ひとりも戻ってきたことはないんだぜ〟。

向きを百八十度変え、波に乗って左側に目を凝らした。何もない。波の谷に落ち、つぎの波に乗って後ろを見た。

岸から百メートル沖にいる。

大きな館が見える。明かりが映った窓も見える。塀も見える。そのライトで青く染まった靄も見える。シャツを肩まで引きあげた。水を吸っていて重い。息を吸った。体を前に倒し、泳ぎはじめた。

百メートル。それなりにまともなオリンピック代表選手なら百メートルを五十秒ほどで泳げる。それなりにまともな高校生の選手なら一分あまりで泳げる。わたしは十五分近くもかかった。引き潮のせいで。後ろに進んでいるように思った。まだ溺れかけているように思った。それでも最後には岸にたどり着き、氷のように冷たい汚泥に覆われたなめらかな岩に両腕を巻きつけ、しがみついた。海はまだ荒れている。大波が時計のように規則的に押し寄せ、頰が花崗岩に叩きつけられた。意に介さなかった。その衝撃を楽しんだ。毎回。岩が愛おしくなった。

もう一分ほど休んだのち、半ば水に浸かりながら、姿勢を低く保って独立車庫の裏へ行った。そこで両手と両膝を突いた。仰向けに転がる。空を見あげた。これでひとりは戻ってきたぞ、ハーリー。

波が寄せ、腰まで届いた。仰向けに寝そべったまま、膝までしか波が届かない位置まで移動した。また腹這いになる。顔を岩に押しつけた。寒い。骨身にしみるほど。コートはなくした。ジャケットもなくした。パースエイダー二挺もなくした。ベレッタもなくした。

立ちあがった。水が体からしたたり落ちる。ふらつきながら何歩か歩いた。リオン・ガーバーの声が頭の中に響く。〝死にさえしなければ、強くなれる〟。JFKのことばだと本人は思っていた。実際にはフリードリッヒ・ニーチェのことばで、〝死ぬ〟ではなく〝破滅する〟と言っていたと思う。〝破滅さえしなければ、強くなれる〟。ふらつく足でもう二歩進み、中庭の塀の裏に寄りかかって、海水を何リットルも吐いた。それで少しは気分がよくなった。両腕を振りまわし、足を片方ずつ振って、血行をよくし、服の水を切ろうとした。それから濡れた髪を後ろに撫でつけ、長くゆっくりとした呼吸を何度か試みた。咳きこんだらまずい。冷たさと塩分で喉がひりついて痛い。

塀の裏に沿って歩き、角を曲がった。例の小さなくぼみを見つけ、隠した包みのもとに最後にもう一度だけ行った。おまえを仕留めにいくぞ、クイン。

腕時計はまだ動いていて、与えられた一時間がとっくに過ぎたことを教えている。二十分前にダフィーはATFに連絡したはずだ。だが、ATFが対応するには時間がかかるだろう。ポートランドに支局があるとは考えにくい。おそらく最も近いのはボストンだ。そこの支局からメイドは送りこまれた。それなら時間はまだ充分にある。

ケータリング店のトラックは消えている。夕食会は中止になったにちがいない。しかし、ほかの車は残っている。キャデラック、タウンカー、二台のサバーバン。館には敵がまだ八人いる。あと、エリザベスと料理人も。リチャードをどちらに含めるべきかはわからない。

館の外壁に貼りついたまま、順繰りに窓の中をのぞきこんだ。料理人はキッチンにいた。片づけをしている。キーストとメイデンはすべての料理を置いていったらしい。窓枠の下に頭を引っこめ、さらに進んだ。ダイニングルームは荒れ果てている。割れた窓から風が吹きこみ、リネンのテーブルクロスをめくりあげ、皿やグラスをそこら中に散らかしている。吹き寄せられた漆喰の粉が隅で砂丘を作っている。天井には大きな穴がふたつ空いている。おそらく、上の部屋の天井も、その上の部屋も穴が空いていることだろう。月へと打ちあげられるロケットよろしく、ブリネッキ弾は屋根まで突き抜けたはずだ。

ロシアン・ルーレットをやった四角い部屋に、リビア人の三人とクインの手下の三人がいた。オーク材のテーブルのまわりにすわり、何もしていない。ショックで茫然としているように見える。だが、ここに腰を落ち着けている様子だ。どこにも行かないだろう。窓枠の下に頭を引っこめ、さらに進んだ。エリザベス・ベックの客間まで行く。本人が中にいた。リチャードも。死んだ男は運び出されたようだ。エリザベスはソファにすわって何かまくし立てている。内容は聞きとれないが、リチャードは真剣に耳を傾けている。窓枠の下に頭を引っこめ、さらに進んだ。

ベックとクインはベックの小部屋にいた。クインは赤い肘掛け椅子にすわり、ベックはサブマシンガンを飾ったコレクションケースの前に立っている。ベックは青ざめた顔を険しくし、怒っているように見える。クインは偉ぶっているように見える。火をつけていない太い葉巻を持っている。それを指ではさんで転がしながら、銀色のカッターの刃先をあてがっている。

一周してキッチンに戻った。中に踏みこむ。音は立てずに。金属探知機は静かなままだ。料理人はわたしの接近に気づかなかった。背後からその体をかかえこんだ。口を手で覆い、カウンターへと引きずっていく。リチャードが何をしたか考えれば、危険は冒したくない。抽斗の中にリネンのタオルを見つけ、猿ぐつわにした。タオルをもう一枚見つけ、手首を縛った。タオルをもう一枚見つけ、足首を縛った。シンクのそばの床に窮屈な恰好ですわらせた。四枚目のタオルを見つけ、ポケットに入れた。それから廊下に出た。

静かだ。エリザベス・ベックの声がかすかに聞こえる。客間のドアはあけ放たれている。ほかには何も聞こえない。ベックの小部屋に直行した。ドアをあける。中に踏みこむ。ドアを閉めた。

葉巻の紫煙に迎えられた。クインがちょうど火をつけたところのようだ。笑い声をあげていた雰囲気がある。いまは驚愕して凍りついている。ベックも同じだ。青い顔で凍りついている。無言でわたしを見つめている。

「戻ったぞ」わたしは言った。

ベックは口をあけている。わたしはシガレットパンチを放った。口が勢いよく閉じられ、首がのけ反り、ベックは白目をむいて、三枚重ねた床のラグの上にくずおれた。まずまずの一撃だが、全力ではない。結局、この男は息子に命を救われた。泳いだせいでこれほど疲れていなければ、もっと強いパンチを繰り出して殺していただろう。

クインが襲いかかってきた。椅子から飛び出して。葉巻を捨て、ポケットに手を伸ばしながら。わたしはその腹を殴った。空気が押し出され、クインは体を折って両膝を突いた。わたしはその頭を殴り、腹這いにさせた。肩甲骨のあいだに両膝を突き、押さえこむ。

「やめてくれ」クインは言った。肺に空気が残っていないようだ。「頼む」

わたしは片手の手のひらをその後頭部に押しあてた。靴から鑿を抜き、耳の裏に突き刺した。脳までゆっくりと、少しずつ進めていく。半分もいかないうちにクインは死んだが、そのまま柄まで沈めた。鑿は抜かなかった。ポケットのタオルで柄を拭い、そのタオルをクインの頭にかぶせて立ちあがった。疲れきって。

「テン・エイティーン、ドム」とつぶやいた。

火がついたままのクインの葉巻を踏みつけた。ベックのポケットから車の鍵を抜きとり、廊下に戻った。キッチンを抜ける。料理人が目で追っている。よろめきながら館の正面にまわった。キャデラックに乗りこむ。エンジンをかけ、西へ車を走らせた。

ダフィーのモーテルまで、三十分かかった。ダフィーとビリャヌエバはテリーザ・ジャスティスとともに部屋にいた。もうテリーザ・ダニエルではない。もう人形のような恰好もしていない。モーテルのローブを着せられている。シャワーも浴びたあとだ。すみやかに回復しつつある。弱々しく、やつれてはいるが、人間らしく見える。連邦捜査官らしく見える。テリーザは怯えた目でわたしを見た。だれかとまちがえているのかと最初は思った。テリーザは地下室でわたしに会っている。クインの手下だと思っているのかもしれない。

だがそこで、クローゼットの戸の鏡に映った自分の姿を見て、テリーザが怯えている理由がわかった。濡れ鼠だ。体は震えている。肌は真っ白になっている。唇の傷が開き、縁が青くなっている。波で岩に叩きつけられた場所に新しくあざができている。髪には海藻が、シャツには汚泥がついている。

「海に落ちたんだ」わたしは言った。

だれも何も言わない。

「シャワーを借りる」わたしは言った。「すぐに済ませる。ATFには連絡したのか？」

ダフィーはうなずいた。「いまこちらへ向かっている。ポートランド市警がすでにあの倉庫を確保した。沿岸の道路も封鎖するはずよ。あなたはもう少しで足止めを食うところだった」

「わたしはそんなところにいたか？」

ビリャヌエバが首を横に振った。「あんたは存在しない。おれたちはあんたに会ったこともない」

「助かる」わたしは言った。

「昔かたぎなもんでな」ビリャヌエバは言った。

シャワーを浴びると、気分がよくなった。見た目もよくなった。だが、服がない。ビリャヌエバが自分の服を貸してくれた。丈は少し短く、幅は少し広い。ビリャヌエバの古いレインコートでそれを隠した。まだ寒かったので、レインコートを体に巻きつけた。ピザの配達を頼んだ。みなひどく空腹だった。わたしは海水のせいで喉もひどく渇いていた。四人で飲み食いした。わたしはピザの生地を嚙み切れず、トッピングだけを吸いこむように食べた。一時間後、テリーザ・ジャスティスはベッドに行った。わたしと握手を交わして。とても礼儀正しく、おやすみなさいと言って。わたしが何者なのか、まるでわかっていないようだ。

「ルーフィーを飲むと短期記憶が失われるんだよ」ビリャヌエバが教えてくれた。

それから仕事の話をした。ダフィーはひどく意気消沈している。当人にとっては悪夢のような状況だ。違法捜査で捜査官を三人も失った。テリーザの救出もなんら好材料にはならない。そもそもテリーザはあそこにいてはならなかったのだから。

「だったら辞めればいい」わたしは言った。「代わりにATFにはいれ。大きな成果をただでくれてやったのだから。時の人になれるぞ」

「おれは引退するよ」ビリャヌエバは言った。「もう老いぼれだし、もう充分働いた」

「わたしは引退するわけにはいかない」ダフィーは言った。


逮捕の前夜のレストランで、ドミニク・コールはわたしに尋ねた。「どうしてこんなことをしているんです？」

わたしはその意味をはかりかねた。「きみと食事をしていることか？」

「いいえ、憲兵を務めていることです。あなただったらなんにでもなれたはず。特殊部隊でも、情報部でも、空挺部隊でも、機甲部隊でも、どこにでも行けたはずです」

「きみだってそうだろうに」

「わかっています。そして自分がこんなことをしている理由ならわかっています。あなたの理由が知りたい」

だれかに訊かれたのははじめてだった。

「昔から警官になりたかったんだ」わたしは言った。「だが、軍にはいることははじめから決まっていた。家庭環境のせいで、選択の余地はなかった。だから軍の警官になったのさ」

「あまり答になっていませんね。そもそも、どうして警官になりたかったんですか」

わたしは肩をすくめた。「自分に合っているからだ。警官は物事を正す」

「どんな物事を？」

「警官は人々の面倒を見る。庶民の安全を守る」

「それだけ？　庶民のため？」

わたしは首を横に振った。

「いや」と言う。「そうでもないな。実のところ、庶民のことはたいして気に留めていない。大物が憎いだけだ。悪事を働いても逃げられるとうぬぼれている大物が憎い」

「それなら、まちがった理由で正しい結果を出しているわけですね」

わたしはうなずいた。「だが、正しいことをしようと努めている。理由はたいして重要ではないと思う。とにかく、正しいことがなされるのを見届けたいだけだ」

「わたしもです」コールは言った。「わたしも正しいことをしようと努めています。まわりから嫌われ、だれも助けてくれず、あとから感謝もされなくても。正しいことをするのはそれ自体が目的になると思います。いえ、目的になるにちがいありません。そうですよね？」

「きみは正しいことをしたか？」十年後、わたしは尋ねた。

ダフィーはうなずいた。

「ええ」と言う。

「ほんとうに？」

「ほんとうよ」と言う。

「確かか？」

「もちろん」

「だったら気に病むな」わたしは言った。「それ以上は望みようがないのだから。だれも助けてくれないし、あとから感謝もされない」

ダフィーはしばらく黙っていた。

「あなたは正しいことをしたの？」と言う。

「疑う余地はない」わたしは言った。

それくらいにしておいた。ダフィーはテリーザ・ジャスティスをエリオットが使っていた部屋に連れていった。それでビリャヌエバは自分の部屋で、わたしはダフィーの部屋で過ごすことになった。職業倫理に反しているという以前の発言のせいで、ダフィーは少し気まずそうだ。その発言を補強しようとしているのか、それとも撤回しようとしているのかはわからない。

「心配しないでくれ」わたしは言った。「何もできないくらい疲れているから」

今回はそれが事実であるのを証明することになった。試みなかったわけではない。はじめたのは確かだ。ダフィーは以前の異論を撤回したいとはっきり示した。ノーと言うよりイエスと言うほうがいいとはっきり同意した。わたしはそれがとてもうれしかった。ダフィーのことは大好きだったからだ。だからはじめた。裸になり、いっしょにベッドにはいって、口が痛くなるほど激しいキスをしたのを覚えている。だが、そこまでしか覚えていない。眠りに落ちてしまって。わたしは死んだように眠った。十一時間もぶっつづけで。目を覚ますと、だれもいなかった。みなこれから待ち受けているものと向き合いにいったのだろう。わたしは部屋にひとり残された。数々の思い出とともに。もう昼も近い。日光がカーテン越しに差しこんでいる。細かい塵が空中を舞っている。椅子の背に掛けておいたビリャヌエバの予備の服がない。代わりに買い物袋が置かれている。中には安物の服が詰まっている。わたしの体にちょうど合いそうだ。スーザン・ダフィーはやはりサイズを見定めるのがうまい。服はふたそろいある。ひとつは寒い気候向け。もうひとつは暑い気候向け。わたしがこれからどこへ向かうか、ダフィーは知らなかった。だから両方の可能性に備えて用意した。まさに実務型だ。ダフィーに会えなくて寂しい思いをするだろう。しばらくは。

暑い気候向けの服を着た。寒い気候向けは部屋にそのまま残した。ベックのキャデラックでI－九五号線を走ればいい。ケネバンクのサービスエリアまで。そこで車は乗り捨てる。なんの問題もなく、ヒッチハイクで南へ行けるだろう。そしてI-九五号線はあらゆる場所に通じている。はるかマイアミまでも。

訳者あとがき

ジャック・リーチャー・シリーズ第七作『宿敵』（原題 *Persuader*）をお届けする。

リー・チャイルドによるこのシリーズは一九九七年からほぼ年に一作のペースで刊行がつづいており、二〇二一年夏現在で全二十五作を数える。本作が発表されたのは二〇〇三年であり、シリーズ前期の作品と言えるが、そのような古さなどまったく感じさせない出色の出来になっているので、このあとがきから先に読んでいるかたには、ぜひ本文に進むようおすすめしたい。なお、ジャック・リーチャー・シリーズは一作一作が独立した内容になっており、過去作を未読のかたでも問題なく楽しめることを付け加えておく。主人公がかつてアメリカ陸軍の憲兵で、若くして少佐まで昇進したのちに退役し、いまは放浪の旅をつづけていること、とにかく腕っ節が強くて頭も切れることを知っていれば充分だ。リーチャーの人となりや過去についてもっと知りたくなったら、第一作の『キリング・フロアー』や第八作の『前夜』あたりから、お好みに合わせて読んでいくのがいいだろう。

さて、物語はマサチューセッツ州のとある大学からはじまる。校門の近くにパネルバンを停めていたリーチャーは、ひとりの若い男が拉致されようとしている場面を目撃する。学生らしきその若者は、寮の前でボディガードふたりに迎えられ、リンカーン・タウンカーに乗って校門から出てきたのだが、そこでピックアップトラックに乗ったふたり組に襲われたのだ。襲撃者たちはリンカーンに向かってサブマシンガンを撃ちまくり、若者を引きずり出すと、手榴弾を車内に投げ入れた。そして若者をピックアップトラックに乗せて連れ去ろうとした。

リーチャーは一秒足らずで決断した。携行していた四四口径のリボルバーを抜き、ピックアップトラックに三発撃ちこんで走行不能にすると、反撃を試みた襲撃者ふたりにも発砲して倒した。そして若者を助け出し、自分のパネルバンに乗せたが、そのとき三人目の男が向かってくるのを目の隅でとらえた。男は上着の中に手を入れている。とっさにリーチャーは発砲し、男は血煙をあげて倒れた。しかし、相手は襲撃者の一味ではなく、たまたまその場に居合わせた私服警官とおぼしき男で、銃ではなくバッジを出そうとしていた。よりによって警官を射殺してしまったら、誤射だったなどという弁明は通用しない。逃げるしかない。リーチャーは若者をパネルバンに乗せたまま、現場から逃走し、追ってきた大学警察と銃撃戦になるも、かろうじて逃げきった。

パネルバンを走らせながら、リーチャーは若者から事情を聞いた。若者はリチャード・ベックといい、メイン州にある自宅に帰るところだった。驚いたことに、リチャードは五年前にも何者かに拉致されていた。父親がオリエンタルラグの輸入業で財をなしていたため、身代金目当てで連れ去られたらしい。しかもその際に、片方の耳を切りとられるという悲惨な体験をしていた。

適当なところでおろすから、自分のことは忘れろとリーチャーは言うが、リチャードはまた襲撃されるかもしれないと怯え、家まで送り届けるよう懇願する。リーチャーはしぶしぶ引き受け、車を替えてメイン州へ向かった。

リチャードの自宅は大西洋に突き出た岬に建つ広壮な館で、三方を海に囲まれ、高い塀、有刺鉄線、防犯ライト、巨漢の門番によって厳重に警備されていた。館に招き入れられたリーチャーは、リチャードの父ザカリー・ベックと面会する。ベックは息子を救ってくれたことには感謝したものの、その態度は平凡な実業家とはかけ離れたもので、警察に売られたくなければ自分の下で働けと強要した。ボディガードをふたりも失ったので、有能な人材を雇いたいらしい。リーチャーは応じるしかなく、住みこみでベックの警備を受け持つことになった。

ここから物語は急展開を見せ、ベックの裏の顔や、リチャードが五年前に拉致された真の理由がしだいに明らかになっていく。さらには、十年前に死んだはずのリーチャーの宿敵がベックとつながっていることも判明する。これ以上書くと重大なネタバレになってしまうので、つづきはぜひご自分の目で確かめていただきたい。

本作の原書は二〇〇三年に出版されると、《パブリッシャーズ・ウィークリー》誌で同年のベストブックの一冊に選ばれるなど、大好評を博した。今回のリーチャーはいつにも増して危機の連続で、手に汗握る展開がつづくところが人気の理由のようだ。特にリーチャーが絶体絶命の窮地にまで追いこまれるあの男との死闘は、シリーズでも指折りの名場面として評価するファンも多い。

なお、『葬られた勲章』の訳者あとがきでも触れたが、ジャック・リーチャー・シリーズはアマゾンのプライムビデオでドラマ化が進んでいる。気になるリーチャー役の俳優だが、アメリカ人のアラン・リッチソンに決まった模様だ。映画《ハンガー・ゲーム2》やテレビシリーズの《タイタンズ》などに出演している俳優で、一九八二年生まれ、身長約一九〇センチメートルの偉丈夫だから、原作のイメージにかなり近いのではないだろうか。配信はまだ先のようだが、続報があったらまたお伝えしたい。

最後になりましたが、本書の訳出にあたっては、株式会社講談社文庫出版部の岡本浩睦氏とみなさまにたいへんお世話になりました。心よりお礼を申しあげます。

二〇二一年七月

青木　創

|著者|リー・チャイルド　1954年イングランド生まれ。地元テレビ局勤務を経て、'97年に『キリング・フロアー』で作家デビュー。アンソニー賞最優秀処女長編賞を受賞し、全米マスコミの絶賛を浴びる。以後、ジャック・リーチャーを主人公としたシリーズは現在までに25作が刊行され、いずれもベストセラーを記録。本書は7作目にあたる。

|訳者|青木 創　1973年、神奈川県生まれ。東京大学教養学部教養学科卒業。翻訳家。訳書に、ハーパー『渇きと偽り』『潤みと翳り』、モス『黄金の時間』、ジェントリー『消えたはずの、』、メイ『さよなら、ブラックハウス』、ヴィンター『愛と怒りの行動経済学』、ワッツ『偶然の科学』（以上、早川書房）、リー『封印入札』『レッドスカイ』（幻冬舎）、メルツァー『偽りの書』（角川書店）、トンプソン『脳科学者が教える 本当に痩せる食事法』（幻冬舎）、フランセス『〈正常〉を救え』（講談社）など。

宿敵《しゅくてき》（下）

リー・チャイルド｜青木《あおき》 創《はじめ》 訳

講談社文庫

定価はカバーに
表示してあります

2021年8月12日第1刷発行

KODANSHA

発行者——鈴木章一
発行所——株式会社 講談社
東京都文京区音羽2-12-21 〒112-8001
電話 出版（03）5395-3510
販売（03）5395-5817
業務（03）5395-3615

デザイン—菊地信義
本文データ制作—講談社デジタル製作
印刷———豊国印刷株式会社
製本———株式会社国宝社

Printed in Japan

ISBN978-4-06-524564-4

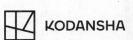

講談社文庫刊行の辞

二十一世紀の到来を目睫に望みながら、われわれはいま、人類史上かつて例を見ない巨大な転換期をむかえようとしている。

世界も、日本も、激動の予兆に対する期待とおののきを内に蔵して、未知の時代に歩み入ろうとしている。このときにあたり、創業の人野間清治の「ナショナル・エデュケイター」への志を現代に甦らせようと意図して、われわれはここに古今の文芸作品はいうまでもなく、ひろく人文・社会・自然の諸科学から東西の名著を網羅する、新しい綜合文庫の発刊を決意した。

激動の転換期はまた断絶の時代である。われわれは戦後二十五年間の出版文化のありかたへの深い反省をこめて、この断絶の時代にあえて人間的な持続を求めようとする。いたずらに浮薄な商業主義のあだ花を追い求めることなく、長期にわたって良書に生命をあたえようとつとめるところにしか、今後の出版文化の真の繁栄はあり得ないと信じるからである。

同時にわれわれはこの綜合文庫の刊行を通じて、人文・社会・自然の諸科学が、結局人間の学にほかならないことを立証しようと願っている。かつて知識とは、「汝自身を知る」ことにつきていた。現代社会の瑣末な情報の氾濫のなかから、力強い知識の源泉を掘り起し、技術文明のただなかに、生きた人間の姿を復活させること。それこそわれわれの切なる希求である。

われわれは権威に盲従せず、俗流に媚びることなく、渾然一体となって日本の「草の根」をかたちづくる若く新しい世代の人々に、心をこめてこの新しい綜合文庫をおくり届けたい。それは知識の泉であるとともに感受性のふるさとであり、もっとも有機的に組織され、社会に開かれた万人のための大学をめざしている。大方の支援と協力を衷心より切望してやまない。

一九七一年七月

野間省一

講談社文庫 最新刊

内館牧子
すぐ死ぬんだから
年を取ったら中身より外見。終活なんてしない。人生一〇〇年時代の痛快「終活」小説！

堂場瞬一
チェンジ
〈警視庁犯罪被害者支援課8〉
通り魔事件の現場で支援課・村野《むらの》が遭遇したのは。シーズン1感動の完結。〈文庫書下ろし〉

辻堂魁《かい》
落暉《ゆうひ》に燃ゆる
〈大岡裁き再吟味〉
あの裁きは正しかったのか？　還暦を迎えた大岡越前、自ら裁いた過去の事件と対峙する。

有栖川有栖
カナダ金貨の謎
臨床犯罪学者・火村英生《ひむらひでお》が焙《あぶ》り出す完全犯罪計画と犯人の誤算。〈国名シリーズ〉第10弾。

佐々木裕一
宮中の誘い
〈公家武者 信平《のぶひら》(十)〉
息子・信政《のぶまさ》が京都宮中へ!?　日本の中枢へと巻き込まれた信政は、とある禁中の秘密を知る。

荻上直子
川っぺりムコリッタ
ムコリッタ。この妙な名のアパートに暮らす、愛すべき落ちこぼれたちと僕は出会った。

四戸俊成
芹沢政信
神在月のこども
映画公開決定！　島根・出雲、この島国の根っこへと、自分を信じて駆ける少女の物語。

創刊50周年新装版

綾辻行人
黄昏の囁き
〈新装改訂版〉
「……ね、遊んでよ」——謎の言葉とともに出没する殺人鬼の正体は？　シリーズ第三弾。

真保裕一
連鎖
〈新装版〉
汚染食品の横流し事件の解明に動く元食品Gメンに死の危険が迫る。江戸川乱歩賞受賞作。

薬丸岳
天使のナイフ
〈新装版〉
妻を惨殺した「少年B」が殺された。江戸川乱歩賞の歴史上に燦然と輝く、衝撃の受賞作！

幸田文
台所のおと
〈新装版〉
病床から台所に耳を澄ますうち、佐吉は妻の音の変化に気づく。表題作含む10編を収録。

講談社文芸文庫

成瀬櫻桃子

久保田万太郎の俳句

小説家・劇作家として大成した万太郎は生涯俳句を作り続けた。自ら主宰した俳誌「春燈」の継承者が哀惜を込めて綴る、万太郎俳句の魅力。俳人協会評論賞受賞作。

解説＝齋藤礎英　年譜＝編集部

なV1
978-4-06-524300-8

水原秋櫻子

高濱虚子　並に周囲の作者達

虚子を敬慕しながら、志の違いから「ホトトギス」を去り、独自の道を歩む決意をした秋櫻子の魂の遍歴。俳句に魅せられた若者達を生き生きと描く、自伝の名著。

解説＝秋尾　敏　年譜＝編集部

みN1
978-4-06-514324-7

海外作品

小説

ウェンディ・ウォーカー　池田真紀子訳　まだすべてを忘れたわけではない
D・クロンビー　西田佳子訳　警視の週末
D・クロンビー　西田佳子訳　警視の挑戦
D・クロンビー　西田佳子訳　警視の哀歌
D・クロンビー　西田佳子訳　警視の謀略
ウィリアム・K・クルーガー　野口百合子訳　闇の記憶
P・コーンウェル　池田真紀子訳　死層(上)(下)
P・コーンウェル　池田真紀子訳　邪悪(上)(下)
P・コーンウェル　池田真紀子訳　烙印(上)(下)
マイクル・コナリー　古沢嘉通訳　燃える部屋(上)(下)〈シリーズ25周年記念エッセイ収録〉
マイクル・コナリー　古沢嘉通訳　贖罪の街(上)(下)
マイクル・コナリー　古沢嘉通訳　訣別(上)(下)
マイクル・コナリー　古沢嘉通訳　レイトショー(上)(下)
マイクル・コナリー　古沢嘉通訳　汚名(上)(下)
マイクル・コナリー　古沢嘉通訳　素晴らしき世界(上)(下)
ニール・シャスタマン　池田真紀子訳　奪命者《サイズ》
ジェーン・シェミルト　北沢あかね訳　ナオミ
アンナ・スヌクストラ　北沢あかね訳　偽りのレベッカ
L・チャイルド　小林宏明訳　パーソナル(上)(下)
リー・チャイルド　青木創訳　ミッドナイト・ライン(上)(下)
リー・チャイルド　青木創訳　葬られた勲章(上)(下)
ハックスリー　松村達雄訳　すばらしい新世界
スーザン・ヒル　幸田敦子訳　城の王
アリス・フィーニー　西田佳子訳　ときどき私は噓をつく
C・J・ボックス　野口百合子訳　狼の領域
C・J・ボックス　野口百合子訳　冷酷な丘
C・J・ボックス　野口百合子訳　鷹の王
ジョージ・ルーカス著　上杉隼人訳　スター・ウォーズ〈エピソードIV 新たなる希望〉
ジョージ・ルーカス原作　ドナルド・F・グルート著　杉山まどか訳　上杉隼人訳　スター・ウォーズ〈エピソードV 帝国の逆襲〉
ジョージ・ルーカス原作　ジェームズ・カーン著　上杉隼人訳　スター・ウォーズ〈エピソードVI ジェダイの帰還〉
J・J・エイブラムス他原作　アラン・D・フォスター著　稲村広香訳　スター・ウォーズ〈フォースの覚醒〉
ジョージ・ルーカス原作　テリー・ブルックス著　上杉隼人／大島資生訳　スター・ウォーズ〈エピソードI ファントム・メナス〉
ジョージ・ルーカス原作　R・A・サルヴァトーレ著　上杉隼人／上原尚子訳　スター・ウォーズ〈エピソードII クローンの攻撃〉
ジョージ・ルーカス原作　マシュー・ストーヴァー著　上杉隼人／有馬さとこ訳　スター・ウォーズ〈エピソードIII シスの復讐〉
ジョン・ノール他原作　アレクサンダー・フリード著　稲村広香訳　ローグ・ワン〈スター・ウォーズ・ストーリー〉
ライアン・ジョンソン原作　ジェイソン・フライ著　稲村広香訳　スター・ウォーズ〈最後のジェダイ〉
ローレンス・カスダン　ジョナサン・カスダン原作　ムア・ラファティ著　稲村広香訳　ハン・ソロ〈スター・ウォーズ・ストーリー〉
J・J・エイブラムス他原作　レイ・カーソン著　稲村広香訳　スター・ウォーズ〈スカイウォーカーの夜明け〉
ティモシイ・ザーン　富永和子訳　スター・ウォーズ 帝国の後継者(上)(下)
ティモシイ・ザーン　富永和子訳　スター・ウォーズ 暗黒の艦隊(上)(下)
ティモシイ・ザーン　富永和子訳　スター・ウォーズ 最後の指令(上)(下)
ジャンニ・ロダーリ　内田洋子訳　パパの電話を待ちながら
ジャンニ・ロダーリ　内田洋子訳　緑の髪のパオリーノ
エリック・アクセル・スンド　西田佳子訳　クロウ・ガール(上)(下)

講談社文庫　目録

芥川龍之介　藪の中
有吉佐和子　新装版 和宮様御留
阿刀田　高　ナポレオン狂
阿刀田　高　新装版 ブラック・ジョーク大全
相沢忠洋　「岩宿」の発見〈幻の旧石器を求めて〉
鮎川哲也　りら荘事件
赤川次郎　偶像崇拝殺人事件
赤川次郎　人間消失殺人事件
赤川次郎　三姉妹探偵団
赤川次郎　三姉妹探偵団2〈キャンパス篇〉
赤川次郎　三姉妹探偵団3〈珠美・初恋篇〉
赤川次郎　三姉妹探偵団4〈怪奇篇〉
赤川次郎　三姉妹探偵団5〈復讐篇〉
赤川次郎　三姉妹探偵団6〈危機一髪篇〉
赤川次郎　三姉妹探偵団7〈駈け落ち篇〉
赤川次郎　三姉妹探偵団8〈人質篇〉
赤川次郎　三姉妹探偵団9〈青ひげ篇〉
赤川次郎　三姉妹探偵団10〈父恋し篇〉
赤川次郎　死が小径をやってくる〈三姉妹探偵団11〉
赤川次郎　死神のお気に入り〈三姉妹探偵団12〉
赤川次郎　次女と野獣〈三姉妹探偵団13〉
赤川次郎　心地よい悪夢〈三姉妹探偵団14〉
赤川次郎　ふるえて眠れ、三姉妹〈三姉妹探偵団15〉
赤川次郎　三姉妹、呪いの道行〈三姉妹探偵団16〉
赤川次郎　三姉妹、初めてのおつかい〈三姉妹探偵団17〉
赤川次郎　恋の花咲く三姉妹〈三姉妹探偵団18〉
赤川次郎　月もおぼろに三姉妹〈三姉妹探偵団19〉
赤川次郎　三姉妹、ふしぎな旅日記〈三姉妹探偵団20〉
赤川次郎　三姉妹、清く貧しく美しく〈三姉妹探偵団21〉
赤川次郎　三姉妹と忘れじの面影〈三姉妹探偵団22〉
赤川次郎　三姉妹、舞踏会への招待〈三姉妹探偵団23〉
赤川次郎　三人姉妹殺人事件〈三姉妹探偵団24〉
赤川次郎　三姉妹、さびしい入江の歌〈三姉妹探偵団25〉
赤川次郎　静かな町の夕暮に
赤川次郎　キネマの天使〈レンズの奥の殺人者〉
泡坂妻夫　花火と銃声
新井素子　グリーン・レクイエム〈新装版〉
安能務 訳　封神演義 全三冊
安西水丸　東京美女散歩
綾辻行人　黄昏の囁き
綾辻行人　殺人方程式〈切断された死体の問題〉
綾辻行人　鳴風荘事件 殺人方程式II
綾辻行人　十角館の殺人〈新装改訂版〉
綾辻行人　水車館の殺人〈新装改訂版〉
綾辻行人　迷路館の殺人〈新装改訂版〉
綾辻行人　人形館の殺人〈新装改訂版〉
綾辻行人　時計館の殺人〈新装改訂版〉
綾辻行人　黒猫館の殺人〈新装改訂版〉
綾辻行人　暗黒館の殺人 全四冊
綾辻行人　びっくり館の殺人
綾辻行人　奇面館の殺人(上)(下)
綾辻行人　どんどん橋、落ちた〈新装改訂版〉
綾辻行人　緋色の囁き〈新装改訂版〉
綾辻行人　暗闇の囁き〈新装改訂版〉
綾辻行人ほか　7人の名探偵
我孫子武丸　探偵映画
我孫子武丸　新装版 8の殺人

2021年6月15日現在